追梦：

我的普通话人生

主　编：董中锋
副主编：龙　莉　张　婷

華中師範大學出版社

新出图证（鄂）字 10 号

图书在版编目（CIP）数据

追梦：我的普通话人生/董中锋主编. —武汉：华中师范大学出版社，2022.6
ISBN 978-7-5622-9771-0

Ⅰ. ①追… Ⅱ. ①董… Ⅲ. ①散文集—中国—当代
Ⅳ. ①I267

中国版本图书馆 CIP 数据核字（2022）第 077564 号

追梦：我的普通话人生

董中锋　主编

出版:华中师范大学出版社
社址:湖北省武汉市洪山区珞喻路 152 号　**邮编**:430079
策划:基础教育分社　**电话**:027-67862387
责任编辑:史小艳　**责任校对**:骆　宏　**封面设计**:罗明波
电话:027-67863040(市场部)　027-67861321(邮购)
传真:027-67863291
网址:http://press. ccnu. edu. cn　**电子邮箱**:press@mail. ccnu. edu. cn
印刷:武汉兴和彩色印务有限公司　**督印**:刘　敏
字数:280 千字
开本:710mm×1000mm　1/16　**印张**:15.5
版次:2022 年 6 月第 1 版　**印次**:2022 年 6 月第 1 次印刷
定价:45.00 元

欢迎上网查询、购书

目　录

有梦不觉人生寒

（代序）

董中锋

在人生的道路上，每个人都有自己的梦想，有的是凌云之志，有的是生活之冀，有的则是大众所愿。无论有什么梦想，在追求实现的过程中，都充满着殷切的希望，饱含奋斗的艰辛，蕴涵着无限的快乐。

不同的人有不同的梦想。大千世界，芸芸众生，梦想各异，精彩纷呈。在无数的梦想里，总会有一些人趋同，总有一些事儿偶合，于是，一些情投意合的人便成了同道，成了朝着同一个目标奔跑的人。

在梦想的世界里，各种语言就像一个百花园，争奇斗艳、竞相开放，真可谓千姿百态、姹紫嫣红。而有一簇则生机勃勃，分外耀眼，它光彩怡人、卓尔不群，它温婉雅致、气韵神定，它就是我们的普通话。

在中国，谁不知道普通话！有些人牙牙学语学的就是普通话，还有些人虽然处在方言的环境中，可交流起来总免不了接触普通话。无论是大庭广众的信息传递，还是村野山寨的消息通报；无论是现实世界的信息传播，还是虚拟世界的数字传输，都少不了普通话。如若离开了普通话，生活就会走样，社会就会变形。于是，在社会生活的各个地方，普通话如影随形、无处不在，因为普通话走进了千家万户，普通话进入了社会各个阶层、各个领域。更有甚者，普通话已成为人们的一种生活方式、一种人生选择，有如流淌的血液，融入生命之中。

现代中国，有许多人与普通话结下了不解之缘。机缘巧合也好，不期而遇也罢，他们自从爱上普通话，普通话就成了他们学习、工作、生活的重要内容，成了他们为之奋斗的梦想。有的在少年时代就埋下了理想的种子，有的在青年时期便许下了庄重的诺言，有的在壮年时候才发下豪迈的誓愿。为了学好普通话，他们勤学苦练、孜孜不倦；为了教好普通话，他们尽心尽力、勤勤恳恳。他们不仅把普通话作为一种职业和工作，而且作为一种事业和使命。现如今，当年的那些花季少女已青春不再，英俊少年也鬓染白发，尽管生活的沧桑在他们身上留下了岁月的痕迹，但他们收获满满，他们的人生也因此绽放出更多的精彩。

追梦普通话，丰富人生。在追梦普通话的路上，纵使道阻且长、困难重重，但他们披荆斩棘、勇往直前。在追梦普通话的路上，纵使衣带渐宽、心力憔悴，但他们淡泊名利、含笑人生。他们将“坚守”内化于心，成为一种自觉的意志和行动；他们将“执着”融入性格之中，成为一种行事的风格和习惯；他们把“勤奋”与信念融合，使之成为一种生活的态度。在追梦路上，他们将无数的品质注入其间，使得人生充满了无穷的旨趣和意味。

追梦普通话，温暖人生。他们怀揣梦想，心心念念，孜孜矻矻，锲而不舍。曾几何时，普通话带给他们许多不一样的情愫，有羞于启齿的紧张，有不会说话的尴尬，有考试现场的焦虑，也有失败时候的懊丧，还有获得成功的喜悦和幸福……无论什么样的感受，他们都获得了新的人生体验；无论什么样的经历，他们都增添了新的人生涵养。当梦想实现的时候，他们好像有了新的人生体认；当梦想温暖他人的时候，他们的人生仿佛有了新的升华：普通话的梦想就像一盏明灯，在点亮自己的同时，又照亮了他人。

普通话人生，成就自己，利益社会；普通话人生，精彩自己，温暖他人。

（作者单位：湖北省普通话培训测试中心）

逐梦人生

冯　悦

“众里寻他千百度，蓦然回首，那人却在，灯火阑珊处。”王国维曾在《人间词话》中将这句词比作人生的第三重境界。对于我而言，这正是我的人生写照。不知不觉间，我踏上工作岗位已有几十年。几十年风雨漫漫，这一路，我以身作则、兢兢业业，始终秉承自己的初心，以梦想为桨，做出了一番成绩。一年一度的“两会”如期而来，这是我成长、进步的舞台见证。细数过往，不禁感慨万分。

一、永葆初时心，奋斗玉汝成

回忆起往日成长的经历，我仍庆幸自己在年轻的时候选择了奋斗拼搏，也正是因为年轻时砥砺前行、追求自己的梦想，才有了现在的成就。

小时候的我喜欢听广播，长大后顺利地成为一名音乐老师。眼看日子就要这样波澜不惊地进行下去，一次湖北省普通话大赛却改变了我的人生轨迹。

我自小对广播极感兴趣，每天放学回家的第一件事就是打开收音机，收听电台的相关信息。当得知湖北省要举办普通话大赛时，我当即报了名。第一次参加比赛，我紧紧地把握住这次机会，在准备比赛过程中，勤奋努力，顺利地通过了笔试、复试、面试，获得了三等奖。三个月试用期满后，我走进了湖北人民广播电台的大门，开启了播音生涯。

在很多人看来，进入湖北人民广播电台，人生已经很完满，或许不用多努力了，但我深知，这只是我人生的新的开端。1992 年，因表现突出，湖北人民广播电台将我送到当时的北京广播学院进行为期三个月的培训。在北京，我特别珍惜这次培训，对于并非播音专业出身的我来说，是一次补短板的好机会。为此，我潜心学习，勤学苦练，圆满完成了学业任务。

刚刚进电台时，从武昌的住所到中山公园的路上，我每天都在练习吐字、发音、练嗓子、吊嗓子中度过。正是因为这样，我自身的业务能力突飞猛进。经过日复一日的学习，我对专业知识与技能有了掌握，也具备了主持《湖北新闻》等重要节目的能力。

我的成长，离不开我的两位播音指导老师，从他们身上学习到了很多。此外，积极乐观的性格让我与同事和谐相处；面对困难，我能积极应对；面对挫折，我能稳重前行。因为有稳定的情绪，所以我能保持良好的精神状态，这也是我能够保质保量完成工作、能顺利进行直播的重要因素。

我深知成长与进步的不容易，因此，在工作中，我尤为注重分享。我总是乐于分享自己的学习心得，在同事遇到困难时积极搭把手，与同事共同进步。多年以来，我的乐观与豁达也在一次次地影响着同事，带动着同事不断进步。时光匆匆流逝，我始终没有忘记自己的初心。无论走多远，我始终能够永葆自己的初心，勇担使命，用奋斗铸就自己的人生之路。

二、以梦想为桨，采大家所长

张颂是我尊敬的老师，在他身上，我学习到了很多专业知识与为人处世的方法。

张颂老师曾写过《浅谈播音中情、声、气的关系》，这篇文章对我的启发极大。一是“情”。所谓“情”，是指在播音中由稿件具体化、用有声语言表达出来的无产阶级思想感情。无产阶级的思想感情包括了世界上优秀的品德、珍贵的素质，诸如宽广的胸怀、纯贞的情操、美好的憧憬、深邃的境界、蓬勃的志趣、灵动的活力等。这一点让我对播音的感情有了很好的掌控。播音员应该是一个有温度、有活力的人，不应该是用“冷冰冰”的声音去做流水般工作的人。因此，一旦进入工作状态，就应将自己全身心地融入工作情境中，将思想感情落实到稿件上、事件上，让自己的思想感情和思维能力时时刻刻都处于运动状态。二是“声”。所谓“声”，是指规范化、艺术化了的有声语言。发音时，元音的舌位、辅音的发音部位，都应在音色允许的范围内把握“前音稍后、后音稍前、开音稍闭、闭音稍开”的方法，以利于缩短发音路途，更灵活地吐字归音，避免开口过大、槽牙过紧、发音位置偏前靠后等毛病。这一点，成为我在练习发音过程中的重要指南，助力了我的发音逐渐标准化、流畅化。三是“气”。所谓“气”，是指使用胸腹联合呼吸法，即两肋扩开、丹田收缩的用气方法，形成气根和气柱，自如地控制吸气、呼气的气量与流速，以便于增强发声的支撑力量，减小声带的压力，加大唇舌弹力的幅度。张颂老师总结了一句话，那就是“情取其高、声取其中、气取其深”。这是达到“字正腔圆、清晰持久、刚柔自如、声情并茂”境地的重要举措，也是我一直以来奉为练习标准的准则。

在循序渐进的练习中，我更加坚定了自己的理想信念，逐步培养起了把握和运用情、声、气的能力。在持之以恒的坚持之下，我逐渐能够做到举一反三、触类旁通，更能够博采众长，不断地丰富、充实自己的知识积累，业务能力有了明显的提升。

三、为“两会”发声，铸时代强音

29 年风云变幻，初心不改，是我对“两会”崇高的献礼。2021 年 1 月，在湖北“两会”召开期间，我作为一名大会工作人员，如期参加“两会”。细细数来，这已经是我参加湖北“两会”播音工作的第 29 个年头。29 年来，我已经从一名播音员成长为湖北广播电视台播音指导、湖北广电报业有限责任公司副总经理。虽身份在不断转变，但我依然没有忘记自己的初心。

“两会”是全省人民共同关注的大事。每次参加“两会”，我都会提前三个小时到达现场，做播音准备工作。2021 年唯一不同的一点就是，受新冠肺炎疫情的影响，我与同事需要每天到会务组量体温和报备健康状态，提前做核酸检测，然后进入驻会指定酒店接受封闭式管理。

担任“两会”的播音员，心理素质必须过硬，要做到心无旁骛，要掌握更高的播音技术水准，要注意自身的语速、节奏、语气，更要把握好声音的尺度，必须做到零失误。因此，我在准备工作中处处留心，处处用功。在饮食与生活方式上，时刻保持健康的身体状态；在业务准备上更是力争完美，精益求精。例如，在准备工作中，人名是一定不能念错的，其中涉及多音字、生僻字等，在事先的准备工作中，我做到了一一核对检查，确保万无一失。我时刻注重积累、反省，这样的习惯也让我得以迅速进步和提高。在准备过程中，如果遇到难以解决的问题，我会第一时间向搭档、领导、前辈请教，不断汲取播音经验，巩固自身所学，练就过硬的业务能力，承担起榜样引领作用。

时光荏苒，岁月绵长。湖北“两会”的舞台，对我来说，是见证自己成长的地方。从第一次上台时的青涩与忐忑，到如今的从容与自信，离不开自身夜以继日的辛勤付出，离不开持之以恒的坚持学习。

一年复一年，时光滚滚向前，我始终没有停下奋斗的步伐。我深知，前路漫漫，任重而道远。尽管未来路途遥远，我已做好一路披荆斩棘的准备。我将永葆自己的初心，秉承自己的理想信念，在人生的长河中乘风破浪，砥砺前行。

（作者单位：湖北广播电视台）

情定普通话

兰 霞

时光匆匆，弹指一挥间。从 1983 年参加工作至今，已过了整整 38 年，转眼已到快退休的年龄。记得 30 多年前我曾写过一篇演讲稿，题目是《难以估量的价值》，讲的是自己从小的梦想：做播音员、当歌唱家、当一名军人……然而，命运却使我做了一名高校的教师。演讲稿的最后一句是："我愿意一直站立在讲台上，站立成一道亮丽的风景。"当时的演讲发自内心，也感动了观众和评委，最后获得了全市演讲的第一名。如今，几十年过去了，我的风景是否亮丽不知道，我只知道，我是幸福和幸运的。因为，我的职业、我的事业都与我的喜欢、我的爱好紧密相关，我的追求、我的梦想都在几十年的不懈努力中基本实现。这一切，都源于植根于心底且一直闪闪发光的三个字——"普通话"！

一、说家乡话的小姑娘

在教学工作以及普通话测试和培训中，很多人问我："为什么你的普通话那么好？是怎样学的？"每每此时，一些往事便浮上心头，久久不能挥去，耳边总会响起好像是小学一二年级的某一天，一位新来的姓朱的语文老师（非常抱歉，已经不记得她的名字）上课时的声音："树杈上，响喇叭，最新指示传天下。贫下中农管理学校，学校变化可大啦……"生长在方言区的我，从没听到过如此天籁般的声音。那一刻，我被深深地震撼了，普通话的种子在这震撼中开始发芽。

我的家乡在四川省荣县。这是一个具有光辉革命历史的县，我国杰出的无产阶级革命家、教育家、历史学家和语言文字学家、新中国高等教育的开拓者吴玉章也是我们荣县人。我的家乡值得我自豪。但荣县方言，常常受到外地人调侃。外地人与我们一起说话交流时，常常会有这样的对话："你是荣县人吧?""是，我是云信（荣县）人。""呵呵，一听就知道你们是荣县人。"语气中能明显听出一丝丝善意的调侃。荣县话是有点"土"。例如，"吃饭喝汤"成了"赐饭豁贪"，"有了馄饨就不吃面条了"成了"有了抄手儿命都不要了"，等等。中国民间艺术家、演员李伯清曾有专门针对荣县话创作的评书作品，由于方言的歧义，表演时常常逗得大家捧腹大笑，演出效果极好。很多年以后，直到上大学，我才了解到了荣县方言所谓"土"的真正含义。

四川方言属于北方方言的西南官话，四川方言内部根据地域的不同，也有很多的不一样。单从古入声字的归类来讲，主要有四类。其一是保留古入声，例如宜宾和乐山等地；其二是归到阳平，例如成都等地（调值大约是21调）；其三是归到阴平，例如川西的天全等地（调值大约是55调）；其四是归到去声，例如自贡和荣县等地（调值大约是214调）。由于我们的声调归类与以成都为代表的大部分地方都不一样，所以从声调和语调来说，首先就显得"怪怪的""土土的"。从声母来讲，荣县话与四川其他地方以及很多南方方言一样，没有舌尖前音z、c、s和舌尖后音zh、ch、sh的区别（平翘舌不分），也没有鼻音n和边音l的区别；荣县与自贡市虽然只相隔50千米左右，但自贡话有翘舌音，荣县话没有，差别很大；再从韵母来看，与普通话和四川其他地方的方言相比，荣县方言的后鼻音韵母中，没有ing、eng韵母（这与四川其他地方相同），更主要的是缺少ang、uang、iang，这三个韵母分别发为an、uan、ian，而普通话中的ian，荣县话读为in，普通话中的yuan，荣县话读为yun……这些语音方面的不同再加上很多方言词汇的不同，在表达上就与四川其他地方乃至全国其他的方言很不一样，"土"味儿就很突出了。例如，洗脸就读为"洗领"（ian变in），"公园"变"公云"（yuan变yun），"帮忙"读为"班蛮"（ang变an），"姓王"读为"姓完"（uang变uan），"喜洋洋"成为"喜言言"，等等。

从记事起，我一直背负着说话"土"的包袱，小小年纪也想让自己说的话"好听"起来。小学时朱老师读课文的声音，为我播下了"普通话"的种子。这颗种子一旦生根，便在老师们的帮助和自己的努力下，逐渐成长和壮大。

二、“自信”的学校播音员

我最喜欢的一句话是“热爱是最好的老师”。小时候是为了摆脱“土话”而学习普通话，渐渐地，学习普通话成了我的习惯和追求，成为一种生活方式。我越来越喜欢语文课，越来越喜欢朗读课文。小学高年级，语文老师李荣康会经常抽我起来朗读课文，我也很享受在班上读课文这短暂的美好时刻。初中和高中阶段，我成为令人羡慕的学校播音员和故事员，我说话逐渐不那么“土”了，也变得“好听”和自信起来。中学阶段，我在播音间里向大家播报新闻，在学校和县里的舞台上朗诵各种诗歌，在课余向同学们讲述各种故事，在县里召开的重要会议上宣读各种文件，在县广播站神秘的录音间里录制作品……我是那么喜欢普通话，由此也非常渴望、憧憬和向往着以普通话为工作用语的这一神秘、神圣又美好的播音员工作。1978 年，虽然经过努力学习，但我还是以 3 分之差与大学失之交臂，家长、老师和同学都为我惋惜，然而我并没有特别难受，因为有一个县广播站播音员的工作等待着我，我即将成为一名正式的县广播站的播音员。高考失利的痛苦很快被即将工作的欣喜所取代，我以为即将开始职业征程。然而没想到，人生在这里拐了一道弯儿。

我敬爱的中学老师们，无论是班主任语文老师龙问松，还是地理老师张子军、政治老师詹尚军以及数学老师等科任老师，他们一遍一遍看似无心地散步“顺便”到我家与我父母聊天，或者是有心地正式对我约谈，都表达了同一个意思——回母校补习，再考大学。我其实十分不愿复读，但老师们看穿了我的心思。有位老师说：“你考上了大学，同样可以当播音员。”就这样，我犹豫再三，终于被老师们的真情和苦口婆心所打动，在复习了半年之后考上了师范院校，在汉语言文学专业学习。想起中学的恩师们，我至今仍然充满发自肺腑的深深的感激。

考上大学，我以为是顺理成章，抑或是自己的运气好。进入大学不久，辅导员杨霰老师鼓励我去报考学校的播音员。看着我疑惑的表情，她告诉我，我之所以能考上大学，能被录取，很大原因是我高考填报的志愿表“有何特长”一栏，我填写了“在中学做播音员，会说普通话”。这时我才知道，是普通话改变了我的命运，影响了我的一生。我暗下决心，一定要好好珍惜机会，不辜负所有老师的期望和信任。后来，我终于考上了学校的播音员……大学的四年，是我成长最快的四年，普通话的水平在原来的基础上有了质的飞跃。在此，我要衷心感谢我的班主任和辅导员杨霰老师，感谢曾教授过我“现代汉语”的汪坤玉、唐君励、钟赤老师，感谢刘廷武老师，还有学校宣传部的杨志顺老师等。大学期间，是这些老师们对我的信任和鼓励，使我从一个普通的学生，成长为一个播音员，成长为播音组长；从只能在话筒前播音，到在舞台上朗诵和话剧舞台上演出；从只能对普通话口语进行简单模仿和学习，到系统学习现代汉语知识，掌握正确的发音技巧和发音方法；从肤浅地以为自己的方言“土”，到客观地认识普通话语音以及部分方言区的方音特点；从一个普通的大学生逐渐成长为一个能在高校胜任“现代汉语”语音教学的青年教师。

三、“声音好听”的高校老师

大学毕业，命运再一次给我开了一个玩笑。一直喜欢当播音员的我，没有像中学老师和自己预想的那样如愿进入市级电台或电视台，而是成了一个高校教师，负责上“现代汉语”课，首先就是上语音部分。从这时起，普通话不再仅仅是我喜欢的语言，而正式成为我的工作语言，不但我自己要讲好，更要让学生们讲好。为此，从 1983 年到 1996 年，我曾到几所学校进行进修和学习。每一次学习，都是一次提高和升华，都充满一次发自肺腑的温馨的感激。这里略述两次。

1983 年 9 月至 1984 年 7 月，我在西南师范大学（现西南大学）中文系进修，师从翟时雨等教授学习。在此期间，翟教授经常给我单独授课，悉心教授国际音标等知识，使我的专业知识和普通话水平在原有基础上有了更大的提高。可以这样说，以往的普通话还比较标准，但是在某些音素的发音上还有较多问题，例如 ang、iang、uang 等韵母的开口度不够，ou、iou 等韵母的舌位比较靠前，等等。经过学习国际音标，我才明白，学习普通话不仅仅是学习一个字的完整读音，而应该从每一个音素的发音学起，发好普通话音系的每一个音素。感谢翟时雨教授亦师亦父的严厉要求与亲切关怀。

1988 年，已不记得是哪月哪天，只记得是学习了张颂老师的《朗读学》后，心情很激动，鼓足勇气给北京广播学院播音系（现中国传媒大学播音主持艺术学院）的张颂教授写了一封信，表达了想到北京广播学院进修的愿望。信写完发出后也没抱什么希望。可是不久我就收到了一封来自北京广播学院的回信。信虽然不是张颂教授亲自回复的，但是，张教授委托另一位老师给我回复了信，并告知可以参加全国第十三期播音员短训班的学习，学习时间是1988年11月～12月。（多少年之后，只要一想到此，内心就充满了对张教授的感激之情。）我接到通知，欣喜若狂，克服了许多工作和生活上的困难（当时孩子只有一岁多），前往早已心向往之的北京广播学院播音系学习。当时给我们讲大课的有吴郁、李刚老师等，讲小课的是姚喜双老师。授课方式为：上午大课讲座，下午小课辅导。那一个月，是收获和压力并存的一个月。我的收获来自系统学习了播音理论及其语言的表达技巧、科学的发声及其练习的方式、大量作品的播读训练以及名师一对一的指导，还参观了中央人民广播电台，了解了播音员们工作时的状态……学习的时间虽然只有一个月，但这一个月的知识成了我以后所有这方面工作的源泉和动力。压力是：全班几十名学员，除了我之外，都是全国各省或市电台、电视台的专业播音员。与他们相比，我发声吐字方面的专业基础显得很薄弱，于是只有努力学习。衷心感谢北京广播学院老师们的精心授课，尤其感谢姚喜双老师对我这个特殊学员的指导和帮助。

功夫不负有心人，自己在工作中边学边干，努力向其他老师学习发音及业务知识，我逐渐成为一名普通话语音标准、讲课声音好、教学效果也较好的“现代汉语”老师。1996年，我以前所在的学校举行青年教师教学比赛，我讲授的“普通话声调”，经过说课、学生评课、教学文件检查、现场讲课等严格和规范的系列评选和比赛，我以文科教师第一名的成绩获得了全校青年教师教学比赛第一名。又是因为“普通话”，我的事业上了一个新台阶。

1999年我调到华中农业大学文法学院工作，继续从事高校教学工作，并受到学生们喜欢和同事好评。2001年，获得华中农业大学教学质量一等奖，之后，相继获得教学质量二等奖、三等奖、教学研究与改革奖、首届硕彦奖等。2013年，主讲的“魅力汉语”视频公开课在教育部官网播出。2016年，主讲的“魅力汉语”慕课在教育部官网爱课程播出。2017年，“魅力汉语”慕课被评为教育部首批精品在线开放课程，并于2020年被教育部认定为“国家级线上一流课程”。再次因为普通话，我的教学生涯有了比较圆满的结局。

四、国家级普通话水平测试员

作为一名高校教师，我在行进的路上一直不敢懈怠，摸索着前进。一点点小成绩的取得，离不开老师们的帮助，离不开自己的坚持，离不开自己的挚爱。我人生的每一个阶段，都与普通话结下深厚的情缘。从小学阶段的相遇，到中学阶段的相识，到大学阶段的相知，到职业生涯中一辈子的相爱，成长的每一步都离不开“普通话”三个字。与普通话相关的事太多，与普通话有关的头衔也不少，但我最为珍重的是“普通话水平测试员”的光荣称号。1996 年 1 月，参加四川省第一期普通话测试员培训班的学习和考核，成为四川省第一期普通话水平测试员。1996 年 11 月，参加国家语委举办的第五期国家级普通话测试员培训班的学习和考核，成为国家级普通话水平测试员。2003 年 12 月，参加国家语委举办的普通话水平测试师资培训班学习，经考核，具备全国《普通话水平测试大纲》培训师资。2011 年 1 月，经严格考核，成为首批国家语委赴香港和澳门测试的特聘测试员。

成为普通话水平测试员已经 25 年。测试工作从四川、湖北到香港，从人工测试到计算机辅助测试，从普通的测试员到骨干测试员、测试组长或复审、湖北省语言文字工作评估成员、国家语言文字工作督导，从高校的一名普通教师到省级普通话水平测试员培训班主讲教师、国家精品在线开放课程的主讲教师……是“测试员”这个光荣而崇高的称号在鼓励和鞭策着自己，是测试员强烈的荣誉感、自豪感和责任感在引领着自己，让自己逐渐成长。2002 年和 2007 年，两次被评为湖北省语言文字工作先进个人；2004 年，被评为全国优秀测试工作者。

普通话，一份缘，一生爱，一世情。

（作者单位：华中农业大学）

普通话，我的人生因你而精彩

龙　莉

我是一个地道的湖南湘西人，25 岁之前，没有说过普通话。从出生到高中毕业，身边的人也没有说普通话的，我只是在广播、电视里听过普通话。第一次听身边同学说普通话的记忆片段，至今还很清晰地保留在脑海中。那是初中二年级的时候，去糖厂（县里的制糖工厂）劳动，在搬运甘蔗的时候，不知为什么，一位同学突然说："ngǒ（我）们在 kěr 里（这里）搬 zà gan（甘蔗）。"一句随意的方言普通话，虽然很好笑，但当时确有种让我大开眼界的感觉，就是那个瞬间，觉得普通话很神奇，用现在的话来表达就是觉得普通话很"高大上"。

大学期间，由于大部分同学都是湘西人，大家也很自然地用方言交流。我们班有一位说普通话的女同学，她是在部队长大的，随父亲转业回到湘西，普通话说得不错，我很喜欢听她说话。因为自己性格比较内向，不好意思说普通话，我只能常常暗自模仿同学的发音，现在想来是从那时开始就有了对普通话的梦想。

毕业后，我成为一名高中化学教师，那个时候还没有规定在校园推广普通话。在本地，老师们也都是用方言教学，记得有几位外地老师，因为用外地方言教学，学生们听不懂，而改用方言浓重的普通话教学，闹出不少笑话。

1988 年，也就是我 25 岁那年，因为我先生在华中师范大学研究生毕业并留校任教，我也调入华中师范大学，带着孩子，全家一起搬到了这所历史悠久的大学，来到大城市武汉。初来乍到，一切都是那么新鲜，也有诸多不习惯和不适应，而其中最困难的就是说普通话。湘西方言肯定是不能用来在武汉、在华师校园里进行交流的，同时为了让孩子尽快适应新环境，在家里大家都要讲普通话了。刚开始说普通话，不仅有语音问题，还有习惯用语的不同、用普通话思维的问题，常常是不能很好地表达本意，说话交流很困难。

我最初的学说普通话就是模仿语调，说白了就是说方言普通话，什么翘舌音、后鼻音等是肯定没有的，能够做到的只是把方言声调改变成普通话声调，尽量把意思表达出来。虽然普通话说得不标准，也不清楚什么是标准的普通话，但由于坚持用普通话思维，一段时间后还是能够比较顺畅地表达思想了。

1995 年夏天，湖北省教育厅在华中师范大学举办第一期普通话水平测试员培训班，我接到工作安排，给培训班做会务工作。因为对普通话有好奇心，工作之余，我就去班上听老师们讲课，老师们标准的普通话发音及对学员普通话的发音指导深深地吸引着我，让我对普通话有了更多梦想，甚至有了追梦的愿望。

1996 年春天，我争取到了参加国家语委在北京举办的第 24 期中央普通话进修班的学习机会，从此梦想进入现实，我的普通话事业和人生开启了。

由于我的普通话口语及语音知识几乎是零基础，去北京前自己还补习了一些相关知识。可是到了进修班一听就傻眼了，进修班的大部分学员都是教授普通话口语的老师，开口就是标准普通话，而且还很讲究吐字发音，对于我这个口语水平（当时也就是二级乙等的低分）的学员来说，简直是天壤之别。怎么办呢？只能拼了命地去学。对平翘舌、前后鼻音等搞不清楚的字词，分门别类地背下来，天天念；给朗读作品标注难点音，天天读；为说话题目打好草稿，天天说……学到第三个月的时候，我甚至经常失眠，每天 24 小时脑子里全都是字词发音。感谢中央普通话进修班的老师们，他们都是教授普通话的高水平教师，国际音标、普通话发音指导非常到位，使我的普通话口语水平有了飞跃式的进步。还有一同去进修班的邓华老师，她是湖北师范大学教授普通话口语的老师，每天都帮助纠正和指导我的普通话发音，辅导我的普通话语音基础知识。

三个月时间很快就过去了，经过老师们的悉心教导、同期学员们的不吝指导和自己的努力学习，我顺利通过了结业考试，获得一级乙等普通话等级证书及结业证书。

转眼到了那年秋天，因工作需要，我又有幸参加了国家语委在北京举办的第五期国家级普通话水平测试员培训班。由于我已经获得国家普通话测试中心颁发的一级乙等普通话等级证书，可以免试口语，所有精力可以用来进行测评能力训练，所以这次学习相对于上次轻松许多。经过两周的培训，我顺利通过考核，获得国家级普通话水平测试员资格证书。此后又多次参加国家语委普通话培训测试中心的业务培训，结识了许多热爱普通话的良师益友，他们对我的普通话事业有很大的帮助，让我的普通话人生道路越来越宽广。

1997 年，湖北省普通话培训测试中心成立，我被安排到这里工作。新单位，人员两位，一位是常务副主任曹艳丽，一位是工作人员我自己。新工作，一切从头开始，凭着我们对工作的热情，对普通话的梦想，对推普事业的追求，不怕困难，不畏艰辛，慢慢摸索，逐步推进全省普通话水平测试。从四处奔波的人工测试到信息技术的机辅测试，从自编的湖北省普通话测试管理系统到国家普通话测试管理系统，从省测试中心统管全省测试到现在的 67 个测试站 120 多个考点，从全省 181 名测试员到现在的 6000 余名省级测试员、300 余名国家级测试员，从最初的年测试量 2 万人次到现在的 40 万人次，湖北省普通话培训测试，在这二十多年里，有着跨时代的变化。

我自己在这期间，参与编写出版的普通话培训测试教材 5 本，研究论文 5 篇（其中核心期刊论文两篇），国家语委科研项目一项，担任副主编出版的书籍 6 本，对于一名理科生来说，这样的成果是我之前从未想到过的。

在当今社会，很多人会对工作感到有压力、产生厌倦，我却从未感觉到压力和厌倦。原因有二：一是对于普通话的梦想和追求让我动力十足、热情满怀；二是我们有优秀的普通话专业人才，有优秀的测试站管理人员，有一支热爱普通话、执着于推普事业的测试员队伍，他们无条件的支持、全力以赴的态度和无私的奉献，给我带来了无尽的感动和力量。

40 年的工作旅程即将画上句号，算下来有近百分之七十的时间是在从事我热爱的工作，没有遗憾。回想过去的这些年，普通话对于我来说不只是工作，更是一项能让人充满成就感的事业。因为对普通话的热爱和追求，我的工作顺利，我的生活美好，我的人生也因为普通话而精彩。

余生，望岁月静好，普通话依然是我的坚持、我的初心、我人生的事业，期待以新的方式继续追梦。

（作者单位：湖北省普通话培训测试中心）

缘分·喜欢·热爱

杨美芳

很小的时候，从生产队的广播里听到播音员的声音，感觉很好听，但不知道那就是普通话。1984 年参加工作，我就与普通话学习、教学、测试工作结下了不解之缘。

一、学习

我是土生土长的蔡甸区（原汉阳县）人，生在农村，长在农村，操一口地道的方言。我的母语里除了没有翘舌音声母 zh、ch、sh、r，没有鼻音声母 n，没有后鼻韵母 ing、eng，没有介音（比如“团、段”的韵母都是 an），分不清楚 uo 与 e（比如“果、个”的韵母都是 uo），分不清楚 ou 与 u（比如“独奏、土豆”的韵母都是 ou），分不清楚 ai 与 ie（比如“改、街”的韵母都是 ai），还有以单韵母 ê 代替单韵母 e（比如“设、色”的韵母都是 ê）以及声调、腔调方面的问题。蔡甸区方言有几种各具特色的“次方言”，比如以蔡甸话为代表的高八度（曾经有人建议高音歌手去蔡甸体验生活），以奓山话为代表的中音区，以侏儒话为代表的低八度，等等。

曾记得，资深测试员陈琼辉老师去蔡甸区测试回来碰到我，第一句话就是“兴师问罪”：“杨老师，你们那里的人是怎么说普通话的呀?”我估计是她在测试过程中碰到了“方言普通话”，听不懂。在此插一点说明，蔡甸区（包括武汉经济技术开发区）中小学教师的普通话测试，我去主考过一次，结果出现了让市语委领导和我都感到难堪的局面：很多考生本来不是我那一组的，却都跑到我的考场外面候考，导致有些考场“无人问津”。因为我在汉阳师范工作了 14 年，很多考生都是我的学生。他们误以为只要在我的考场考试就能够顺利过关，殊不知那根本不可能，而且他们的做法严重扰乱了考场秩序。

为了避嫌，从此以后，我就不去那些地方主考了，只去讲课。

小时候接触普通话的途径就是生产队的广播（定时播报）。那时只是感觉广播里的声音好听，就跟着鹦鹉学舌。

小学一年级的语文老师——美丽的叶老师（非常抱歉，不记得老师的名字了，好像是我们那所小学里三个公办老师之一），可以算是我学习普通话的启蒙老师。她教我们学会了汉语拼音，为我后来几十年与普通话为伍打下了坚实的基础。可惜好景不长，后来的语文老师跟我一样是土生土长的，他是民办教师，根本不会说普通话，连汉语拼音也不会。记得每一次教学生字的时候，他就把我叫到黑板跟前站着，他读生字，我再根据他的读音在生字旁边写下音节，然后带领其他同学一起读。其实，我也不知道自己写得对不对，读得对不对，只是有一种淳朴的认知：老师念的肯定是正确的。直到有一天，一位同学拿出一本《新华字典》（她父亲是当地中学老师），指出我写错拼音了，我才知道我错了，才知道老师也会出错，才知道有字典这样一本工具书。那时候穷啊，连一个学期两元钱的学费都交不起，哪里有钱去买书啊。我的《新华字典》是后来用捉蜈蚣卖的钱买的（一条蜈蚣，大的卖五分钱，小的卖两分钱。一本《新华字典》需要多少钱，我忘记了，只记得购买一个铁皮做的上面画着乒乓球的蓝色的友谊牌铅笔盒需要四角二分钱——那是我这辈子使用过的唯一的铅笔盒，一直陪伴我走完了十几年的学生时代）。

这样的基础，这样的环境，想学好普通话，其难度可想而知。

刚刚参加工作，学校让我教普通话。我这基础，怎么能够承担如此重任啊！但没有其他人可选择，我是学校唯一一个年轻的女教师（那时候的师范学校是县里的最高学府，大多数老师是中老年人，新进的四个大学生都是男士），只好硬着头皮上讲台。俗话说："打铁还需自身硬。"咋办呢？唯一的办法就是"笨鸟先飞"——老老实实地学习。

那时候，不知道外面的世界是怎样的，也不知道去哪里可以学好普通话。我能够想到的办法很"愚蠢"：一是听广播，以便模仿标准的发音——从学校借了一台收录机，只要有时间就打开听新闻，边听边跟着播音员模仿，人家说一句，我就快速地跟着小声念一句；二是背《新华字典》，以便进行方言辨正。

不记得具体是哪一年（应该是20世纪80年代末期），省语委办了一个培训班，组织一拨老师在湖北大学集中学习普通话。在培训班里，跟着常春教授（依稀记得叫这个名儿，常老师的个子不高）等人比较系统地学习了普通话的相关知识，比如鼻音声母 n 与边音声母 l 的区别，也纠正了我的某些发音缺陷或错误，认识了武汉市第二师范学校的杜宇虹老师等同仁。

1993 年的某一天，武汉市教师培训中心的祝主任（兼武汉市第二师范学校副校长）到我的工作单位听了我给进修班学生讲的现代汉语课。大概是感觉还不错，他问我："小杨啊，武汉市有一个去北京学习普通话的指标，你想不想去啊？"这是我梦寐以求却一直没有找到门路的事情，只要学校领导同意，我当然求之不得啊。

1994 年，刚刚过完春节（好像是正月十一，大雪天），我就背起行囊赶到北京朝阳师范参加国家语委组织的第二十期中央普通话进修班，开始为期三个多月的培训。主讲教师是刘照雄、宋欣桥老师，还有姚喜双、孟晖老师等辅导员。在那里，我们系统地学习了相关理论知识和所有的国际音标的发音，一对一地进行方音辨正训练，每天做一张试卷（依稀记得是给两三百个汉字注音，96 分及格）。我每天五点钟起床，练音标，记字音，读文章……经过系统的、严格的、勤奋的训练，我的普通话水平得到很大提升，能够做到知其然且知其所以然，为我完成普通话教学和测试任务奠定了良好的基础。

那时候，国家语委正在研制《普通话水平测试大纲》（刘照雄老师主编）和测试员培训内容，常常拿我们"做试验"，我们经常"被测试"，也尝试着互相测试。只可惜，那只是试验阶段，没有等到给我们颁发普通话等级证书和测试员资格证书，那一期培训班就结束了。据说后来培训班学员结业证、等级证、资格证三证一起拿，令我羡慕不已。

二、教学

我是全国首届"普师生"（初中毕业被师范学校录取——师范学校的录取分数线比重点高中的还高，学习三年，统一分配到小学教书），毕业之后留校，主要任务是承担普通话教学和学校团委工作。

起初的普通话教学，只能照本宣科，教材上怎么写的，我就怎么讲，全然不懂"教材内容"和"教学内容"是有区别的，也分不清哪是重点，哪是非重点。加上自己的普通话也不那么地道，知识底蕴也不够厚实，确实有点"心虚"，算是愧对学生们了。记得有一次给"民师班"学生（民办教师考入师范，学习两年，获得中专文凭，转成公办教师。他们都比我年长。）讲"记音符号"，讲着讲着，一个调皮的男生突然问我："老师，什么叫符号啊？"这导致教室里哄堂大笑。

好在我是个不服输的人，有那么一股子拼劲。我的信条是要么不做，要么做好。一方面，我严格要求自己，勤奋学习普通话，不断提高自身的普通话水平；另一方面，我刻苦钻研教材，认真学习教学方法，不断总结教学规律，把教学与研究结合起来，让教研为教学服务。唯其如此，才能不断提升自己，才能让自己有质的飞跃。思考多了，就有自己的想法，就可以建立自己的教学体系了。慢慢地，普通话教学能够得心应手，当然再不会出现哄堂大笑的局面了。

虽然后来我又承担了现代汉语、大学语文、小学语文教学法等课程的教学，但是从来没有间断普通话教学和测试工作，也没有间断对这两项工作的思考，而且小有收获：有公开发表的论文，有公开出版的专著。比如对语气词“啊”的音变规律的质疑（论文《质疑语气词“啊”的音变规律》），对普通话水平测试应试技巧的思考（论文《朗读——提高普通话水平的捷径》），对小学汉语拼音教学的反思（论文《对小学汉语拼音教学内容的反思》《整体认读音节应该“精兵简政”》），对多音字记忆规律的总结（论文《巧记“片”的读音》《说“晴纶”也没错》和专著《普通话异读及音变词语手册》），对汉语拼音拼写规则中 y、w 用法的质疑，等等。

除了对在校学生教学，我还是武汉市普通话讲师团讲师、武汉市“教师口语”骨干教师培训班辅导老师，承担中小学老师的普通话教学培训任务。在武汉市中小学老师全员参与普通话水平测试的那些年（20 世纪末和 21 世纪初），我的周末基本上是没有休息的，不论晴天雨天，不论寒冬酷暑，要么测试，要么上辅导课，忙得不亦乐乎。记得有一年暑假，我与汉阳区的左老师一起被派往蔡甸区上课，总共七天。一天中午，我的朋友送了绿豆汤给我们解暑降温，左老师喝了一口赶紧吐出来了，因为绿豆汤里加了糖。那时，我才知道她患有严重的糖尿病，每天都要注射胰岛素。我对她的敬意油然而生。

三、测试

普通话的考试，经历了最初的笔试（20 世纪 80 年代，统一的试卷，各学校自己组织考试，自己阅卷登分，上报成绩，由省语委发结业证）、后来的口试（20 世纪 80 年代末 90 年代初，内容比现在的测试简单）以及如今的普通话水平等级测试（20 世纪 90 年代中期至今），这是一个漫长的不断改进、不断科学化的过程。我是参与者，也是见证者。只可惜，我没有留下当初的笔试、口试试卷，多少有点遗憾。

刚开始的普通话水平测试，全部是人工的。两个测试员一组，上午测 20 人，下午测 20 人（有时候会增加几个考生）。别看就是听一听读音，算一算 100 分（包含小数）以内的加法、减法、乘法，因为每一题的扣分点不同，分值不同，不仅要记得牢实，而且要算得准确，算得及时，的的确确劳神费力。那可是脑、耳、手等器官同时并用的高强度劳动，注意力必须高度集中，认真地听考生的每一个发音，并迅速做出准确的判断，快速计算所得分数，不能有丝毫懈怠。否则，两个测试员给的分数有等级差距，就得重新测试。这种高度紧张的劳动，消耗的能量特别多。比方说，平时早餐吃二两热干面，喝点豆浆或者米酒，中午就不怎么想吃饭了；测试的当天，吃一碗热干面，还得加一个鸡蛋、面窝或者油条之类，否则，还没有测完 20 人，肚子就饿得咕噜咕噜叫了。

如果测试地点近一点（最喜欢去市内大学测试），那还稍微轻松一点。如果远了，比如去新洲、黄陂等地测试，早上四点多钟就得起床，六点多钟赶到指定的集中地点，乘坐大巴前往目的地。下午等所有人员测试完毕，一般要到四点多钟，一起乘坐大巴到武汉市内，再各自回家。稍微偏远一点的，晚上十点多钟才能到家，真是又累又饿。

既然如此，为什么我们还乐此不疲，随叫随到呢？为了赚钱吗？非也非也。不论是普通话测试还是上辅导课，报酬都是很低的。记得最初的口试，一天 50 元辛劳费，后来慢慢涨到一天 100 元、150 元、200 元。讲课的辛劳费，一天也只有 150 元或者 200 元。我们自嘲：“干着最辛苦的活儿，拿着最廉价的报酬。”

我从来没有想过因为报酬低而放弃。如今，我已经是花甲老人了，仍然接受普通话测试或者复审任务。为什么？因为缘分，因为喜欢，因为热爱——有爱就有动力。

（作者单位：武汉城市职业学院）

普通话改变我的人生轨迹

雷 峻

我是一名地道的南方人，生在湖北，长在湖北，在湖北学习、生活、工作。我曾经是一名工科生，高中读的是理科，大学本科学的是工业电气自动化，研究生阶段是计算机应用。按照这样的发展，也许我会成为一名电气工程师、IT 行业的从业者，但现在，我却和语言文字工作紧密地连在一起。

作为一名国家级普通话水平测试员，十几年来，我每年要测试数千名考生的普通话，还多次赴港澳地区开展普通话水平测试工作；作为一名朗诵爱好者，经常出现在省市各地的朗诵表演、比赛现场，录制大量的文学作品在各种媒体上发布；在电台、电视台做过主持人、播音员，辅导过学生多次获得省部级朗诵、演讲、主持人大赛的第一名或一等奖。这一切都源自我从小对普通话的崇拜和追求。

说好一口标准而流利的普通话，对于北方人来说，也许不算什么，但对于我而言，却曾经是那么可望而不可即。父母是江西人，我出生在湖北孝感，少年时代在黄石度过，后来又在武汉求学定居，这几个地方都充满了各式各样的方言。我只能从广播电视里听到标准、纯正的普通话，平时能说普通话的机会仅仅局限在语文课堂上。如果课下和同学们讲普通话，别人会觉得很别扭，认为你很“做作”。没人要求你一定要说好普通话，但每当我的作文在课堂被语文老师用优美、动听的普通话朗读出来，那种骄傲和激动无以言表。从此暗下决心，自己也要认真地学好普通话，不为考试，不为升学，就是内心对普通话本能的喜爱。这种“偷偷”的学习是孤独的，经常很尴尬，因为家长和老师并不希望你为此花费过多的时间和精力，也没有人来指出你的语音问题，当时没有便利的录音设备，无法客观地听到自己的语音而发现不足，在自学的过程中会走弯路甚至用错误的方法训练。

记得有一次，语文课前要预习一篇纪念周恩来总理的文章《一月的哀思》，看到人民群众对敬爱的周总理无限怀念和悲痛的心情，我被感动了，于是在预习时已经不仅仅停留在学习语文知识层面，而是主动了解关于周总理的各种经历、重大历史事件以及各界人士对他的评价，尤其是十里长街送总理的场面，让少年时的我也不禁落泪。课堂上，有一个环节是老师随机点学生分段朗读这篇文章，我正好被点到，和其他同学只是例行公事地完成任务不同，我非常投入地朗读了相关部分，读完后全班同学都非常惊讶，老师也愣了半晌才说："好！很好！"尽管只有几个字的评价，但从那一刻起，我就意识到自己爱上了朗读，爱上了普通话。之后学校举行的很多文艺活动，我都被选中参加语言类的节目，无形中对普通话的练习也在不断地强化和提高。

大学期间虽然就读的是工科专业，所修科目甚至没有"大学语文"，但这并没有让我远离普通话。一次偶然的机会，我加入了学校的广播台，当了一名学生播音员。从此在南方方言环境里，有了一个互相都说普通话，并且以普通话标准作为基本条件的小圈子。课余之际，彼此交流、切磋普通话，学习普通话不再是一个人在"战斗"。校园广播员虽然很辛苦，责任比较大，压力也不小，但我乐在其中，普通话水平有了很大的提高。

我的普通话水平真正得到质的飞跃是在湖北广播电台做主持人期间。当时正好赶上国家多部委联合下发文件，开始真正意义上面向全社会进行普通话水平测试，而广播电视系统从业人员是重点要求参加测试的群体，并且对省级以上电台、电视台的播音员、节目主持人要求很高，必须达到一级甲等才能上岗。开始还有部分播音员、节目主持人不以为然，认为自己本身从事的工作就和普通话密切相关，当初招考进广电系统都经过了严格选拔考核，其中普通话水平作为基本条件，肯定没多大问题。结果几轮模拟测试下来，不少人没有达到一级甲等，这给原本乐观的我们敲响了警钟，一时全台上下掀起了学习普通话的热潮，台里组织培训讲座，单独辅导，节目主持人之间互相学习、纠错……很多人练着练着，发现自己平时没注意的问题很多，上节目时甚至感觉自己不会说话了。经过几个月的"魔鬼"训练，大部分人突破了自己的瓶颈，普通话能力得到了提高。当我拿到一级甲等证书的那一刻，心中的喜悦无以言表。从小对普通话充满期待的我，终于证明了一个语言环境和基础并不理想的人经过不懈努力，也能达到国家认可的最高等级。

彻底改变我人生轨迹的是回到学校后，经过学校推荐，我参加了普通话水平测试员的培训考核。身份从一名“运动员”变成了“教练员”和“裁判员”。最初的日子，我几乎每个周末都报名参加测试工作，测试能力得到了很大的提高。当然也遇到了一些不适应的情况，那就是以前在电台工作时，无论自己说普通话还是周围同事的语言面貌都比较好；而作为一名测试员，面对的考生来自各行各业，他们年龄、地域差别很大，普通话水平参差不齐，我对一级以下成绩认定有些无所适从，甚至有时候从心理上会对方言重、普通话测试成绩不理想的考生有些轻视，尤其是有些考生之前没有经过认真培训，不了解考试规则和注意事项，出现五花八门的状况，让人感觉很不舒服。不过，随着测试量的增多，特别是在一些资深测试员的言传身教下，我的心态发生了很大的变化，渐渐地用一种宽容和平和的心态来对待每一位考生。想想自己，作为一名长期生活在南方地区的人，当初的普通话不也是很蹩脚吗？说好普通话，不是播音员、节目主持人等少数人的专利，而是广大中国人乃至世界各地的人们为了更好地交流，了解彼此文化，促进社会发展的需要。学习、提高是一个循序渐进的过程，有的人可能永远都达不到纯正普通话的水平，但学习和使用的人越多，普通话的普及率就会越高，整个群体的普通话水平自然也会不断提高。作为测试员，要有这样的耐心和信心，并且在测试和培训的过程中要努力发挥自己应有的作用。

曾经有很多次，我作为巡视员到地、市、县测试站，听当地的工作人员介绍，有很多农村偏远地区的教师为了考普通话，要走很远的山路，花很长的时间才能到测试点，有些人为了达到教师所必需的普通话水平等级，平时很努力地学习，甚至考了很多次。在测试现场，我看到不少教师，头发都花白了，虽然很认真地一题一题地读着说着，但依旧有着较浓厚的方音。尽管我从心理上很同情也很敬佩这些考生，但同情不能代替分数，只能内心默默地鼓励他们继续学习，争取早日达标。

近年来，我多次到港澳地区参加普通话测试工作。这期间我非常明显地看到自从港澳回归以来，当地人对普通话以及对中华文化的不断认同。以前普通话在当地不是主流交际语言，随着内地和港澳地区的各种交流越来越密切，很多港澳人士感觉到，学好普通话无论对自己的生活还是工作都会带来积极的作用。在一次测试时，我遇到了一位特殊的考生，这是一位年纪看起来不小的女士，戴着眼镜。进入考场后，她的步履很慢。当她放下随身物品走向考试座位时，手里竟然还拿着一个类似平板电脑的电子设备。根据普通话测试纪律，在测试期间，考生是不能携带任何查询资料以及相关电子设备的。我开始以为可能是考生因为紧张忘记把违规设备放好，于是准备提醒对方。这时考场的负责人走过来低声介绍，这是一位视障人士，眼睛高度近视，手里拿的平板是专用的辅助阅读设备，背面有一盏 LED 灯，一个变焦摄像头，可以像放大镜似的把试卷上的文字在正面的屏幕上自由地聚焦放大。该考生报名时已经提前告知自己的特殊情况，考场工作人员经过评估，同意她携带此设备进行考试。测试开始后，这位考生非常艰难地一个字一个字读着，用时比一般考生要长许多。但听得出来，她考前经过了充分的练习和准备，虽然还有一定的南方方言口音，不过已经比一般考生要标准。在做说话题时，她也说到，尽管自己的视力几近失明，但依旧不愿放弃对生活的热爱和对工作的追求，希望自己学好普通话，在香港能找到一份适合身体条件的教育培训工作，既能养活自己，也能感受到汉语的魅力，并用自身的学习经历教会更多的港人说好普通话。

我在多年的普通话测试工作中，遇到过不少类似的考生。不经意间，普通话改变了很多普通人的生活和人生轨迹，当然也包括我自己。如今，我已年过半百，人生进入了下半场。普通话测试的手段在不断进步，测试员的作用也会不断变化，但我知道，我和普通话的故事仍将继续。

（作者单位：武汉理工大学）

缘于热爱，一往情深

陈 欣

只有不断探索，你才能感受到仅仅属于这片天地的色彩斑斓。只有走近它，你才会发现，这里就是梦开始的地方。

我从来都不知道，是什么时候开始有梦的，我只知道，不管是造梦的年华，还是追梦的日子，我的普通话之梦，早已如一叶轻舟，缓缓地荡入我的生命里。

我在大学四年级的时候，才第一次知道有普通话测试这回事儿。当时华中师范大学要求师范生全员参加测试，我们的辅导员老师高效地组织了一次大型的普通话培训，召集了年级一百多个学生，坐满了阶梯教室，很是壮观。可是，当我踏进教室的那一刻，立即被辅导员请了出去，她笑眯眯地告诉懵懂的我，可以不用参加培训。我一头雾水地离开了普通话培训的教室。一周后，又稀里糊涂地走进普通话测试的教室，看着教室里两个同样笑眯眯的测试员，完全不知所措。在她们的引导下，总算是顺利完成了我的普通话人生首测。再然后，就突然收到一个通知，要求我去学校广播台进行普通话测试录音。一个月后，在周围人诧异的目光中，我收获了一张幸运卡片——普通话水平测试一级甲等证书。

幸福来得太突然，是偶然也是必然。我出生在武汉，童年和少年时代生活在黄石。爷爷来自福州，奶奶从杭州远嫁过来，外公外婆一直因着工作关系不停地从北京迁徙到沈阳，又从沈阳到武汉。爸爸妈妈生长在大城市，又都下过乡，我们家自己就能构成一个南北语系的大杂烩了。小时候，我爷爷奶奶吵架的时候，一定是用各自的方言，因为只有方言才能传递最细微的情绪转换。但是，和我沟通，全家人肯定一致使用普通话。

我上小学的时候是 1984 年，那个时候普通话已经慢慢普及了，老师们在课堂上使用的都是方言版的普通话，同学们在课上使用普通话，到了课下还是说方言。于是，我就和小伙伴们一样，在方言和普通话之间不停地来回切换。只不过，每次从学校回家，妈妈总要皱着眉头不厌其烦地帮我纠正我已经在学校里被同学们带跑偏了的普通话。就在这种大家都说不好普通话的大环境下，我的普通话就成了稀缺品，凡是学校有主持、演讲、朗诵、辩论之类的活动，老师总是第一个想到我。这也使我原本胆小、怯懦、内向的性子得到了改变。

因为上学的时候年纪小，个子也小，总会被同学们拿来比较。班里的同学一般比我大个两三岁，他们总会暗暗地和我较劲儿，千万不能被这个小豆丁给比下去了。运动会的时候，我的1500米长跑永远是最后一名，因为凡是落到我后面的同学，因为自尊心的缘故毫无例外会弃赛。可是，他们没办法和我比较普通话。我至今都记得一个女同学，恨恨地在我身旁说："你不就是靠一张嘴吗?"当时幼小的我觉得很受伤，感觉自己在别人的眼中就是一个金玉其外的草包。现在想来，却很感恩。就是这张嘴，让我选择了师范，从师范生到高中老师再到大学老师，我就靠着这一张嘴稳稳地站住了讲台，对得起自己多年来的训练，也对得住台下一双双渴盼的眼睛。

成为大学老师之后，我有了更多的时间做自己喜欢的事情，对普通话也从单纯的兴趣爱好变成了研究和探索。我不再局限于自己如何说好普通话，而是探讨怎样能让更多的人说好普通话，使更多的人能借助普通话收获更多的知识，丰富人生的阅历和体验。

多年来，借助国家普通话培训测试中心和湖北省普通话培训测试中心搭建的学习和交流平台，我获得了诸多帮助，我的身份和角色也在不停地转换。就像海绵一样，我不断地汲取知识，提升能力，力争做一个好的普通话学习者、传播者、研究者。还记得初为普通话测试员的忐忑与不安，考国家级普通话测试员的焦虑与压力，普通话培训测试学习交流时的快乐与满足，辅导学生之后的开心与成就。

2000年至今，我从湖北省普通话测试员到国家级普通话测试员、国家级赴港澳特聘普通话测试员、国家级中小学普通话水平测试特聘专家、湖北省推普扶贫特聘专家、湖北省艺术类（播音主持）面试专家、"迦陵杯·诗教中国"诗词讲解大赛评审专家、湖北省普通话测试员培训特聘专家、湖北省演讲协会幼儿教师口才专业委员会副主任，一路走来，风景这边独好。

“以其昭昭使人昭昭”，我一直奉行这句话，凡事一定要自己搞明白了才去教授和传播。有录音机的时候，我就拿磁带给自己录音，边听边改进；有网络了，我就把自己编的书在喜马拉雅听书上连载“欣欣老师讲传统文化故事”，和更多的大朋友、小朋友们一起分享普通话与中国文化的魅力。

普通话给了我太多的机遇，也给我身边的人提供了更好的成长环境。欣然，一个美丽聪慧的女生，湖北校园金话筒十强选手，刚刚踏入社会就获得了公司新人奖第一名；小思，一个充满好奇心和探索欲的大男孩，湖北省高校教师演讲十强选手，今年刚刚获得了国际排名前五十的大学的博士邀请函；阿辉，勇于开拓的西部计划志愿者，借助他的普通话专长在新疆托云牧场，绽放自己的青春和光华。还有许许多多通过自己的努力成长为普通话测试员的朋友们。

“学好普通话，沟通你我他。”这不仅仅是一句耳熟能详的广告语，更是普通话学习和交流过程中的常态化表达。普通话的下一站在哪里？下一次又会看到怎样的风景？经历什么样的故事？见证怎样的奇迹？世界是一个圆，无论我们走得多远，去往何方，都会回到梦开始的地方。

（作者单位：湖北第二师范学院）

我的南腔和北调

杨 光

土生土长的湖北人，“牛栏”和“刘楠”是分不清的，“南方”会说成“蓝方”，“老刘”会喊成“恼牛”。所以作为一个地道的湖北人，我 20 岁之前一直是鼻边音、前后鼻音不分，并且尖团音会颠来倒去的拿不准。而湖北相对于九州大地、天南地北来说又是个特殊的方位，它居中而且九省通衢，它的方音特点既具有北方方言最南边的风貌，又具有南方方言最北沿的特色。加上水陆通达，纵横交错，闯江湖的人多，造就了湖北人见人三分熟，学外地人的话也似模像样，南来北往的人居然也能听得懂。

本来一河之隔，地分南北。湖北人理所当然地划到南方。可湖北本地是“天门中断楚江开”，在心理上江北作北，江南为南。江北人卷着舌头说的“弯管子”话是北方话，直着舌头平翘舌不分、怎么也学不会发儿化的江南人说的那是南方话。其实大江南北尽管自认有别，底色却相同，北岸是江淮官话，一路迤逦到南京；南岸是西南官话，一路上溯到昆明。

我的家乡坐落在鄂东北的官道上，历朝历代都是重镇要冲，城北官道上有接官亭，城中有府衙、紫金路和考秀才的学庙，城西有高耸的城墙和宽阔的护城河，早年间的确是闻名遐迩，唐时蹉跎过诗仙，明时补缺过皇帝。开化得早，以至文商汇集，崇尚礼乐诗画，以往圣先贤自得，凡有仪式感的事务都尽心尽力，维护得十足，比如官话的传统，那自然是马虎不得，“弯管子”普通话普及得很开，平翘舌基本分明，平上去入对应得也精细，居然还有儿化音，有这个底子存续，老家人说起普通话来，入门就容易。新中国成立以后，作为由鄂入川的第一道门户，也得益于“中央支援地方”的伟大战略决策，中央和省里下放了三个大厂和驻军部队驻扎在小城，厂子和营地把县城扩建了一倍。城内熙来攘往的有一半人是外乡人，恍似一道春风，外乡人的口音尤其是北方人的口音涌现在老城的大街小巷，千年州府积聚了几朝几代的南腔，片刻间被弯弯绕绕响亮的中原北调冲淡，外乡人带来了大城市的足球、花裙子、牛仔裤和开放的风气，还带来了广播里才有的标准普通话。

我学习普通话，一半来自广播一半来自外乡人。广播里的声音瞬间即逝，字句听不分明，只有大致的轮廓，身边外乡人的语音就清晰多了。厂矿和驻军有自己的子弟学校，他们操着来自北方各省口音的“厂矿驻军普通话”，俨然天生带着区分某个社群的标记，这道无形的印记，隔离出外乡人和本土的区别，不是那个口音的人是得不到圈子的接纳和认同的。于是我开始向身边的外乡人学习他们的发音，以期能见识广阔的外面世界。然而，厂矿子弟们或者嬉笑或者好言劝道：“你说的不对，你说的错的，你说的不是普通话。”最深刻的挫折来自报考北京广播学院的窘迫，在省台门口暗黑的小屋子里，我听到了省台播音员老师的讲话，那些话音如同一道闪电划破了前路的阴霾，我突然发现原来我在学校教室前、红旗下、舞台上、广播室里一直大声而自豪的诵读，都是湖北普通话——南方普通话。这使我迫切地想要摆脱南腔而奔向北调了。

大学读的师范，学的还是中文，普通话成为学习语言并将成为工作语言，我费劲地提升自己的普通话水平，却发现接下来普通话的标准越来越高，就像歌里唱的“越过山丘”后发现还是山丘。大学教我普通话的老师来自吉林四平，后来我去省里考普通话测试员，教我普通话的老师来自黑龙江哈尔滨，我每每出现了“乡音”的时候，老师都会皱起眉头，让我深深惶恐。直到有一天我的耳朵也练出了北方人的敏感后，我才发现湖北的或者任何不地道的普通话在听感上是多么的突兀和不和谐，就像老武汉人听到新武汉人说武汉话一样，听着膈应很不舒服，恨不得上前捂住你的嘴。学习普通话对于国人来说，虽然不是第二语言习得，但我深信，言语交际环境对于说好标准的普通话是事半功倍的，我如果不想让老师或听众皱眉头，就必须进入北方话的环境，这个“北”不是湖北的北，而是大河之北，去寻找官话之源。

到了北京城，刚开始的时候，你会觉着北京话和普通话是两码事，因为念稿子说普通话的北京人和胡同里说北京话的北京人，发音方法、遣词造句、语气状态全不一样，好好的北京孩子念稿子不知怎么就缺了精气神，可是一到聊家常说东道西那可就顺溜得去了。国家语委的普通话老师经常挂在嘴上说的“平时说话的状态是到不了‘一甲’的”，说的就是这个现象。不过时间久了，我反而觉得，普通话的根是长在北京话上的，它们其实是一码事。普通话之于北京话，很像是书面语之于口语的关系，书面语来自口语最终回归到口语，普通话的最终目的还是要回归于口头交流的，除了特殊的老词以外，普通话的发音、语法、常用词汇、语气语调还得是以北京话为标准的，普通话规整的语音、词汇、语法只是官话的“形”，官话的“神”还是在北京话上。

十几年前我来到了高考没考上的北京广播学院即现在的中国传媒大学进修，小课老师对辽宁抚顺台的一位音乐节目主持人赞不绝口，总是边微笑颔首边说这位同学读书的时候就是特别典型的“一甲”状态，喜欢得不得了，这着实激发了小组中其他东北、西北同学的倾慕，还有湘鄂渝赣皖一众南方同学的艳羡。然而轮到我们读书的时候，老师的眉头就又皱起来了，总说“语音没啥错，但是状态不对”。老师把“一甲”归纳为一种状态，不是语音对错的问题，而是一种和谐的、综合的、整体的表达效果。多年以后，我认为这种模式可以描述为已经完全不用在意语音的对错，就像土生土长的北京人自如交流表达的那种状态。作为南方人，声韵调的问题不难解决，难以解决的恰好是隐含在字里行间的韵味，北方人的语流音变和语气语调不是学来的，而是在成长的环境中浸润到骨子里去的，用这种“腔调”雕刻出来的文学作品、文字稿件是必须要用这种“腔调”去表达的，就好像相声必须要用北京话去说，秦腔必须要陕甘人去喊，评弹那一定是要用苏州话去唱。

学北京话是个挺不招人待见的事，地道的北京人不屑，南方人觉得你怪异，同人觉得我这个做法不科学，不入普通话的正统。我自己没觉得，反正最后就有了北京情结，没事就想去，不去故宫、什刹海什么的，就是包子铺、菜市场、公汽、地铁里满地溜达。

十几年前在中国传媒大学结业的时候，又被拉着考了一次普通话，我问主考老师为啥不多给一分到“一甲”，主考老师再一次皱眉，不停地搔着脑门说：“你是南方人吧，味儿不对。”是的，我清楚地知道自己缺的是什么，接下来要怎么去做。

（作者单位：湖北工程学院）

梦在心中，路在脚下

孙冬妮

我的家乡位于鄂西北大山深处，我从小耳濡目染的方言是西南官话，它亲切熟悉，娓娓道来，似乎与生俱来。那个年代，周围很少有人说普通话，它只是隐隐约约存在于课堂上老师半生不熟、杂糅着方音语调或方言词汇的夹生普通话中，出现在上学、放学途中小伙伴们学说“小喇叭开始广播啦”的开心嬉闹里，更会在每晚家家户户的《新闻联播》节目响起的熟悉旋律后字正腔圆地撩拨我的心弦。在那个懵懂的年纪，普通话对我而言是一种蒙着神秘色彩的天籁之音，也是一个虚无缥缈的、模糊的梦。它就像是孩童时期的我在夏夜仰望满天星辰时看见过的一颗闪着晶亮光芒的星星，遥不可及，似乎将与我的生命永无交集，从来不会想到时光流转，终有一天会紧密地相伴我的人生道路。

中学时代，一个偶然的机会，语文成绩出色的我被选拔在学校运动会上做了广播员。那是我第一次在公开场合用尚嫌稚嫩的普通话播报宣传稿件。虽然没有普通话的生活积累，但从小对普通话的倾心给了我莫大的勇气，我万分欣喜地接受了这个任务，全然没想到自己除了语文课回答问题，还从没有在公开场合使用过普通话。大概是从小到大听广播、看电视和语文课上的拼音识字学习，我的普通话知识得到了丰富，促使我跃跃欲试，大胆开口。这次用普通话播报的首秀，促成了我与普通话的一次亲密接触，也引发了我对普通话的更大兴趣和关注，我感到它离我似乎不再那么遥远。

上大学那年，我第一次离开了家乡，来到了陌生的环境。虽然学校所处的地区离我的家乡并不太远，同属一个方言区，但是语言中的语音语调已经有了较大的差异。生活的天地更广阔了，普通话代替了方言并成为日常交流沟通的纽带。新认识的室友们有的出身于普通话氛围浓厚的铁路大院、驻地厂矿企业，有的来自普通话为主要教学语言的地市州学校。同学们跟我打招呼、聊天，普通话标准而流利。课堂内外，老师们也都使用普通话授课、交谈。普通话才是大家交流的唯一语言。我生平第一次在生活中近距离、大范围地接触了普通话。为了不至于显得格格不入，也为了尽快融入新的朋友圈，我不得不尝试在日常生活中开始使用普通话。这是我正式与普通话拉手，虽然稍显笨拙，紧张而新奇，却又心生欢喜。加上我所就读的师范院校对学生的师范能力尤其是语言能力要求较高，为了以后成为一名合格的老师，我不仅慢慢地用普通话代替使用了多年的方言，还开始努力学习标准流利的普通话。为此，我向身边的同学学习，经常比较自己的方言与普通话在语音上的差异，努力矫正方音。直到现在，我还清楚地记得，在和身边的朋友聊天时，我经常戛然而止，突然发问：我刚才说的这个字发音对不对？到底应该是平舌音还是翘舌音？那个字是鼻音还是边音，是前鼻韵还是后鼻韵……回想起来，那时候我刚开始说的普通话一定不标准，但是凭着敢说、想要说好普通话的那种初生牛犊不怕虎的劲头，已经在梦想的道路上迈出了一大步。随着大学时光的流逝，普通话水平的不断提高，我从一开始不断被别人纠正普通话发音，逐渐成长到在学校举行的各种师范生普通话技能比赛和汇演中能独当一面，成为主角之一。就这样，靠着满腔热情、一股韧劲，我把大学期间的生活与普通话紧密联系在一起，普通话不再高高在上地俯视我，而是悄然融入了我的生活。

经过大学期间的努力学习和浸润，毕业以后我成了一名高校教师，已经完全能够用比较标准的普通话授课。在此期间，我也曾获得过学校教师演讲比赛的奖项，甚至还曾代表学校参加过市级的演讲比赛并获得名次。普通话成为我生活、工作的助手，我们越来越亲密。

在参加工作后的第三年，新的契机出现了。学校选送我们几位青年教师参加湖北省普通话水平测试员第四期培训班学习。在这个多年来号称“魔鬼训练营”的培训班里，学员主要来自全省各地教育系统，很多人从小身处普通话环境，水平普遍很高，相比之下，一直靠自学成才的我跟别人水平差距明显。尤其是第一天被老师抽中朗读文章，我竟然紧张到结结巴巴、语无伦次，完全不符合流畅的普通话标准。原以为自己的普通话已经不错的我这才沮丧地发现，山外有山，天外有天，以前自我感觉普通话良好完全是在坐井观天。深受打击和刺激的我看到了自己的不足和差距，但凭着从小对普通话的一腔热情，我并没有气馁和放弃。从那天开始，我决定再次奋发图强，重新开始普通话学习的进阶之旅。那个年代还没有手机、电脑、iPAD等现代化、高科技的学习工具，我白天紧跟老师学习理论知识，晚上跟着随身听的磁带或电视里的《新闻联播》一遍遍跟读、模仿，纠正自己的发音。有时候读着读着不知不觉就睡着了，而梦里的自己依然还在读啊读……就这样，经过半个月的刻苦学习和训练，我的普通话水平得到了质的飞跃，最终以优秀成绩顺利通过了培训班普通话水平一级和测评能力的双重考核，成为一名合格的普通话水平测试员。教学工作之余，我还经常与全省各地的测试员一起合作参与普通话的培训和测试工作。从此，我正式踏上了从事普通话相关工作的人生之路。

真正使我的人生道路发生很大改变，甚至可以说改变我人生轨迹的是在我从事高校教学工作八年后，继续深造攻读研究生即将毕业的那年，机缘巧合之下，普通话水平测试员的身份使我获得了从事部属高校的普通话测试管理工作的机会。工作的平台和性质都发生了翻天覆地的变化。更难得的是，这一年，我还被湖北省语委办选拔，获得了去北京参加国家级普通话水平测试员培训班学习的机会，在面临比省级普通话水平测试员培训班更大的挑战和压力下，我和班上其他来自全国各地的学员一起忘我学习，最终战胜自己，以优异成绩取得了国家级普通话水平测试员的资格。

从那时起，我不再只是普通话的学习者、爱好者、业余从业者，还是普通话工作的专职管理者、宣传者，普通话一下子从部分到整体完全占据了我的工作和生活。除了日常工作与普通话密切相关，甚至我的朋友大多是普通话工作的从业人员，我们因普通话相识、结缘，我们是普通话战线并肩作战的战友，我们一起参加各种与普通话相关的培训、考核评估、研讨等工作；我们一起跋山涉水，送测到各地；我们也曾一起建设测试站，从废弃地下室的一间小办公室发展为宽敞明亮、机器整齐排列的计算机辅助普通话测试考场；我们也从周末不断转场各个测试点顺利过渡到人在家中独立完成测评任务；我们更是完成了千里迢迢奔赴香港、澳门参与当地推广普通话和测试任务，到现在的与港澳测试员在线上合作测试的转变……我和我的测试员伙伴们一起见证了普通话水平测试工作的不断发展和变革，把生命的黄金时代奉献给了祖国的语言文字事业！

回首往事，我的来时路始终有普通话的梦想指引；展望未来，普通话还将伴随我的人生前行。一路走来，无论是顺境逆境，我始终相信，只要心中有梦，眼里有光，脚下就有大道坦途。

（作者单位：武汉大学）

爱你，是融入血肉的本能

周吉芳

中秋后的第二天，沉寂很久的红色心形图标亮起来。看着那颗不停闪烁的红心，就像看到离家已久的孩子归家，怀着欣喜和爱意点开你。毫不夸张，铺天盖地的群都被我设置成消息不提醒，唯独保留了你的消息提醒。因为爱，不想错过。

十几年的光阴，转瞬即逝。时光带走了年轻的容颜，带不走的却是对你深深的热爱。在追逐梦想的四千多个日子里，这份爱慢慢融入血肉，成为身体的一部分。暑假，有幸读到梁兴龙老师的作品。从“我学习”感同身受，从“我测试”体会辛苦和欢乐，从“我享受”得到情感升华。字里行间无不透露出一个测试员对你深深的眷恋和热爱。我相信，这种深入骨髓的情感将会伴随测试员们的一生。因为爱你，这种情感已融入血液。

追　梦

说起你，想必每个测试员都有一段刻骨铭心的回忆。梁老师谈起你是最接地气的，每个场景、片段的描述都能引起测试员们对追逐梦想的回忆。勤奋、辛苦、努力自不必说，都是惊人的相似。如今回想起来，在那段难忘的日子里，除了收获你，还收获了一个难得的真诚的朋友。

那是培训报到的午后，路痴的我在陌生的地方转悠很久，终于找到住的地方。打开门，一个美美的女子静静地坐在床边，顿时觉得小小的房间宛如春天的早晨，清冽中带着丝丝柔和，让人欲迎又却步。看到她，夏日午后的酷热、迷路的烦躁渐渐消失，心情豁然开朗。恍惚中有春天如她，抑或是她如春天之感。十来天的相处，看着她学习中的勤奋、生活中的细心，娴熟处理各种对我来说很难的事儿，很是佩服。她的优雅娴静、从容淡定，像极了小时候在武当山南岩峭壁上看到的杜鹃花，迎风傲立，心无旁骛地盛开，是那么热闹、执着；那种惊艳的场景，长大后再也没见过，可看到她，记忆里的惊艳便又跃然于脑。

在她的陪伴中，那些怕学不好、不能顺利拿到测试证的担心变得不再重要。白天我们共同学习、探讨，争论某个词的正确发音，甚至在等午饭的过程中都没放弃相互纠错。临近考试，我们俩都很忐忑，可谁都不敢说出来，就怕唯一的信念被不能通过的担心消磨殆尽。就在我惶惶然地连饭都吃不下的时候，她说："今晚下自习后我俩出去散散步吧！"原本想拒绝后继续加紧练习，但想到连日来奋战到24点后也没能缓解紧张的心理，就点点头。她比我更懂得这个时候需要的是放松！自习后已是21点，我俩直接下楼。十几年前的培训基地还很荒凉，即使是白天，周围也鲜少见人。我们顺着街边的林荫小道缓缓前行，她跟我讲为之骄傲的女儿，讲她的学校、她的工作。不知不觉来到一个正在建设中的街边小公园，里面有几棵很大的树，自然界的气息扑面而来，所有阴郁情绪一扫而光。她像个孩子似的在树下欢呼、叫嚷、大声歌唱，还让我吼几嗓子。而我，看着她开心的样子，也想放声大唱，却发不出任何声音。只是跟在她的身后，为她的高兴而高兴。测试结束后的那个晚上，我们彻底放松。没有关心成绩如何，而是打开电脑，听她介绍她的学校，观赏她的演出，讲出现在画面上的每个同事……一切安然而宁静。那，才是真正的我们！

虽然我们是性格迥然的两个人，可遇到她，总感觉很熟悉，仿佛认识了很久。那种坦诚，那种对普通话热爱的程度，那种勤奋和努力，分明就是另一个活泼的自己。因为爱你，我和她相遇；因为同一个梦想，我和她相互鼓励、彼此温暖而不放弃。在共同追梦的日子里，她的细心照顾，学习时的相互帮助，两个晚上的散步，分别时的深情送别，是一生的温暖。那段追逐着你奔跑的日子，再艰难初心也未曾改变，正应了晏殊那句"昨夜西风凋碧树，独上高楼，望尽天涯路"。

筑 梦

顺利拿证归来，我陷入一种疯狂的学习模式。不喜欢看新闻的我，每天准时听《新闻联播》；听到好听的朗诵，立即上网下载反复听；有人用普通话和我交流，习惯性地竖起耳朵辨别对错……一次珍贵的培训，激起了我向你攀登的决心。总感到自己学的还不够，远远不够。

就是在这种状态下，有幸聆听到梁兴龙老师分享的朗读作品《拥抱胡杨》。标准的语音和好听的声音让我迷醉，连学生都好奇地问："老师，有什么事儿让你如此兴奋?"我激动地语无伦次："听听，听听……大师级别的作品，就在我们十堰!"分享链接在电脑上，音乐响起，孩子们没什么反应，"终于走进你，冰雪塞外的千年胡杨"，当好听的男中音响起，孩子们就尖叫起来："天啊，跟播音员的声音一样!""好好听，好好听……"教室里躁动起来，更多的孩子则是带着怒气："能不能先听完再说!"一瞬间，梁老师美妙、标准的语音，让那群不爱学习的孩子们瞬间安静。环视教室，个个都是一脸的专注和崇拜。记得那节课，和孩子们听了一遍又一遍，直至下课，个个都是意犹未尽。从此，那届孩子和我一起走进你的世界，爱上你。

不久，接到教育局领导到校听课的通知，因规模较大、人数较多，校领导要求上课要有课件。可网上跟普通话有关的课件内容繁多，只能做培训用，不合适上课用。为了让公开课接地气，更容易让人接受，只有自己动手做课件。匆忙中征得梁老师同意，把《拥抱胡杨》做进课件里，讲了一次市级公开课。课后领导们说："想学一口标准的普通话还真不容易啊！你这节课浅显易懂，却又让学生们知道什么是真正的普通话，更重要的是激发了孩子们学习普通话的兴趣。《拥抱胡杨》真是太好听了!"孩子们的努力得到认可，学习劲头更足了。随后的讲故事比赛、演讲比赛、朗诵比赛，争抢着参加，再也没出现过无人报名的局面。

紧接着，湖北省学前教育专业的技能大赛临近，我负责讲故事这个赛项。不想让孩子们失去这次难得的机会，就想找个大师级别的老师来指导。抱着试试的心态联系了爨丽峰老师，没想到爨老师竟然答应了。我激动得语无伦次，身边的孩子们也高兴得跳起来。百忙中的爨老师专门为我和孩子们留了一个下午的时间，3 个孩子加上我，4 个"学生"如饥似渴地聆听爨老师每个字的发音和讲解。那次比赛，参赛学生讲故事赛项分数最高。人生有梦，就有目标；有目标，就会奋进。向梁老师、爨老师求教的过程不正是我为你"衣带渐宽终不悔，为伊消得人憔悴"的写照吗?

圆梦

时间如白驹过隙，送走了一届又一届学生，可我对你的情感却越来越深。以前爱听音乐的我，现在听大师们的朗读作品。《中华长歌行》《中华情》《电视诗歌散文》和四大传统节日的诗会，只要有时间都是必看的节目。上班间隙，收藏的也大多是各种朗诵作品，舒缓的旋律、符合文意的画面配上朗诵者标准纯正的普通话，真是让人痴迷。言传大于身教，因为我对你的深爱，孩子们也越来越喜欢诵读。朗诵作品《我是中国人》获了一等奖并上了《十堰日报》；演讲比赛多次获十堰市一等奖，特别是在中华人民共和国七十华诞之际的演讲《祖国，我为您庆生》和《团结就是力量》，分别荣获十堰市级第一名、第二名；舞台剧《绣红旗》用朗诵和音乐感动了全校，台上声情并茂，台下泪眼婆娑；疫情期间带着两个普通话最好的孩子参加了全国职业院校举办的“传承的力量”微视频大赛，作品《鄂西北第一面红旗升起的地方》获湖北省中职组一等奖，并冲进全国总决赛……细细碎碎算起来，已经有好多好多。我和孩子们在做每一件作品时，都饱含着对你的深情，千万次地纠正发音也丝毫不觉枯燥。

记得八年前，发现班上一个男生音色音质都特棒，容貌清秀，如果改掉浓重的方言，假以时日，绝对是个不错的播音员。不久碰上丹江口汉江电视台招聘播音员，就说服他的家长，鼓励他报名；同时加紧加重对他的训练，每天至少两个小时，我就坐在身边，盯着他的口型，听着他的发音，随时随地纠正，每晚 7 点一起观看《新闻联播》，就为揣摩大师们播音时的状态。半年后，他从 29 个应聘者中脱颖而出，成为唯一一个入选的实习播音员。还在学习的他，一边利用闲暇时间做播音，一边继续求学，最后进入大学深造，专门学习播音主持。

因为爱你，在成就自己的同时，也成就了曾经没有自信的孩子。甚至可以说，因为你，很多孩子扬起生命的风帆。十几年的长久陪伴，经过多次挫折、多年磨炼之后才圆了我的梦想，那就是：用自己所学助孩子们树立自信，确定目标，最后成才。多年的倾心相伴，千百度众里寻他，“蓦然回首，那人却在灯火阑珊处”。

认识你，是灵魂的所属；遇见你，是时间的恩赐；爱上你，是岁月的硕果。无论过去、现在、将来，爱你已成为融入血液的本能；从青丝到白发，你的身边永远有我。此生有你相伴，生命不再寂寞。

（作者单位：汉江科技学校）

寻梦·追梦

郑 荣

小时候，我生活在大美新疆的一个军垦农场，农场里的人来自五湖四海，我在那里差不多读完了小学。我的语文老师是一个上海人，能说一口标准的普通话。作为小学生的我，觉得老师连平时说话都那么好听，她就像魏巍笔下的蔡芸芝老师一样温柔又善良。对老师的爱和依恋，让我把对老师普通话的模仿作为了人生的第一个追求，所幸，在老师教过的学生里，普通话能说得比较像样的，还属我这个跟屁虫了。

有这点特长加持，我 11 岁离开父母随亲戚先行回老家湖北后，在语文学习上一直劲头很足。因为课本里那些优美的文字，用自己倾注了感情的普通话抑扬顿挫地读出来时，我感觉自己仿佛到了一个更美好的世界。在那个世界里，我忘记了生活的贫困、内心的无依，坚强的性格也就此形成。也许就是在那时，尽早独立能执教杏坛的想法就已经悄悄萌生了。后来我读了三年师范专业，最终成了一名光荣的人民教师。多年后，我参加毕业 20 年的同学聚会，席间，曾经的同桌告诉我："郑荣，你还记得吗？你在晚自习时读契诃夫的《凡卡》，我听得都掉了眼泪。"惊异当时的朗读能给同学留下这么深刻的印象，也瞬间感觉青春岁月里那曾经伴随我的琅琅书声，是怎样装扮了我的人生：入师范院校第一年，我参加学校的普通话大赛，把喜爱的泰戈尔散文诗《金色花》练了又练，终于在比赛中如愿拿到了一等奖。学校奖给我一本《现代汉语词典》，彼时值十来元钱的词典我一直用到今天也舍不得丢弃。看到它，就仿佛听到了一个曾经年轻的女孩子是怎样用一颗热爱普通话、热爱文字的心去叩响通向梦想的大门的。也记得和老师一起到学校的两个校区进行演讲，在几百人的大会堂里慷慨讲述对老山英雄的敬仰，心在咚咚跳动，是紧张、激动，还是感动，我分辨不清了，只觉得当礼堂里回响起自己清丽、坚定的声音时，我仿佛经受了一场心灵的洗礼。那样的成长经历，我一辈子也忘不了。

工作了，梦想刚刚起锚。我想成为一名优秀的教育工作者，可怎么达成目标，心中一片茫然。或许是普通话还有点儿基础的原因吧，我被分配在襄城区文办后第一次出差是到华中师范大学参加普通话培训。不去不知道，一去才知道，我和别人的差距有多大。一个刚刚 18 岁的女孩子，在各级各类学校、教研室派去的普通话骨干面前，就是一个丑小鸭。那时候还没有普通话考级，我的任务是要拿到普通话培训的合格证，回来以后作为培训师要对区属学校老师进行初次普通话考核。记得当时对我来说最难的训练，就是拿一段拼音把它流利地读出来。培训老师明确告诉我们，我们这一批培训班的百十个人将来能拿到合格证的，最多只有一半。又惊又惧之下，我暗暗下决心，一定要拿到合格证。15 天里，我把两本培训书籍读得翻了卷，终于得偿所愿。八月初的华师校园，烈日当头，知了的叫声里也透着焦躁，我身上长了好多痱子。吃了这么多苦，可当我拿到合格证的时候，把什么苦都忘了，仿佛捱着的红本本儿就是我的人生至宝，而我离梦想又近了一步。

普通话让我跟文字更亲近，那和谐的音韵，让文字也有了无穷的魅力。从襄城区文办调离后，我又辗转到两所学校任教。虽然知道在学校当语文老师比较辛苦，可我还是毅然决然地选择当了一名语文教师。我用自己的普通话拉近孩子们与语文的距离，拉近他们与文学的距离，仿佛纯正的普通话是一座桥，将我和孩子们紧紧联系在了一起。我没有忘记成为一名优秀教育工作者的初心，那是我的梦，而梦想的实现需要心血的浇灌。语文教学中，我用声情并茂的朗诵带学生进入五彩的语文园地，课下我建立普通话兴趣小组，培养朗读苗子。我和学生一起用《配音秀》App 为诗歌、散文甚至是电影剧本配音，在优美的乐声里用普通话增添文字的魅力，我们师生沉醉其中，不亦乐乎。春去秋来，我送走了一届又一届毕业生。当他们即将迈入高等学府时，不少学生会回学校看望我，常有人会笑着告诉我说：老师，我是因为您的普通话朗诵才爱上语文的。原来，普通话在我的人生梦里、在孩子们的成长梦里都曾扮演过如此重要的角色。

努力追梦，梦想是你心中的明星，在前方的天空摇曳生辉。你有时会认为梦想离你太远，但生活为认真追梦的你送来的礼物可能正是别人眼中难以复制的幸运。我喜欢用普通话朗诵，我的孩子生长在襄阳，很小的时候我就给他朗读我喜欢的《安徒生童话》《格林童话》。受我的影响，小学时他的朗诵也独得老师青睐。中学时参加班级爱国诗词集体朗诵，他是领诵员。上了高中，参加辩论赛、校园十佳学生竞选，一口流利的普通话也让人刮目相看。语言都是相通的吧，孩子喜欢朗诵，也喜欢英语口语，他的英语表达会比别人多点儿韵味。在老师的鼓励下，他曾在湖北省高中生英语大赛中拿到一等奖，进入北大校园后参加新东方全国大学生英语口语比赛，也获得了第二名的好成绩。有趣的是，他初次从襄阳这个中部三线城市来到充满京腔京韵的北京城，好多同学都以为他是北京人。我得感谢普通话，孩子能迈进他心心念念的高等学府，普通话功不可没。

时光荏苒，转眼 30 多年过去了。我成长为一名市级骨干教师、区级名师，也获得过一些国家级、省市级的奖励。作为语文教师，普通话给我的助力是显而易见的，她使我离梦想更近一点儿，更近一点儿。人生的下半场，追梦之旅上我又收获了一个大大的惊喜。难忘 2019 年的 11 月，我在暑假参加了中央网信办、湖北总工会组织的“网聚职工正能量，争做中国好网民”的活动，我提交了自己的配乐朗读作品——舒婷的《祖国啊，我亲爱的祖国》，并荣幸获得了全国最佳人气作品奖。当我来到美丽的厦门，站在领奖台时，闪光灯亮起，我觉着了真正的骄傲。因为我深爱着自己的祖国，当祖国七十华诞，我恰好迈入人生的第五十个年头时，我能够用我的深情，用我的普通话，为我亲爱的祖国献上我最真诚的祝福，这让我的人生之梦变得格外圆满。

一生追梦，是让自己成为更优秀的自己。或许这个梦想永远也不可能真正实现，可是只要走在追梦的路上，人生就永远不会孤单与寂寞。感谢普通话，让我一路寻梦追梦，一路仿佛有歌声相随，灯火相迎，那追梦之路的尽头，就是幸福的人生。

（作者单位：襄阳市第二十三中学）

一生追求最美的语言

裴　蔚

人的一生能有多少个梦想值得毕生追求而初心不改呢？对我来说，普通话算得上是一个。

我对普通话的热爱应该说是与生俱来的。我出生在北方一座省会城市里，那座城市的语言就是普通话。从小我就爱说爱听普通话，觉得没有任何一种语言能够与普通话媲美，没有任何一种语言比普通话更动听更富有韵味。我从小就没跟长辈们说过方言，做医生的母亲生性活泼，爱说话，在家满口武汉腔，工作语言则是一口汉味普通话（俗称弯管子普通话），也从未对我的语言习惯造成丝毫影响。虽然后来随父母工作调动回到了武汉市，真正融入了一个方言大城市，但我仍然没有改变说普通话的习惯和意愿，学习、工作、生活中时时处处都用普通话跟人交流。我爱听广播，爱看邢质斌、赵忠祥、李瑞英、李修平、张宏民、王宁、李梓萌、海霞、康辉等主播们主持的《新闻联播》，为他们精湛的语言造诣和高超的语言艺术魅力所折服。我还欣赏各类电视节目频道主持人的精彩语言展示和春晚主持人们展现出来的极具魅力的语言艺术风采。我爱看话剧，听京戏，为演员们娴熟自如、游刃有余的语言技艺而陶醉，为字正腔圆、极具感染力的普通话和京腔京韵而沉迷不已。

很幸运，我所学的专业是汉语言文学，也先后在省文化单位和教育单位从事文学编辑和教育教学工作，在教学中尤其苛责自己用标准的普通话教学。在单位，一些同事和学生说我普通话标准，说话很好听，很文雅，我认为是工作需要，也是个人爱好，平平常常，从没有感觉跟别人有什么不同。直到1998年的一天，校领导找到我，说市语委来了个文件，要求推荐选拔省级普通话水平测试员，认为我可以代表学校作为不二的人选参加，我这时才意识到，可能我的普通话真的还不算太赖吧。我很高兴地接受了这一光荣任务，带着领导们的期望和同事们的信任来到市语委参加测试员选拔培训。我自信地来到培训班报到，没想到一开课我就傻了眼，所谓的自信一下子被击打得体无完肤，搞了半天我说了这么多年的普通话居然有这么多的错误啊，还是硬伤。担任选拔培训班的授课教师是武汉人民广播电台著名播音员张小陵老师，她一针见血地指出我的后鼻韵母有一些是发的前鼻韵母，如果不纠正，是无法通过选拔考试的。天哪！我怎么从来没感觉到啊，平时也没有同事和学生跟我提出过异议啊！也许我担任的语文和应用写作等课程的教学并没有专业普通话从业人员那么高的要求吧，也可能大家听不出来或者听出来也没当回事，所以也都认可我，使我听到的更多是赞扬。原来这就是专业和非专业的区别，就好比专业播音员张小陵老师一下就能听出我们这些没经过专业训练的人哪哪都是问题一样，我们经过了专业训练进阶成为专业测试员后，自己也会形成职业本能，一听人说话，立马就能发现各种各样的毛病，这就叫隔行如隔山。课上，我认真听讲，接受训练。课后回家，我仔细阅读教材，仔细回味张老师的谆谆教导，刻苦努力，认真对照练习。经过严格的培训和自己的刻苦努力，终于考试过关，获得了参加省普通话测试中心普通话测试员培训班学员的资格。进班后又是一番紧张的学习和“炼狱”般的刻苦训练，最终获得了省级普通话测试员资格证书。我很欣慰，因为从今天起，我就正式成为一名专业的普通话工作者了，一种自豪感在我的心底油然而生……真的不容易，我从一名盲目的普通话爱好者成长为一名真正专业的普通话工作者，的确经历了一番脱胎换骨的涅槃重生。

拿到普通话测试员资格证书，我从自以为以及别人以为我普通话标准的懵懂、随意的状态中重生，完成了一次质的飞跃。从这一天起，我开始用各种专业的规则让自己在教学和生活中以专业的标准更加严格地要求自己，这使我在工作中更加如鱼得水。我常常听到接过我电话的人的反馈，说我说话声音怎么那么好听。好不好听我还真不知道，反正我也没听过话筒那边我的声音是怎样的，也许仅是熟人间的一种客套吧，我想既然不止一个人这么说，大概跟我学过普通话真有那么一丝丝关系吧。不过，学习普通话的好处倒真是说也说不完。

比如我喜欢唱歌唱戏，爱看爱听歌剧和各种地方戏剧，尤爱京剧。学过普通话，吐词咬字就非常清晰准确，更能唱出歌曲和戏曲唱段的感情和韵味来。我参加华中科技大学校工会京剧社举办的教工业余青衣训练班，教我们的老师是省艺术学院的专业教师。老师在授课中说过，传统京戏中的咬字有些字是必须发成尖音的，特别强调了唱腔中的尖音吐字，如“小姐”（siao zie）就必须读成尖音才好听。传统京剧唱词念白中应发成后鼻韵母的字却是要发成前鼻韵母的，比如“海岛冰轮初转腾”，“冰”（bin）字和“腾”（ten）字就要读成前鼻韵母，如果唱成后鼻韵母就不合要求，也完全不是那个味儿了。还有翘舌声母要求唱成平舌音，比如“初转腾”的“初”字就要读成平舌（cu）。这跟京剧的历史起源有关，不完全对应普通话中的四声跟声韵规则。但事实上，京戏演员的普通话可是个顶个儿的标准。对于类似这些要求，学过普通话肯定比没学过普通话更容易理解，一点就通，的确是太有帮助了。这都得益于我参加过专业普通话的训练。

我对普通话的热爱就是一种极朴素的爱，没有任何附加条件。在我的普通话人生中，除了在教育战线最前沿阵地从事教育教学工作中不折不扣地自觉履行普通话工作者的光荣职责外，最重要的就是成为一名普通话测试员后所从事的普通话测试工作了，它是我的第二职业，而且对于这个职业，我倾注了极大的热情，投入了大量的时间和精力去完成和做好测试站和省测试中心下达给我的各类任务。自 1998 年 7 月我成长为一名光荣的普通话测试员以来，我一直没有放弃这项工作，一直保持正常的工作量。为了保证评测质量，人工测试时，我会带上自制的做好标注的评分细则参加测试，这样用起来更熟悉，不用临时翻看崭新的测试工作手册；机辅测试时，我的每台电脑桌面上必定放一份最新版电子版的评分细则，手边小书架上还有一份在省测试中心参加培训时发放的或紫色或灰色封面的评分细则，以便每次测试遇到问题时随时点开和翻开查看。我对测试工作非常认真敬业，测试时对每位考生的问题必做详细记录，不管测试任务有多紧，单位时间里测试量有多少，我都一丝不苟地对每位考生做好详细问题记录，测试时还细心地从中发现问题并单独记下来，过后进行一些分析和总结，遇到问题还不时向优秀的同行们请教，以利自己更精准地评分和不断提高业务水平和测评能力。我热爱普通话测试工作，因为这份爱，可以不惧风雨暑寒，奔赴考场；因为这份爱，能够克服有时系统不稳定被迫做重复工作的焦虑和崩溃。爱，可以战胜一切！

除了工作外，我对普通话的热爱还体现在平时的生活和业余爱好中。作为一名普普通通的教育工作者，没有条件、机遇也没有过人的才华成长为语言领域的大家名家，但这并不妨碍我对世界最美语言的最朴素、最虔诚的痴迷和不懈追求。我的职责就是在具体工作和生活的点点滴滴中时时处处践行好普通话人对这项事业的传播和推广，为推普事业尽一份微不足道却又是必须要尽到的职责，没有什么豪言壮语，也没有什么壮举，有的只是那颗赤诚、热烈而永不枯竭的心。如歌词所说，“不是为了什么回报，所以关怀，不是为了什么明天，所以期待”，“因为爱所以爱”。因为我对普通话的喜爱没有条件，没有理由，没有为什么，所以我对普通话的爱永远不变，初心不改。

（作者单位：华中科技大学附属中学）

教师梦开启我的普通话人生

钱书勤

记得在上小学的时候，我就有个梦寐以求的夙愿——当一名人民教师。1988年，我高中毕业，父亲为我苦心谋得一个坐办公室的工作——在厂里当会计，而我毅然决然地放弃了。我回到生我养我的乡村，并找到村支部书记，把我的想法告诉他。支部书记说："小鬼，当老师穷得很。在城里坐办公室你不干，非要当一名穷老师，我真是服你了。"在我的苦苦哀求下，支部书记终于被我的真诚感动了，他应诺了我："一个月50元的工资，你可想好了，不要后悔啊！如果你现在后悔还来得及！"我坚定地回答：自己热爱的事情，自己的选择，我绝不后悔！就这样，我终于当上了一名乡村民办教师，我自己欢天喜地偷偷乐，终于实现了我的梦想。那年，我刚刚20岁。

走上讲台的第一天，我用带乡音的普通话向学生们介绍自己，讲述关于我学生时代的故事：

同学们，我妈妈给我取了一个名字叫"书勤"，我最喜欢一句警句——书山有路勤为径，学海无涯苦作舟。妈妈说给我取名"书勤"，就是让我时刻记住读书要勤奋。正是因为我的这个名字，一直常常鞭策和激励着我勤奋好学、刻苦钻研、积极向上。无论是在小学，还是在初中和高中，我担任过班长、学习委员、学生会主席、女生部长等职务，学习成绩在班上也一直都是名列前茅。记得在上高中时，有一次学校组织普通话演讲比赛，比赛的题目是"假如我是一名教师"，其中有一段话，我现在还记忆犹新：假如我是一名教师，我会和学生做最知心的好朋友；假如我是一名教师，我会深入浅出地给学生讲课；假如我是一名教师，我会平等对待每一个学生，用心爱每一个学生；假如我是一名教师，我会耐心地给学生解答疑难问题；假如我是一名教师，我不仅要传授知识，还要教会学生如何做人……同学们，钱老师就要做一名这样的老师，我向你们承诺，我说到做到，绝不失言！

教室里响起经久不息的掌声。从学生们那笃定、崇拜的眼神里，我看出他们对我的信任和喜爱。

那个时候乡村非常缺老师，已有老师的年龄都比较大，像我这样的年轻老师只有一个。校长很信任地找我谈话：你是我们学校最年轻的老师，我想把一年级和学前班这两个班级都交给你。复式班很不好上课，学校也没有能更胜任的老师，我认为你一定能带好这个复式班。我点点头，欣然接受。就这样，我担任着两个班级的所有科目。在那个时候能当上一名民办教师，妈妈也打心眼儿里高兴和欢喜，更多的是自豪，家里什么农活儿都不让我干，让我一门心思地当老师。当上老师的我，也总是用勤奋进取激励着自己。正是因为有妈妈的默默支持，我有更多的时间钻研教材、教学大纲。我喜欢阅读《小学语文学法指导》《小学语文教师》和《小学语文怎样教》，从中学到了许多教语文的方法。我总喜欢用游戏和新颖的形式让学生们爱上语文：在课堂上的成语接龙比赛，开火车读词语，击鼓传花讲故事，角色扮演故事，分角色、感情朗读课文，情景故事创编，等等。为了让学生们爱上说话和写作，我还把家里的公鸡逮到学校讲桌上让他们写动物，把他们带到操场上观察小草、小花和蚂蚁，让他们学习写观察日记；上数学课，有 10 的分成和组成，我让学生们分苹果、分花生、分小棒等；认识元、角、分，我让学生们拿钱到小卖部买东西；为了能更好地培养学生们理解和运用数学的能力，我让他们拿尺子和剪子做学具；上体育课，和学生们一起玩游戏，跳绳、踢毽子、跳房子、斗鸡、老鹰捉小鸡、拔河、玩线绳分叉、下五子棋、抖石子等；上音乐课没有乐器，而我又不会五线谱，我就利用课桌和课凳，拿筷子、盆子和碗让学生们学打击乐，让他们用树叶和树皮当口哨。那时候，年轻的我和学生们在一起真是无比快乐，有无穷无尽的乐趣。学生们不仅喜欢我，更喜欢我的课，我所任教的语文、数学的教学成绩在学区每次统考都是年级第一。我履行了当老师时立下的育人誓言，也践行了老师的教育使命。那年，我刚刚 21 岁。

由于我的教学成绩突出，当老师的第三年，校长让我任教六年级毕业班的语文和思品课，担任学校的教导主任，还兼任语文教研组长和少先队辅导员。那时候，我已经成长为镇上的名师，经常在镇上讲精读示范课、独立阅读研讨课、作文教学观摩课。在镇上举行的“讲三课”“练五功”教师基本功大赛中，我取得第一名的好成绩，还被评为镇级第一届“语文导师”。在襄阳县组织的优质课大赛中，我讲的六年级上册《语文》第18课（《激光》）被评为优质课；在襄阳县教育局举行的“三优”比赛活动中，我们的六年级下册《语文》第20课《草原》的教案设计被评为二等奖；在下水作文比赛中，我的下水作文《黑月亮爸爸》获得国家级一等奖；我个人也被襄阳县人民政府和襄阳市教育局评为“优秀教师”，被襄阳县教育局评为“十星教师”“十佳优秀女干部”和“德育标兵”，连续四轮被襄阳市教育局评为“学科带头人”，连续三年被樊城区教育局评为“樊城名师”“课改之星”。我的教育教学成果论文近20篇获区级、市级、省级、国家级奖。这些成果，是我当老师的一生精神财富，我感到无比幸福和快乐。

数学老师每每总是羡慕我们语文老师，说我们语文课富有诗情画意，说我们语文课里有诗和远方，说语文阅读是一种心灵陶冶和享受。的确如此，作为一名语文教师，有感情地朗读课文和课外阅读，确实是一件身心愉悦的事情。但是，如果普通话不标准，你是感悟不出来的。国家非常重视老师的普通话水平，要求所有教师必须取得相应学科的普通话等级证书，我们语文老师必须是“二甲”。为了让老师们能取得普通话水平等级证书，我所在的襄阳市樊城区教育局的领导专门给我们请普通话测试老师，指导我们学习普通话。在课堂教学上，我严格要求自己，读准每个音节，朗读好每个词语和句子，有感情地朗读好每个段落和篇章，给学生上好每一节课；在课余时间，我和老师们用普通话对话；工作之外还请教普通话的老师，帮我纠正读音；回到家里，我打开电视机观看《新闻联播》，学习主持人标准的普通话；每天晚上，我认真朗读《普通话测试必读》里面的文章，读给老公听。功夫不负有心人，在普通话水平能力测试中，我取得了普通话二级甲等证书。

世界上最快乐的事，莫过于为梦想而奋斗。蓦然回首，已有33载教学生涯的我，虽青春已逝，但无怨无悔；岁月沧桑已留下斑驳的痕迹，可我依旧保持着对教育那份不变的挚爱、那份清贫不舍的快乐。青春不悔，生命无憾，因为我是一名教师，三尺讲台是我的人生舞台。我是一名教师，因为热爱，我深情地演绎着我的人生；我是一名教师，因为挚爱，我微笑着写下希望；我是一名教师，我乐于自己的奉献；我是一名教师，我无悔于自己的选择。我的教师梦，我用青春描绘着色彩；我的普通话人生，我用志向书写着未来。

（作者单位：襄阳市樊城区太平店中心幼儿园）

我的普通话逐梦之旅

熊 敏

年少成长的路上，普通话给了我太多自信。小时候父亲要求极高，且在家里具有绝对权威，所以我是个内向的孩子。爱读书，虽内心丰富却羞于表达，总是喜欢躲在角落看着那些课上侃侃而谈的同学、课间相谈甚欢的小伙伴，心生羡慕。我总觉得自己不会说话，所以不敢说话。然而这一切在遇见普通话后，发生了全然的改变。因为喜欢优雅的口语老师，所以课下一有时间就拿着书模仿老师的腔调读啊读。觉得自己读得很熟很好了，就特别盼望老师上课抽查时点到我。那时，老师带许多班，对班里的学生大多叫不出名字，尤其像我这样沉默的孩子。有一天，老师抽查几个同学，都磕磕巴巴，且语音不标准，老师看看花名册，终于叫到了我。我按捺住狂跳的心，故作镇静地拿起书，压抑住声音里的颤抖，流畅而标准地读完了。“嗯，很好，坐下吧。”老师轻轻一笑，表示满意。我长舒一口气坐下来，一阵成功的狂喜袭来，我头晕目眩。从那以后，老师上课常常点我起来，先是抽查，后是示范，再后来，就推荐我进了广播室。渐渐地，我觉得同学们看我的眼神和说话的语气都不一样了。现在想来，那不过是一个久久缺乏肯定的孩子的心态，然而这样的经历确实催生了我的自信。

毕业前夕，为了迎接普通话等级考试，校园里可谓“草木皆兵”。学生会推普部发动所有学生会干部还有志愿者在校园里每一个角落，包括食堂、小卖部、操场、教室，监督学生是否说普通话，就连每晚宿舍熄灯后宿舍的卧谈会也有人“听墙角”，一旦抓住就扣班级积分。而积分，除了关系到班级排名外，还关系到每个班的奖学金。在这种强大的压力下，每个人都尽量规范地说着普通话，早晚自习也全部拿来练习普通话考试内容。我的目标是一级乙等。疯狂练习一个月后，终于迎来了考试，我如愿以偿地拿到了一级乙等证书。其实当时内心也想侥幸冲冲“一甲”，但老师说“一甲”通过率很低、很难，而且当时学校过“一乙”的也没多少人。我想，第一次考，先考个“一乙”吧，积累经验，以后再慢慢练，争取考个“一甲”。

2012年，我终于下定决心去参加普通话水平测试员资格培训班的学习。那个暑假，我们在省城进行了为期一周的封闭式培训。学习任务非常繁重，一整天的课还有晚自习，大家都很努力，也很紧张。因为参加了测试员资格培训并不意味着就能通过测试员资格考试，顺利拿到证书。学习很充实，七天的时间，虽然很累，虽然也担心考试，然而大部分时间里，我的心是安静的。我很享受这样的学习时光，尤其是学习喜欢的普通话。在这里，我结识了许多优秀的同路人，有幸听到了许多专家教授的课，让我感受到榜样的力量，催我前行。

结业考试考两项：普通话等级测试和听测。虽然我顺利通过了测试员考试，拿到了测试员证书，但考试结果我并不满意。我怎么也没想到，这一次的普通话测试中我依然只考到一级乙等，而且分数比上一次还少0.5分。果真学习如逆水行舟，不进则退啊！

“一甲”的梦再一次破碎。这也让我意识到持续学习的重要性，退步的成绩让我汗颜于这些年练习的荒废、理论学习的匮乏。我想，测试员证的取得，正是一个契机，一个让我没有理由再偷懒啃老本，从而踏踏实实学习的契机。可以说，这次考试，让我的普通话开启了全新的旅程。作为测试员队伍里的新人，为了尽快熟悉业务，我主动要求承担测试站里的考前培训工作。为了上好培训课，我重新学习了普通话语音基础，认真研读教材，查阅相关资料，备课，上课。教学相长，最好的学习就是输出，帮助他人也是提升自己的最好方式。那时的测试还是人工测试，两个测试员当场测听考生的四项考题。测试站非常照顾我们这样的新手，总是给我们搭配实战经验丰富的老测试员，给我们许多学习请教的机会。记得每次的测试工作都是安排在周末，每个半天测20个考生。听测工作是非常累的，然而也留下了许多快乐的回忆。记忆犹新的是我刚参加测评工作时，有一次遇到一个海南籍的考生，全程听不懂。闽南语系本来难懂，加之他说话速度特别快，直接导致我全程茫然，拿着笔不知道怎么记录，就一直看着他黝黑的脸上那张快速张合的嘴，听着他吐出的一个个完全听不懂的音节，感觉自己和他完全是两个世界的人。等他出去后，我呆在那里不知所措。搭档终于忍不住大笑，随后安慰我慢慢习惯。随着听测任务的增加、经验的积累，我的听测能力也渐渐提高。我知道，这就是一个磨耳朵的过程。从前我只需要自己说好普通话，语音标准、语法规范即可；而现在，我不仅要自己能正确示范，还要能快速听出别人的语音问题，并且告诉他解决发音的实操路径。我连续两年被测试站评为优秀测试员。

那时的测试工作是紧张的，也是充实的。中午大家一起边吃工作餐，边交流测试中遇到的问题，或者是聊有趣的考生，氛围极好。吃完工作餐，大家三三两两围着美丽的镜湖散散步，聊生活，聊孩子，聊工作，聊普通话。一群志同道合的朋友在一起是如此惬意。平日里大家工作都忙，唯有测试任务时才能聚在一起。后来测试站里安装了机测设备，减轻了大家的奔波之苦，听测时间也更自由了，这种相聚就渐渐成了美好的回忆。

2015 年测试站全面实行机测，我接到通知去华中师范大学参加机辅测试员考试，考试在阶梯教室进行，内容是现场听测 5 个考生的第四题，我顺利通过。从此测评工作只需在电脑上接受任务，在规定的时间内完成即可。科技的进步带来工作的便捷，减轻了测试员的听测工作量，因为无须再集中测听，时间也相对自由，我也有了时间投入普通话公益活动中。

如今，作为一名中学语文教师，我依然工作在语言文字的一线。繁重的工作之余，心底的那个梦，依然如日光下的粼粼水波闪烁。“一甲”，国测，是我的梦。这个梦，我做了太久，也耽误太久。然而，最好的开始就是现在，不是吗？这一次，翻开《普通话水平测试指要》，我对自己说，再次点亮绚烂星空，我的普通话梦，我来了！

（作者单位：仙桃市第二中学）

普通话：装点人生，引我前行

马细菊

我的家乡坐落在一个大山脚下，这里既有传统村落的桃花流水，鸡鸣狗吠，更有矿山经济带来的热闹和繁华。由于家乡富含矿产资源，这里有一个开采铜矿的国企——赤马山铜矿。虽然村里人不是矿山工人，却每天和矿山人打交道。早晨，村里人会把家里的农副产品拿到矿上的早市去卖，早市上不仅有农副产品，还有油条、面窝等早点，有时方圆几里地的村民也会来赶这个早市。中午，矿上的面包房里有香甜、酥软的面包，冷冻房里有裹着一层白霜的老冰棍，那里飘出的诱人香气和清凉冷气惹得村里一群毛孩子多少次魂不守舍。下午，矿上的澡堂会免费开放，我们村的人都可以去洗澡，这让当时周边村的村民很羡慕。到了晚上，如果放露天电影，那更是孩子们最欢闹的时刻，早早地划好自己的位置，搬上几个小凳子等家里人一起来看电影，那也是劳累了一天的大人们最惬意的时候了。

从小我就很好奇，为什么矿上的工人比我们村里人过得要好？他们怎么都不用种地呢？难道是因为他们都操了一口我们听不懂的口音吗？后来我上学了才知道，他们说的都是普通话。自此，幼小的我便暗暗下定决心：一定要学好普通话，将来像矿山工人一样过上好日子。

村子里小学的规模不大，一个班也就二十几个人，而我因为考试经常拿第一而得到老师的青睐。尤其是在普通话朗读训练上，到了三年级，老师就开始让我在班上领读课文，每次领读完了之后，老师都稍加指导，再加上些许赞扬，就能让我乐在其中。就这样，我的普通话水平得到了很大的提高。不只是在课堂上，回到家中我仍然能找到一方提高我语言能力的天地，奶奶听闻了老师对我的赞扬后，每次家中重大节日或有客人来临时都会安排一个让我用普通话朗诵诗文的节目。我也从最初的羞涩到后来的落落大方，一有节目要演，我必定先拉整衣角，昂首挺胸，俨然一名即将出征的战士。在长辈的一片赞美声中，我收获了奶奶骄傲的笑容。多年后回想起来，我对普通话的热爱除了我的成长环境和兴趣之外，也与奶奶对文明的认知分不开。正是她老人家对这种文明的认可，使我在众多的兄妹中得以独享奶奶的一份宠爱，也指引着我沉醉于语言文明的气息中。

上了高中，我来到县城，一个宿舍里住着十来个人，来自不同的乡镇。我第一次知道有一种语言叫“你不懂”，语言上的障碍让我深深体会到了世界之大。同一个县域竟然在语言上有如此大的差别，可以想象全国乃至全世界又会有多少种语言呢！当然，寝室里的语言障碍并没有存在多久就被我们轻易地解决，我们一致约定：在寝室里不准讲方言，只能讲普通话。于是我们便开始了一场普通话的纠错比赛——找方言，每次模仿待纠正的方言都引得我们一群室友们哈哈大笑，我也发现自己一直引以为傲的普通话竟也夹带了许多方言。显然这并不影响我与大家的交流，反而让我和室友们走得更近了。

也是在这个时候，我终于认识到了普通话的力量，它能让人与人更好地沟通交流，让同学们能更好地学习。这个普通话到底是何方神圣？是谁发明的呢？带着这些疑问，我渐渐地找到了答案。原来它的前身与北京有关，是以北京语音为标准音，以北方话为基础，后来逐渐演变为一种官方语言。正如鲁迅先生的一句话：世上本没有路，走的人多了，也便成了路。普通话这条路是在政府的指引下走出来的，我们便沿着这条路走了下去。

上了大学，来到省城，大街上人多了，高楼多了，汽车也多了。而让我感受最深的则是走进大学校园，一张青春的面孔，一口流利的普通话，一个礼貌的微笑，在校园里随处可见，我竟第一次发现原来普通话那么好听。整个校园都洋溢着书香之气，让我感觉自己真的走进了知识的殿堂。然而我在普通话测试中只考了二级乙等，这让我的自信心受到很大打击，不甘服输的我只有逼自己恶补，每天拿着各种书本读，随身带着一个小字典，前鼻音、后鼻音、儿化音统统过一遍，甚至专门自制一个四字短语表来训练自己的发声。功夫不负有心人，我达到了二级甲等。在这个学习的过程中，我的最大体会就是，要想学好一门语言，还真是不容易。想想电视荧屏上光鲜耀眼的播音员们，他们的工作就是和语言打交道，要达到如此高的水准，背后付出的努力可想而知。

参加工作以后，我成了一名人民教师，普通话成了我的工作语言。师者，为人师表也。此刻的我才真正意识到普通话对我是多么的重要。课堂上的我，既不能像和室友交流那么随意，也无法像大学时代为了拿证恶补一阵就可过关，每一天每一节课都要求自己去认真对待。记得有一次讲邓小平理论，由于我讲得太快，竟把摸着石头过河中的“过河”念成“过活”，看到台下学生在偷笑，我觉得像在打我耳光一般，立刻觉得脸发烧，好在自己的心理素质还不错，能够迅速调整心态，继续往下讲，学生的注意力就被转移了。下课后，想起课堂上的那一幕，我竟怨恨起普通话，让我在学生面前丢人。怨恨之余，我也认识到其实是自己修为不够，把过错推给了无辜的普通话。

有了那一次经历后，我便告诫自己，在课堂上讲话要慢一点，遇到不能确定的读音可以停下来，让学生来帮自己念。这个办法果然好使，学生们很乐意当我的普通话老师，我们师生在课堂上互相学习，共同进步，教学效果还特别好。

时光荏苒，岁月如梭。慈祥的奶奶早已作古，远在天国。曾经一起畅谈理想的室友也各奔东西，相见甚少。送走的一批又一批莘莘学子也已奔赴社会，接续奋斗。似乎一切都在改变。然而，生活还在继续，普通话没有改变，就像一个默默的好友始终相伴。在那平仄韵律中，蓦然回首，一路走来竟是普通话伴我成长。

（作者单位：黄石市阳新县阳新实验高中）

一生眷恋一生情

梁兴龙

20 世纪 60 年代末，我出生在鄂西北大山深处的一个村子里，那里山清水秀，方言独特，“雨鞋”叫“汝孩”，“举重”叫“主正”，“膝盖”叫“菠萝盖”，“叫喊”叫“邪货”。小伙伴们到 30 千米外的鲍峡镇上赶集，被称作“山蛮子”，多少有点自卑，常羞于启齿。村里广播传出的清晰悦耳动听的普通话，让童年的我非常向往。

从小学到中学，教我们的老师基本都用方言。不怪他们，时代使然。小学一二年级时，我的语文老师姓杨，他不会说普通话，便从书本上找出许多第一声的字放在一块，让我们用方言读，找感觉；反过来，凡是读起来是这种感觉的字，大多应注第一声。其他三个声调如法炮制，标调正确率还真挺高的。感谢杨老师在汉语拼音方面对我们的非常规启蒙。

参加工作后，我先后教过初中、师范。师范学校的多数老师已经能用普通话上课了，普通话是教师的职业语言，课堂内外我也坚持着。教语文，又在学校语委办工作，床头柜上、办公桌上放一本《新华字典》或《现代汉语词典》，是我多年的习惯。

1994 年，国家三部委联合发文，决定开展普通话水平测试。1996 年暑期，我幸运地成为湖北省第 2 期普通话水平测试员培训班学员，有幸聆听了邢福义、赵和平、常春等一批省内知名专家教授的讲座，受益匪浅。1999 年冬，我又荣幸地参加了第 24 期国家级测试员培训，宋欣桥、姚喜双、韩其洲等国家级专家的讲座至今令我记忆犹新，他们是全国普通话培训测试教材的编写者，语言文字科研成果丰硕；央视著名主持人陈铎先生还亲自为我们讲授发音技巧并做示范，令我终生难忘。参加两级培训的过程中，我最大的感受是“忐忑”。主讲老师和多数学员水平都很高，对照标准，我有差距，不敢多说话，生怕出错，好在大家都是怀着学习的目的来的，互帮互学，氛围很好，当出现错误或缺陷时，总能及时得到善意的帮助和指正，进步都挺快的。有些学员进培训班前后，普通话水平判若两人。最让大家担心的是不能通过最后的考核关，拿不到测试员资格证书，回去无法面对“江东父老”，所以培训期间从早到晚，都非常刻苦。首都、省城风光如画，可我们没有心思观赏。

感谢普通话培训测试，让我这个地道的山里人也能讲一口比较标准的普通话。感谢普通话，让我结交了那么多素质高、颜值高的测试员朋友，有全市的、全省的，还有全国的。在普通话培训测试这条战壕里，经过多年的摸爬滚打，我们的友情日趋笃厚。

回首过往，我百感交集。由衷感谢普通话，使我结交了朋友，提高了口语表达能力，也得到了更多锻炼的机会。当地文艺节目主持，大型活动现场解说，语言文字赛事评委，普通话培训主讲，省内骨干测试员，市内测试组长（复审），十堰市汉字听写大会播报兼点评，等等，我没有多大能耐，这些也算是我人生的闪光点吧。我只是为语言文字规范化工作尽了自己一点绵薄之力，微不足道，而组织给了我莫大的荣誉和鼓励，先后两次被省语委、省教育厅、省人事（社）厅评为“全省语言文字工作先进个人”，2011 年还被国家测试中心评为“全国优秀普通话水平测试员”，令我受宠若惊，非常感动。

2017 年春，考虑到本职工作实在太忙且年龄偏大，若继续担任测试组长（复审）又没有时间精力完成相应任务，势必对测试工作造成不利影响。经过痛苦的思想斗争，我万般不舍地辞去了省骨干测试员的工作，省测试中心和市测试站的领导得知后，或电话或短信进行挽留、劝说，我何德何能受此待遇，内心感动、激动、留恋、不舍，难以言表！当晚思绪万千，夜不能寐，提起笨拙的笔写下感言并发至省骨干测试员群：

自幼喜诵读，京音杂方言。
南栏无两样，东墩混一谈。
推广共同语，选拔测试员。
有幸为先锋，忐忑恐学浅。
草船正平翘，奶酪辨鼻边。
省培音渐正，国训腔弥圆。
中心发号令，组考密且严。

派君来西北，遣我往东南。
酷暑少假日，沿途多欢颜。
足迹遍鄂地，情谊满楚天！
峥嵘廿余载，越岭又翻山。
往事历历在，精神代代传！
昔日俊男靓丽女，如今鬓发已微斑。
挥手劳劳让贤去，此情殷殷常牵连。

虽然不再参与测试，不再登台主持、解说，但普通话情结已深入骨子里，单位开会发言、公开场合说话，我始终坚持用普通话。系统内大型活动主持词撰写，语言文字类活动策划组织，朗诵指导等，我仍在幕后尽己所能。遇到美文，我总是用心朗读朗诵。我在手机上下载了《配音秀》软件，经常与朗读爱好者在网上进行切磋交流，聆听高手作品，享受朗诵。我朗诵的《拥抱胡杨》《战疫情》等，单个作品网上播放量也有大几千或过万的。这些年，我常自写自读自录音，自娱自乐，没想到当年为之辛苦为之奔忙的普通话，已然成为我精神生活中不可或缺的重要内容，令我乐此不疲，陶醉其中。

“曾经沧海难为水，除却巫山不是云。”感谢普通话对我的浸润和滋养，我的人生因与普通话的深度相遇而变得从容、优雅。

（作者单位：十堰市郧阳区教育局）

我的普通话“二甲”

王学军

因为职业的关系，因为追求成为好老师的梦想，我与普通话结下了不解之缘。

一、才下眉头，却上心头

受语言环境和地域因素的影响，以前，我的普通话讲得完全不标准，自然在工作、生活中闹过一些笑话。比如有一次教授孟子的《鱼我所欲也》时，我因平翘舌不分，将“如使人之所欲”中的“使”念成了“死”，个别调皮的学生偷学我的发音“死人”，导致部分学生捂嘴而笑（若不是在课堂上，恐怕他们会笑得前俯后仰）。唉，有时也吃过一些苦头。比如学校里评职称，因为我的普通话未达到“二甲”，其他条件都符合，也报送不了。万事俱备，只欠东风，可是我的“东风”在哪？普通话带给我的困扰，真的可以说是“才下眉头，却上心头”。痛定思痛，我开始艰难的普通话拾级之路。

二、兀兀穷年，矢志不渝

过去的二三年里，练习普通话成为我业余生活的“硬核”任务。“工欲善其事，必先利其器。”我的“利器”有五：一是普通话水平测试专用教材，系统性地进行学习；二是普通话水平测试辅助软件。我曾先后在手机上下载了普通话考试和普通话测试两款软件，并利用空闲时间进行跟读练习和全真测试。两款软件上的所有测试题，我全部都进行过全真测试，有些典型样题，我反复测评，直到测评平均分超过 90。三是树立信心。虽然自己早过不惑之年，加上方言的影响，想练好普通话“难于上青天”，但我安慰自己——有志者事竟成，苦心人天不负，让信心助力自己追逐梦想、扬帆起航。四是勤勉以求。任何一项技能的习得必定要勤耕不辍，反复操练。节假日我会选择晨读，工作时我会坚持夜读，有时晚上十点多我也会用测试软件进行 2～3 组全真测试，虽不像古人那样“焚膏油以继晷”，但也力图做到“恒兀兀以穷年”。五是虚心求教。身边有几名同事是省级普通话测试员，我经常将自己的朗读录音发给他们，请他们指出我发音的错误及缺陷所在，然后“对症下药”。如边鼻音、前后鼻音、平翘舌音的矫正以及轻声词语的反复识记，个别儿化音的匡正。

三、柳暗花明，收之桑榆

2020 年 11 月 26 日，我在咸宁崇阳参加普通话测试，成绩为 83.7 分，比自己以前的成绩 82.3 分高了 1.4 分。2021 年 5 月 25 日，我第二次去咸宁崇阳参加普通话测试，成绩为 85.5 分，比 83.7 分又涨了 1.8 分。2021 年 7 月 6 日，我在武汉科技学院第三次参加普通话测试，成绩为 87 分，终于达到了“二甲”水平。有付出就有回报，在追梦过程中获得的不仅仅是测试成绩的芝麻开花节节高，还有诸多意想不到的乐趣与自得。比如有一日，妻子在厨房烧菜，我在客厅不停地念儿化音“加塞儿……加塞儿……加塞儿……”，妻子打趣说：你再念，我都要把酱油瓶的瓶塞儿加到菜里去了。又譬如，为了应对普通话测试时的说话题，我广泛涉猎文、史、哲各类书籍，诸如沈复的《浮生六记》、黄仁宇的《万历十五年》、阿兰·德波顿的《哲学的慰藉》、周国平的《人生哲思录》，还有《青年文摘》《读者》《语文教学与研究》《中国教师》等杂志。这些图书和杂志，既开阔了视野，又净化了心灵；既提升了素养，又增进了定力；既陶冶了情操，又涵养了正气。尤其是针对“我喜欢的文学艺术”这一口语题，我不仅大量搜集了对联，还自己拟写了一些春联，并将它们作为自己为人处世、教书育人的准则。也许是自己身上百折不挠的韧劲和锲而不舍的坚毅感染、熏陶、教化了我的学生，也许是天道酬勤吧，2020 年我教的九（11）班有 28 个孩子顺利入围县一中实验班，2021 年我教的七（11）班在全县春季期末统考中有 26 个孩子位居全县前一百名之列，为学校争得了荣誉。鉴于这些业绩，学校于 2020 年和 2021 年教师节表彰时分别推荐我为“县师德标兵”和“县级名师”。这些所得对自己也是一份认可、一份慰藉吧。

（作者单位：嘉鱼县南嘉中学）

一颗种子

唐　兰

我出生在孝感市孝南区肖港镇的一个小村庄里，小时候村子里没有幼儿园，一直到六岁，才进入小学读学前班。六岁以前，我认为世界上只有一种语言，那就是我的父辈、我的同辈乃至身边所有人都说的孝感方言。进入小学后，所有老师都是用方言跟我们上课，只有语文老师在读拼音、读课文时，才会用上蹩脚的普通话。

记得七岁时，有一天家里来了一位客人，那人说的既不是普通话又不是我们当地方言，奇怪的发音吓到了我。那一整天，我都躲在楼上不敢下来，连饭都是妈妈送上去的。我们家住的是平台，说是楼上，其实上面啥也没有，抬头就是蓝天白云。直到现在，我还经常梦到自己坐在平台上无所适从的样子，那种对方言以外的语言的恐惧伴随了我很多年。

后来到了镇上读初中，学校的情况与小学无异，只不过多了几门科目。当然，除语文和英语以外，其他老师依旧用方言讲课。就这样，浓浓的乡音一直陪伴了我的整个义务教育阶段。

2002 年，我 16 岁，初中毕业。那年九月，我第一次离开家乡，坐大巴车来到省城武汉，在这里开启了新的读书生涯。从付家坡长途汽车站下车，穿过天桥，走进一条小巷，小巷的尽头就是我的学校——湖北省实验幼儿师范学校。

武汉，这座只在电视中见到过的城市，当我真正置身其中的时候，有些兴奋，有些紧张，还有些窘迫。兴奋的是，我来到了一个新的环境，可以学习新知识了。紧张的是，我又听到了曾经那令我恐惧的发音，这时我才知道，原来当年那个客人说的是武汉方言，不过，此时我已经长大了，听到别人说方言，已经不再害怕了。要说窘迫，因为我不会说普通话，根本无法与人交流，见到人我都只能低着头走开。跟随爸爸来到寝室后，他帮我收拾好了行李，就出去办各种手续了。这时，一位美丽端庄的女教师走进来，寝室里只有我一个人，想躲也躲不掉了。她看着我，微笑地说："这位同学，一路过来辛苦了。一会儿收拾妥当了就去吃饭，晚上七点去教学楼 0204 班开班会。"老师的声音甜甜的，字正腔圆，很好听。而我用小得连自己都听不到的声音，说了句"谢谢"，然后就不再开口了。也是从那一刻起，我在心里暗下决心，一定要克服自己的心理障碍，学好普通话，我要用标准的发音与老师和同学们对话。

从那天起，我每天努力练习说普通话。刚开始发音不准，加上穿着打扮也很土气，在同学们眼里，我就是个"土包子"。但是我不在乎他们的眼光，我也从不争辩。学校里的教材发下来后，语音基础和普通话测试这两本书，每天在我手里交换着。我的课余时间，大部分都用在了学习普通话上面，除了朗读就是看书，所以我去得最多的地方就是学校的图书室。

上课时，不会读的地方，我主动请教老师。休息时，听不到普通话发音，也没有地方去看电视新闻，我就买了一台收音机，听广播电台的主持人说话，并跟着练习。渐渐地，在班上我成了行走的"《新华字典》"，任何同学有不会认读的字，找我就对了。而对于我来说，努力了就希望得到好的结果。在省幼师学习的第二年，我们进行了普通话测试，我记得那次分数是 89.6。大家过了"二甲"都欣喜不已，只有我觉得很失望，因为我的目标是"一乙"。第三年，我又参加了一次考试，那次分数进步了，90.6 分，依然没达到"一乙"水平。我开始反思，考不过说明自己肯定还有不足的地方，还有很大的提升空间。可是时间不等人，转眼间毕业了，我的"一乙"目标只能暂时搁浅了。

参加工作之后的第三年，我鼓起勇气在孝感测试站报考了普通话水平测试。这一次终于过了"一乙"，看到 92.6 的分数时，欣喜不已，觉得自己的努力总算没有白费。

2016 年的暑假，我到华中师范大学参加了省级普通话测试员的培训，并通过了考试，取得了测试员的资格。之后的 2017 年、2018 年、2019 年连续三年，我参与了县域普通话普及情况调查。参与过这项调查的老师应该深深地记得当时的情景：举着手机站在别人面前，询问着一个个问题，并记录在小程序里。有些居民还是挺配合的，但是大多数老年人既不会说普通话又不配合，让人着急上火。不过，在我们耐心的讲解和提示下，每年的任务都提前完成，三年的调查活动也算画上了圆满的句号。

2019 年下半年，我才开始测评工作。刚开始测试时，每一个考生的命题说话内容我都要反复听三四遍，然后评分。遇到“疑难杂症”，如离题、无效语料等，还需要向老测试员请教。经过两年的磨炼，慢慢地，熟能生巧，我测评的速度和能力有所提升。

2021 年暑假，我参加了湖北省语言文字规范化建设专题培训和中华诵读网络培训，这两次培训让我收获颇多。我不仅对语言文字方面的政策法规有了深入的了解，在朗诵的发音技巧、停连、情感表达等方面也有了很大的进步。这个暑假，意义非凡。

时光悄然流逝，曾经的那位说话声音甜甜的女老师，现在已经是国家级测试员了。是她，当年在我心里播下了一颗种子，让我喜欢上了普通话，并且一直为之努力着，奋斗着。

（作者单位：孝感市孝南区三汊镇李巷小学）

声如珠玉比兰香

彭江帆

“小朋友，小喇叭开始广播啦！嗒嘀嗒，嗒嘀嗒”一个小女孩坐在小板凳上，好奇地盯着收音机，专注地听着那里发出的神奇美妙的声音，想象着一个个人物、动物、场景……

广播里美丽的语言令小女孩无限神往和憧憬，不仅陪伴了小女孩的童年，而且也走进了小女孩的人生，让她终身与“普通话”结缘。

那个小女孩就是我。

上小学开始学拼音，简陋的教室里，乡村教师用教鞭指着黑板上的拼音带领认读，也许是从小受到广播熏陶的缘故，我很快就学会了发音，常常被老师叫到黑板前当起“小老师”。因为个子矮小，我必须仰着头才能费劲地看到黑板，但能拿着教鞭，一种骄傲和自豪便充盈了我小小的胸膛。

15 岁那年，我以优异的成绩考取师范学校，相比其他同学说普通话时的拘谨和羞涩，我因用一口流利的普通话做自我介绍，被学校选拔为推广普通话宣传员。那些青葱岁月里，普通话给我带来了阳光和自信，为我的学习生活注入了生机与活力，更平添了乐趣与精彩。我深深爱上了这种美丽的语言。“‘恼怒’不是‘老路’，这两个词的声母完全不一样，很多同学都出现了发音混淆的情况……”课堂上老师的讲授让我明白，原来普通话里还有这么多学问，我自身还存在着完全没意识到的问题。始于初心，源于热爱，练出最美的语言，传递最动听的声音，我在内心暗暗给自己确定目标。

我早早起床，在轻拂的风中朗读，每晚枕着白天纠正的发音入眠，在老师严厉而又满怀期待的目光中找准发音的方法，与同学讨论一再出错的症结。我常常一个人拿着小镜子，观察舌头发音的状态，体会不同的感受，一遍遍弹舌，一遍遍发音。练习的枯燥、进步的缓慢曾让我感到无比沮丧。静谧的夜晚，陪伴我的依然还是收音机。我躺在床上，耳畔常常会响起童年听到的“嗒嘀嗒，嗒嘀嗒”，那号角般的声音清晰动听，深入我内心，成为记忆里难以抹去的部分，它曾如此吸引着我，又继续指引着我，为了目标不言放弃。

从模仿标准发音到仔细琢磨别人为什么这样发音，从虚心向老师请教到主动要求听辨挑刺，时间飞逝，我依靠自己的坚持，将热爱渐渐变成擅长。演讲、朗诵、主持，但凡语言类的活动，常常会留下我的身影。从最初抑制不住的紧张到后来登上舞台的从容，每次参与活动都促使我努力学习，认真准备，不断提升。走进武汉教育电视台演播厅参加全市普通话大赛，我的身份已经由学生变成了师范学校的教师，舞台上刺眼的灯光让我看不清台下观众的脸，但耳畔真切地听到了现场热情的掌声。我清晰记得，评委鄢继烈老师说：普通话承载的不单是语言表达，更是一种精神力量。鄢老师动情地讲到普通话给予他的生命感悟，字字珠玑，发自肺腑，也深深激励着我。

因为普通话，我拥有了心爱的工作，先生创作的《推普你我他》在全区传唱，女儿参加湖北省首届学生经典诵读大赛荣获中学组亚军，我们小家被评为武汉市文明家庭、武汉市书香家庭，我个人也被授予“武汉市文明市民”称号。普通话维护的不仅是亲情的温暖，更成为激励我们全家热爱生活、热情工作的不竭动力。成为专职普通话教师后，我有幸进一步接触到这种美丽语言的广阔天空。我先后参加了武汉市普通话讲师班、湖北省普通话水平测试员培训班、中央普通话进修班、国家级普通话水平测试员培训班的学习，紧密追随“普通话”的脚步，湖北省骨干测试员、国家级普通话水平测试员、赴港澳测试员，我收获着普通话给予的人生成长，逐渐成长为业务骨干。

我一直从事和参与的普通话培训测试工作从无到有，规模从小到大，范围不断拓展，由学校面向社会，由“人测”发展为“机测”。作为事业发展的参与者和见证者，我忘不了 20 多年前的中小学教师培训课堂：有满头银发，一大早赶来听课的山区老教师；有带着哺乳的孩子坚持听课的妈妈老师；还有那些因为没座位了，站在窗外一听就是一天的老师。培训一般都利用暑假进行，没有扩音器，也没有空调，甚至有时候连电风扇也稀缺，任汗水一遍遍湿透衣裳，我耐心大声范读，学员们齐声跟读，收获的幸福也在彼此心中生长。现在，我的培训对象扩展到国家机关公务员、事业单位人员、窗口服务行业人员。培训人数最多的一次是面对 800 多人。我的小讲台变成了大舞台，刚开始台下密密麻麻的人群里人声嘈杂，当我说出开场白“普通话，中国最美声音”时，现场很快就安静下来，那么多双眼睛开始齐刷刷地盯着我，我们的心通过普通话亲密连接。

我曾如此眷恋声音的美好，执着于表达的规范，也享受着收获的喜悦。这些年，通过开展诵读活动，聆听雅言声韵调，我们亲近母语，感悟经典；组织听写大赛，书写汉字精气神，我们凝练智慧，积淀文化。围绕文明创建、读书之城、城管革命、素质教育等主题，积极引导社会各界支持参与普通话推广普及和语言文化活动，不断彰显普通话的价值与魅力。普通话这种美丽的语言滋养着我，更改变着我的人生际遇和发展方向。因为普通话培训测试工作的出色，我被组织培养提拔为当年全区教育系统最年轻的女干部，获评武汉市普通话培训测试突出贡献者、湖北省语言文字工作先进个人。

生命中常有不确定的选择，我也曾有三次机会离开教育系统到其他地方工作……回顾起曾经推广普及普通话的如歌岁月，想起那一幕幕生动的场景、一个个温馨的故事，我的内心总涌动起一股难以割舍的情怀，我不愿意放弃自己从事的那份简单而平凡的“推普”工作，因为内心的那份炽爱，更缘于我因普通话而“闪光”。人生可以选择，比如自信、毅力、勇气，对生活的热爱之情，对命运的挑战之勇，对未来的执着以求。女作家毕淑敏，在对生命中最宝贵的东西——水、阳光、空气、鲜花和笔进行取舍时，放弃了清丽绝伦的花朵，划掉了生命本源的清泉，甚至空气，甚至阳光，而保留了手中的笔。因为，在作家的眼里，笔是生命的真爱、意志的支点，我深深理解毕淑敏。于我而言，普通话就是我生命中不可或缺的那部分。

“掬水月在手，弄花香满衣。”25 年的工作历程，我始终保持着与普通话的亲密接触。一路走来，我深深感恩普通话。因为它，我拥有了参加学习和交流的宝贵机会，不仅增长知识，开阔视野，更在不自觉中提升了自身境界和内在修养；因为它，我曾获过多次竞赛奖项和荣誉称号，它带给我的不仅是满满的幸福感，更是阅历的增长和人生的丰盈；因为它，我得以有机会去帮助更多的人学习掌握规范的语言，收获的不仅是职业的成就感，更感受到彼此追求完美的精神力量。

“嗒嘀嗒，嗒嘀嗒”，那生生不息的声音陪伴着我的童年，更指引和成就着我的人生。声如珠玉，思如兰香。普通话清朗上口，款款入耳，似高山流水，如磬相击。因为普通话，我感受到了人生的美好，一次次努力中，我体验到了追求的快乐，被改造的不只是声音，更有声音所表达的人生方向。感谢普通话，感谢世上这最美丽的语言。

（作者单位：武汉市新洲区教育局）

憧　　憬

廖桂莲

孩提时代，我生活在鄂西北的一个村子里。村民们日出而作，日落而息。一到晚上，一两百个村民便都不约而同地聚集在村委会的一台黑白电视机前，那是全村仅有的一台电视机。我印象最深刻的便是大家观看港台武打片的情景。精彩的剧情如磁石般牵引着所有人的目光，惊险处，全场鸦雀无声。时年六七岁的我也挤在人群中看电视，凭借着课堂上老师教的普通话，听着剧中人物的台词，尽管似懂非懂，却也看得津津有味，兴致勃勃。到了第二天，剧中那些不甚明白的台词、听不懂的话语还会萦绕在耳边。于是，下课了我便鹦鹉学舌般地学给老师听，向老师请教。年轻的女老师听了，便耐心地给我讲解，有时候也会笑着给我纠正语音。听到老师的发音，我不好意思地笑了。幼小的心里对老师的崇拜不禁又增添了几分，憧憬着有一天，自己也说一口那样流利好听的普通话。

一天中午放学回家，我惊喜地发现我们家里竟然也置办了一件电器——收音机。那可是我们家唯一的电器啊！在那个年代，父母终日辛勤劳作，养育我们兄弟姐妹六个，能解决温饱问题，已实属不易，精神层面的东西，我们是不敢奢望的。那是一部黑色的收音机，不大，旋钮是银灰色的。我欣喜地看着崭新的收音机闪耀着好看的光泽，感觉整个家似乎都亮堂了不少。我们几乎都舍不得随意触摸它。从那以后，我们的生活增添了许多欢乐。收音机里播出的那悦耳动听的乐曲，多人演播的广播剧，生动活泼的《小喇叭》栏目……这一切在农村孩子的世界里是那样新奇而富有魔力，使我们的生活变得多姿多彩。尤其吸引我们的是每天中午时段的《评书和小说联播》栏目。每天中午，我们一家八口人端着饭碗，或坐着，或蹲着，或倚靠着墙角，不约而同地边吃饭边贪婪地倾听着收音机里播出的评书或小说。我们生怕有一丝的不留神，就会漏听或者错失其中一句重要无比的话。刘兰芳、单田芳、袁阔成、田连元、王刚等一位位名家的声音，如同天籁般引领着我们享受那幸福的时光。《岳飞传》《隋唐演义》《杨家将》《七侠五义》如一道道佐餐的美味佳肴，滋养着我们每个人的精神世界。随着时光流逝，大师们那一句句纯正的普通话给我们打开了一个全新的世界。在那个世界里，我了解了一次次风起云涌的朝代更迭，“结识”了一位位金戈铁马、气吞万里如虎的英勇将军，知道了一段段异彩纷呈的历史故事。不知不觉中，我发现凡是学过的字，我几乎都能够准确地读出来。那些令班上同学颇为头疼的前鼻音、后鼻音、平舌音、翘舌音以及阴、阳、上、去四个声调，我都能准确无误地读出来。我甚至还能调皮地模仿刘兰芳等大师们口中描绘沙场激战的诸多象声词。如今想来，那段美好的时光，便是我学习普通话的启蒙阶段，温馨而又难忘。

后来，语文老师发现了我朗读的小才能，就经常让我为同学们领读课文的精彩片段和一首首古诗。老师的欣赏、同学们的惊羡点燃了我心里的小得意。那份荣耀使我越发自信，读得也越发起劲了。家里的收音机更是成了我的至爱。再听播音时就更认真了，以至于每次听完，自己总要暗地里一遍遍地模仿大师们的演播，感觉有不如意的地方，还要自己跟自己较劲。当时，谁能想到，在一个人人都说本土方言的小村子里，竟然会有一个小女孩对普通话播音有着那样的痴迷与执着呢！

时光荏苒，1988 年我初中毕业，考入了师范学校。“语文基础知识”课程让我开始系统地学习普通话。从那时起，我知道了我们湖北省各个区域的方言和普通话之间的差异，知道了“一”“七”“八”“不”的变调，知道了大部分部件相同的字的读音变化规律，知道了普通话儿化音的发音规律。在师范学校的语文课堂上，教学经验丰富的老师还经常组织我们进行口语交际，教学试讲，然后互评互助，纠正发音。在热烈的氛围中，同学们互相指正，互相学习，大家不时发出一阵阵会心的笑声。同学的情谊在笑声中升华。这种情谊温暖着我们彼此走出校园，走上三尺讲台，成为一名人民教师，开启各自教书育人的职业生涯。

从师范学校毕业后，我一直从事小学中、高学段的语文教学。为了培养学生的语文素养，提高学生的普通话水平，我尽可能多地为孩子们营造氛围，提供机会。我每次从三年级开始接手一个新班级，每天的第一节语文课都会先安排一段10分钟的美文诵读。学期初，我为学生朗读适合他们的优秀文章。后来，每天安排一名普通话比较好的学生为大家诵读。每周我会和同学们一起评选出一名“最佳诵读”，并且颁发一个小奖品，以资鼓励。诵读的文章可以由我推荐，也可以是学生课外精心挑选出来的。为了当选“最佳诵读”，同学们一般都会提前拿着自己精选的美文向我请教朗读技巧，学习朗读方法。就这样，同学们在潜移默化中汲取美文的精华，积累习作的素材，掌握普通话的发音与技巧。渐渐地，每个同学的气质中多了一份自信，课堂上也都基本能用普通话自如地交流了。到了小学的高学段，为了进一步锻炼学生的思维及语言表达能力，我有时候还会灵活地把课前诵读变成口语交际。我会为学生创设某种情境，或者设定一个话题，让大家在小组内发表自己的观点。孩子们畅所欲言，在思想火花的碰撞中，大家的普通话水平也得到了明显的提升。

如今的我已到了知天命的年纪，在小学语文的殿堂奉献了30个春秋。如今的我依然喜欢在课堂上为学生朗读一篇篇文质兼美的名篇佳作。尽管在优质课件中，也有课文的朗读，但我依然乐此不疲。我觉得由自己朝夕相处的老师读出来的文章，学生一定更易于理解，乐于接受，因为那种默契是我们师生间所独有的。当然，为了给同学们呈现出最好的效果，我每次都会提前做足功课。我会提前听课件中的朗读，琢磨其中的精妙之处，然后自己声情并茂地朗读一遍，录下来，再仔细倾听、研磨、分析，近乎严苛地查找哪一个字读得不够清晰，哪一处重音没有突出，哪里的情感表达得不够充分，并琢磨怎样使自己的发音更洪亮、更饱满。于是，语文课堂上，孩子们乐听，我乐读。我们相伴着走进文本，走近人物，走遍祖国的山山水水。教学中，随时发现学生的读音不准确，我会耐心地一一指出，反复提醒，适时地把语文基础知识穿插在语文的课堂教学中，帮助学生准确地掌握和运用普通话。

近年来，我所在的乡村小学成立了少年宫。少年宫开展的兴趣小组活动丰富多彩。我毛遂自荐地担任了国学经典诵读小组的辅导老师。至今，我还在带着兴趣小组的孩子们一起品读经典，在优秀文化典籍中徜徉，寻求精神食粮。同时，在我心里还有一个愿望，那就是在不断的实践中，把自己的普通话水平由多年前的二级甲等提升到一级乙等，甚至是一级甲等。

其实呀，对于普通话水平从“二甲”提升到“一甲”，我很有信心。因为，我的人生一直在为学好普通话，运用普通话，推广普通话而努力。

（作者单位：襄阳市襄州区黄集镇中心小学）

普通话之恋

曾丽华

我是一名普通的幼儿教师，一生都与普通话有着不解之缘，包括学习、工作、生活与家庭。

我是一名“70后”，很小的时候家还没有搬进城里，住在农村。那时候没有现在这样的高科技，没有手机，也没有电视，通信不发达，生活也不便利。农忙的时候，村子里集体放场电影，会让我们小孩子犹如过年般高兴。我们家有一个最值钱、最重要的物件——一台红灯牌收音机。在我的记忆深处，中央人民广播电台的一档少儿节目《小喇叭》是我的最爱，播音员用纯正的普通话，惟妙惟肖地讲故事、念儿歌……一切的一切都让我沉醉，带我度过许多快乐的童年时光。我深深地崇拜那些播音员，觉得他们是最厉害的人，普通话是世界上最好听的语言，长大了做一名播音员也成为我儿时最美的梦。受此影响，我喜欢上了文学，喜欢看书和学习，后来如愿以偿地考入了师范学校。

世界就是这么奇妙。儿时美梦没有成就我的职业，却成就了我的婚姻，让我有了一个幸福的家庭。为了梦想，我也曾努力过，可我的普通话就不怎么标准，总带一些地方口音，无论我的学习成绩怎么优秀，这一弱项让我十分沮丧，也让我非常羡慕那些能说一口标准普通话的同学。一次学校举行元旦联欢晚会，男主持人出现在我的视线之中，他的外形让我瞬间联想到了播音员，更重要的是他用好听的声音讲着一口标准流利的普通话。相遇是缘，相识是福。毕业后，他进了小学，成为一名光荣的语文老师，而我则来到了幼儿园，成了“孩子王”。两年后我们成功相守，毫不夸张地说，是神奇的普通话让我们走到了一起。

1999年，湖北省普通话培训测试中心在全省招录省级普通话水平测试员，我市获得一个招录名额。我丈夫过五关斩六将，获得了这个名额，被派往湖北武汉培训学习，并以优异成绩通过考核，获得了省级普通话水平测试员资格证书。

在孩子她爸去武汉参加培训期间，我曾带着孩子一起去看他。他们宿舍里，全都是准测试员，用标准的普通话谈笑自如，逗着我家孩子玩。三岁半的女儿遗传了她爸爸良好的基因，普通话比较标准，并不怯场地回答他们的问题，而我在那浓厚的普通话氛围里怯懦着，心虚着，自惭形秽地沉默着。

这次的探亲之旅给我带来了很大的震撼和很深的思考。我想到了儿时的梦想，并且现在的工作要求全体教师的普通话水平能力达标。按规定，一线语文教师如果考核达不到二级甲等，有可能从此不能再站在三尺讲台上。我爱我的工作，没有资格再站在讲台上是我无法接受的事情。更有甚者，我想到了我是一名幼儿教师，面对的是一群懵懂无知但模仿能力和学习能力超强的孩子们，教师的一言一行将对孩子们有着潜移默化的作用。一想到孩子们会学习模仿我的方言普通话，我的脸就发热发烫。孔子曾说过：己欲立而立人，己欲达而达人。作为一名幼儿教师，己不立，何以立人？我下定了决心，一定要克服一切困难，把普通话练好，能光明正大地站在讲台上，无愧于那一双双干净、稚嫩、信任的眼睛。

女儿她爸对我的决定大力支持，举双手赞成。彼时的他已成为我市唯一一名省级普通话测试员，市教育局安排他利用周末对全市教师分批进行集中培训，担子很重，也非常辛苦。但是他在毫无怨言地积极承担的同时，也给我制订了周密的普通话学习计划。先听我的发音，帮我找出了许多发音该注意的地方。每天早上让我读一篇文章，纠正发音后再去上班，晚上让我把早上纠正后的文章读给他听，再次纠正。他还把我当作他向全市老师授课的试验品，先给我上课后发现问题，以便改进，用更好的上课模式去教授别人。不服输的我一有空就抓紧练习，慢慢地我感觉到普通话并不难学，难的是心理状态的调整和改善。功夫不负有心人，当我市教师普通话考核测试正式进行的时候，我顺利地通过考核，拿到了普通话二级甲等证书，成为一名合格的幼儿教师。

岁月如梭，时间飞逝，一晃我在幼儿园一线教师岗位上工作 31 年了。我能坚守初心，严格坚持用普通话教学，课后也用普通话跟孩子们互动交流。

我深知，幼儿是学习语言、形成口语的关键时期。孩子好模仿，敢讲敢说，喜欢与人交往，如若幼儿在学语言的最佳年龄期受到了方言的影响，形成方言语音、语感的原型定式，就很难矫正。我们班的孩子养成了喜欢说普通话的良好习惯，这种好习惯有利于他们以后的识字和阅读，为以后掌握书面语言、理解字义打下了基础。

现在的我无论是去外地旅游，还是去超市买东西，哪怕报个电话号码，都不知不觉地用普通话跟别人交流。当别人用普通话回复我时，顿感亲切百倍。普通话已扎根于我的生活。

（作者单位：应城市实验幼儿园南园）

最有魅力的语言

杨军辉

我是一名土生土长的农村人，从牙牙学语就说着农村土话，平翘舌不分，二三声调拿捏不准，前后鼻音混淆不清。小学阶段，伴随着方言度过了无普通话的六年，从来不知有普通话。

小学毕业后的暑假，亲友带回一位城市里来的大姐姐到我家做客，字正腔圆、抑扬顿挫的语调和好听的儿化音深深地打动了我，但老家的人都说大姐姐会“撇”，不知道她说的是普通话。整个暑假，这个动听的声音一直萦绕在我耳边，激起我懵懂地展望：“长大成家后，全家人都要说这种话。”愉快的暑假转瞬即逝，初中的第一节语文课，赵老师吐字如珠、欲扬先抑、温文尔雅地介绍自己，告诉我们今后上课要学说普通话，会说普通话，传承普通话。直到那时，我方知，除了老家方言，还有另一种魅力语言——普通话。

孩提时代，在老家流行一个小故事：一位南方人到北方做乡长，开会时，他说：“兔子们、虾米们，咸菜太贵了。”下面的人听得是一头雾水，原来他是说：“同志们、乡民们，现在开会了！”当时我不知道这个故事蕴含的意思，听过笑笑罢了。现在细想，不会讲普通话，会引起他人的误解，闹出笑话。

何其有幸，1996年，我考取了襄樊市师范学校，成了一名师范生。也是从那一刻起，我与普通话结下了不解之缘。那时，学校的教室、寝室、食堂、图书馆等公共场所都张贴了“请讲普通话”的温馨提示。同学们来自全国多个省份，开学伊始，不同的方言成了彼此交流的障碍，同学的烦恼不能分担，同学的快乐不能分享，孤独感便油然而生。为了有效沟通，老师鼓励大家尝试着用普通话交流，然而沟通过程中存在诸多问题。譬如：带着浓重家乡口音的普通话在校园里频频出现；翘舌、平舌等错误读音更是层出不穷，地方话还闹得人哭笑不得。有人将“最佳学员”说成“最贱学员”，将“下一楼”

说成“下流”，将“你先洗”说成“你先死”，吓得同学面色发白。类似交流，屡见不鲜，我们有时一笑而过，有时不知所措，有时带来口舌之争，但从未放弃说好普通话。

为了实现普通话的梦想，我不惧困境，潜心学，用心讲，顺利通过了普通话水平测试。师范三年，学校一直要求我们讲普通话，日常学习、生活中始终用普通话交流。特别是我的汉语言老师，要求每名同学在桌子的左上角摆放一本《新华字典》，不管是课上还是课下，只要是张嘴说错“话”，读错字，就马上动手查字典，予以纠正。每天晚自习，我拿出《普通话水平测试必读》反复朗读字、词、句、范文，针对平翘舌音不分，声调拿捏不准，前后鼻音混淆不清，词汇、语法有误的地方，都一一正确标注，重复训练。功夫不负有心人，在校两年多潜心学习，我熟练掌握了普通话，于 1998 年 12 月参加了湖北省普通话培训测试中心的等级测试，并获得了二级甲等证书。

更出乎意料的是，我在毕业数年后，结识了外省（湖南）的灰姑娘。我曾一度认为自己是被她那美丽的普通话所打动，最后成功牵手。的确，甜美的普通话影响着我的人生，也让我的生活增添了许多乐趣，少了许多误解与不快。

记得有一天，妻子美发回家，老母亲问：“剪头，多少钱?”妻子愣了愣，似懂非懂地回答：“十元。”母亲说：“四元，不贵。”妻子又道：“是十元。”母亲疑惑地说：“四十元？被人坑了哟!”妻子笑了笑，用手指数了十个数字，母亲方才明白。最后，双方哈哈大笑，我在一旁看着，也觉得甚是有趣。

有一回，老母亲焦急地对妻子说：“孩（鞋）子丢了，你快克（去）找找!”妻子惊恐万分，但是转头看到我抱着女儿，松了口气。我告诉她，老母亲说的是“鞋子丢了，你快去找找!”，而襄阳话将“鞋子”读成“孩子”。从那以后，我们都坚持用普通话进行交流。每次回老家，看到 5 岁女儿用普通话与老家的人沟通，我心里乐开了花儿，满怀激动与骄傲。现如今，我们四口之家，彼此沟通，相互交流，礼貌用语，讲普通话，其乐融融。

随着普通话的普及，我们越来越多的襄阳人也在使用普通话。对于国人而言，掌握和说好普通话，是日常生活、学习和工作中必备的基本条件之一。

我是一名光荣的人民教师，每次走进校园，看到“请讲普通话”的温馨提示，我都战战兢兢，如履薄冰，生怕误人子弟。每次走进教室，看到孩子们单纯、渴望的眼神，我就不断地告诫自己，我们不仅要传授文化知识，还要讲好普通话，推广好普通话。每次备课不惜时，我对每一字都仔细斟酌、推敲，读不准的字音全部正确标注，让孩子们从小感受美丽的语言。

使用普通话，推广普通话，必须从我们做起。在第24届普通话推广周活动中，中心学校举办普通话诵读比赛，我犹豫许久，思索再三，最终鼓足勇气，毅然报名参赛。那天，怀着忐忑之心走上演讲台，用标准语言，诵读百年伟业，荣获普通话党史诵读二等奖。看到学校同事为我点赞，心中窃喜，不枉追逐。

普通话是中国走向世界、世界拥抱中国的桥梁，让普通话融入整个中华民族的血液，成为中华民族共同的声音，成为我们民族的骄傲，成为世界上最有魅力的语言。身为一线教师，曾经的梦，有所实现；未来的梦，有待努力。

（作者单位：襄阳市襄州区双沟镇陈湾小学）

追梦，那些年

胡小平

“小朋友，小喇叭开始广播啦！嗒嘀嗒，嗒嘀嗒”20 世纪 70 年代的我出生在鄂中农村。五岁时，家里难得买了一个收音机，当第一次听到中央人民广播电台的《小喇叭》节目时，我惊呆了：广播里哥哥姐姐们说话的调调真好听！他们这是哪里来的调调？还是在北方当过兵又在县城工厂里工作的爸爸见多识广，告诉我那动听的调调叫“普通话”，又说要学普通话，得先学习汉语拼音。可汉语拼音到底是何物、长啥样、怎样学，爸爸又说不出个一二三来，只说：“等你上小学了，老师会教的。”我痴痴地爱上了《小喇叭》，并牢牢记着播出的时间，每天准时守在收音机旁。从那时起，我有了一个“伟大”的梦想：我要用这种腔调说上几句话，在村里的小伙伴们面前炫耀一番。于是，我开始天天盼着上小学，盼着老师教我汉语拼音和普通话。盼呀盼，终于盼来了小学开学，谁知事与愿违，在我们村，小学里所有的老师上课都用着和我们一模一样的腔调。我非常沮丧：我的那个“伟大”梦想什么时候才能实现呢？

在村里上小学时，虽然所有老师包括语文老师上课都是用方言，但汉语拼音作为义务教育阶段小学一年级教材中的内容，我们有了接触和学习。不知道为什么，那时的我对汉语拼音的学习始终不得要领。拼音对我来说是那么难！我难过地想，我那用《小喇叭》里的腔调说上几句话，在小伙伴们面前炫耀的“伟大”梦想似乎是愈发遥远、艰难了。

一次偶然的机会，我对汉语拼音突然开了窍。那是在我读三年级时的一个傍晚，放学后，我跟村里的伙伴们疯耍了好一阵后回家准备吃晚饭，妈妈让我们等一会儿，说老师来家访了，在给弟弟辅导拼音呢。出于好奇，我摸到房间外面，耳朵贴着虚掩的房门，“你看啊，拼音一点都不难，就是这么来的：这个

juan，我们这么读：j—u—an，j—u—an，j—u—an，juan，juan，读快了，不就成‘娟’了吗?”我趴在门后，眼睛越瞪越大——弟弟听懂了没有我不知道，我只知道老师的这次指导让我豁然开朗。我终于知道了该怎样拼读，我把弟弟的拼音书拿来一个字一个词地练习，一个个字词又流畅地从我嘴里读出，拼读对我而言突然成为一件再简单不过的事。那一刻，我真高兴啊！

一眨眼，我上了初中。在镇上的初中，我终于听到了“普通话”。后来回想起来，那其实不过是只有声调而没有平翘舌音的“普通话”（那时的我以为这就是普通话的全部）。可在那时的我的心目中，这已经是与我儿时听到的《小喇叭》最接近的腔调了。于是，在课业、游戏、家务的间隙里，凭着对普通话的满腔热爱，我开始了艰难而又快乐的自学。初中毕业，当别的同学依然说着仅仅只有声调的“普通话”时，我已经能准确区分出平翘舌音了。至此，我的“伟大”理想应该可以去实现了，但毕竟已经不小了，觉得这样在人前显摆的举动难免幼稚，所以，依然没有去实现它。

初中毕业进入师范院校，我成了一名音乐班的中师生，我们的课程设置里有专门的普通话课程。一次，一个河南的同学（她的普通话非常标准）取笑我说：“那个同学明明叫王静（jing），你干吗喊王进（jin）啊?”“明明是林忆莲（lian），你干吗说成林忆林（lin）?”这时我才意识到，我的普通话依旧很粗浅，其中还有好多内容没有接触。老师告诉我们，普通话中有好多系统，譬如“前后韵”“yin 和 yan”“鼻边音”……我立刻静下心来，在老师的指点和同学的帮助下，反复练习拼读，纠正发音。很快地，同学、老师都开始夸赞起了我的发音，我还荣幸地当上了学校的推普员和“学习标兵”，上了学校的光荣橱窗，毕业前夕通过普通话测试，取得了一级乙等的好成绩。

毕业后，我成了一名光荣的人民教师。本着对普通话的喜爱与执着，2004 年我参加了湖北省普通话测试员培训班学习。在短暂的培训期间，我踏踏实实学习。面对前辈，援疑质理，俯身倾耳以请。终于在培训结束前的测试中，如愿取得了湖北省普通话测试员的资格。那一刻，我不禁热泪盈眶：这是多么艰难漫长的学习经历啊！一个南方方言区的乡下孩子，从五六岁初次接触《小喇叭》节目而爱上普通话开始，一路不忘初心、蹒跚前行，得到老师指点、系统学习，到取得普通话测试员资格，20 年，让我怎能不感慨万千！成为一名测试员后，我积极响应上级语委的号召，主动投身到语言文字工作中，多次参加行政事业单位、公务员的普通话培训测试工作，成为当之无愧的推普员。

普通话丰富、愉悦了我的生活，也给我带来了许多收获。在中师音乐班学习的时候，我是班上公认的唱歌最好的学生。记得有一天，一个同学对我说："我知道你为什么唱歌格外好听了，因为你的咬字吐字格外到位，字正腔圆。"于是我又认识到：标准的发音和字正腔圆的咬字吐字可以为唱歌加分。在参加工作后的音乐课教学中，我将字正腔圆的咬字发音贯穿到了所有的音乐课中，我所教学的班级总能得到其他学科老师以及同行的肯定与赞扬。我是多么自豪呀！而这些，都得益于学习普通话。

音乐出身的我最初还在村里的初中教过英语。凭着自己的理解，在教学生学习音标时，我告诉学生："国际音标是相通的。一个有规律的单词，如果你能正确读出来，就可以根据读音拼写出来。"我教他们像认读汉语拼音一样认读音标，告诉他们找一般单词的拼读规律，再根据这个规律反过来记单词。多年后，有学生联系我说："您那时候教我们认音标，对我后来的英语学习帮助太大了！"我感到无比满足：我对普通话的学习体会竟然也用到了对学生的英语教学中，而且效果似乎还不错。

最意外的收获是对女儿的早期教育。在女儿两三岁时，为培养她从小阅读的习惯，我给她买了很多带拼音的画报和图书，在家里带着她学习汉语拼音。我告诉她："你学好了汉语拼音，就没有不认识的字了，那样，你想看什么书都可以看啦！"女儿很高兴，学得也很认真。就这么轻轻松松地玩着、学着，直到有一天，一个同龄的小朋友到我家来玩，我拿出女儿的一本故事书招待她，却发现一些我女儿半年前就会认的字，她全不会认。后来通过观察，我还发现其他同龄的小朋友也都不会认。原来女儿的识字量早已悄悄地超过了许多同龄人。不仅如此，因为拼音学得好，她的普通话发音很标准，朗读也很不错，从学前班到初中毕业，每每遇到学生活动，她一直都是当仁不让的主持人，大大增强了学习自信心。

时光匆匆，岁月流转，我也早已实现了儿时的那个"伟大"梦想。如今，作为一名老师的我，几乎每天都会面对孩子们说着普通话。不过，这早已不是"炫耀"，而是我工作、生活的一部分了。

（作者单位：应城市实验小学）

感谢普通话

邹　丹

“我努力了这么久，为什么还是没有进步呢?”坐在我对面吃饭的她，边说边抬起头来，我这才发现，她竟然哭了，泪水顺着她的脸颊流到下颌角，顺着脖颈往下淌。我的心一紧。自从这个小人儿——我的女儿芊宝升入高中，她就少有笑脸，家里就少有笑声。高中巨大的学业压力，让这个小人儿进入了情绪叛逆期，我们的关系一度紧张。我们觉得她的成绩与我们的付出不成正比，她认为我们对她的要求过高。直到这一刻，我的内心才有了一丝久违的心疼，这个看上去凡事都不往心里去的小人儿，居然也有流泪的时候。巨大的心理反差，让我一时不知说什么好。

“爸，妈，我想了想，从小妈妈就特别在意教我说好普通话，普通话是我的强项，我也特别喜欢，我想学播音主持，高考就往这方面发展。”两天后，下了晚自习，芊宝在车上说出了她的打算。是啊！普通话确实是芊宝的强项，从她出生的那一刻起，我就有了一定要教她说好普通话的打算。

芊宝出生前，我在邮局订阅了《父母必读》，从中了解到，从胎儿期开始，宝宝就对外界的声音有了反应。于是，每晚吃过晚饭，散完步后，我会选出 30 分钟的时间，用标准的普通话为肚子里的芊宝读书，读的书有《胎教故事大全》《国学经典胎教故事》《睡前轻松胎教故事》《胎教故事 100 个必读》《胎教小故事》。特别有意思的是，每每听到我用普通话进行朗读，小家伙就在我的肚子里活动起来，仿佛在说：“妈妈读得真好！我喜欢听！”

芊宝出生了，从与她见面的第一天开始，我就“屏蔽”了自己的方言，她吃饱睡足醒着的时候，我喜欢用左臂托起她，跟她说话：“宝宝，我是妈妈！”“宝宝，这是小手，这是小脚，这是小胳膊！”“宝宝，来，咱们读儿歌。公鸡公鸡真美丽，大红冠子花外衣，油亮脖子金黄脚，要数漂亮我第一！”虽然这时的芊宝还不会说话，但她会随着我的节奏发出一阵欢快的小婴儿特有的“哦哦啊啊”声。这稚嫩的声音，也让初为人母的我极为满足。

芊宝十个月时，她发出的第一个叠音词是“爸爸”。还记得当初，这第一声呼唤，让我既激动又失落。激动的是经过不懈努力，孩子终于会开口叫人了；失落的是孩子开口叫的第一个人不是妈妈，而是爸爸。至此，我尝到了教孩子说普通话的甜头，于是，我更努力了。

我为芊宝制订了两个时间段的普通话学习时间，一是中午 11 点至 11 点半，二是晚上 7 点至 7 点半。说简单点，就是午餐前和晚餐后。我为孩子购买了颜色鲜亮、图画简单、撕不破的绘本，和孩子一块儿坐在地垫上，教孩子学说普通话。“妈妈，妈妈!”“奶奶，奶奶!” 1 岁左右，芊宝会喊妈妈和奶奶了。这一进步，又让我兴奋了好一阵子。

从《父母必读》中了解到，1 岁半到 3 岁是孩子语言发展的关键期。为此，我丝毫不敢怠慢。专程到黄石市新华书店为芊宝买来了《格林童话》《安徒生童话》《中国寓言故事》等适合儿童听读的读物，带着芊宝读，专门为她制订了睡前读童话的计划。从芊宝 1 岁半开始，只要她醒着，我是不做家务的，时间都用来陪伴她练习说话、玩游戏。晚上 8 点半，她躺上她的小木床了，便会奶声奶气地喊：“妈妈，来给我读睡前故事啦!”芊宝最喜欢的睡前故事有《狼和七只小山羊》《拇指姑娘》《丑小鸭》。天天读，天天听，她也不厌。最有意思的是，3 岁时的一天，她睡下了，我赶着洗两件衣服。几分钟后，等我赶到房间门口，就听到房里传来一阵声音：“在一个暖洋洋的春天里，羊妈妈生下了七只可爱的小山羊……”是芊宝，她居然能把《狼和七只小山羊》的开头复述出来了，而且句子当中的“暖”字的鼻音、“生”字的后鼻音、“只”字的翘舌音，都说得挺准确的。我开心极了。

3 岁半，芊宝上幼儿园了，为了进一步对孩子进行普通话语音语调的训练，我专程到武汉买了市面上最新出现的单卡复读机，另外还有一盒《鞠萍姐姐讲故事》的磁带，睡前故事就采用我来读和听故事磁带交替的方式进行。

伴随着普通话的学习，芊宝走进了小学。因为相对标准的语音语调，芊宝被班级语文老师选为了班级领读员。小家伙的积极性空前高涨，放学一回到家，拿起课本就大声读了起来，经常会跑来问我：“妈妈，你帮我听听，我读得怎么样，有什么地方需要修改的?”在这里，我也打心眼里感谢老师们对芊宝的肯定和帮助。孩子到了三年级，因为普通话说得比较好，主持了几场学校内部的大型活动，让她信心倍增。

后来，芊宝考上了黄石市第二中学。高一上学期正逢元旦，学校计划开展“高一年级文化节目展演活动”，向高一年级招募主持人，经过 3 轮选拔和淘汰，芊宝幸运入围，作为两位女学生主持人之一，登上了她梦寐以求的舞台。

“妈，妈，你觉得我的这个想法可行吗?”一阵急促的声音把我从回忆拉回到现实。“当然可行啦!”芊宝爸爸抢先答道，“你有很扎实的普通话功底，又发自内心地喜欢播音主持，这真是一件太令人欣喜的事情了，爸爸支持你!”我也点点头，“真好，没想到，妈妈从小教你的普通话到这里还发挥了这么大的作用。加油啊，芊宝!”

自从决定把播音主持作为高考的发展方向，芊宝开始了 9 个月的考前准备。这是一段特别难熬的日子，高二下学期，学业正紧张的时候，芊宝得在第二节晚自习结束后，赶去上播音主持专业课，11 点回到家，在完成了学校的作业后，还得完成播音主持作业，凌晨一两点睡觉是常事，可从没听她喊一声苦，叫一声累。2019 年 12 月 20 日，芊宝参加了湖北省播音主持专业的联考。一个月后，联考成绩公布，芊宝考了 266.33 分，网上“一分一档分数线”显示，芊宝的这个分数，进入了湖北省 2019 年播音主持联考的前 60 名。查询到分数的那一刻，我喜极而泣。

专业联考的初步胜利，为芊宝紧张的高考冲刺注入了新的动力。孩子的心态好了，笑脸多了，家里的笑声也多了起来。感谢普通话，让我心尖上那个活泼开朗的小人儿又回来了。

2020 年 8 月 20 日，芊宝把大红的高校录取通知书送到我们的面前，我感觉像在做梦一般。“爸，妈，快看，我被西南大学录取了，就读的是新闻传媒专业。”芊宝紧紧地抱住了我。

感谢普通话，让我心尖上的小人儿选择了自己喜欢的事情作为人生的发展方向，这是多么幸运的一件事啊!

感谢普通话，感谢普通话!

（作者单位：黄石市铁山小学）

"一乙"撑起那段迷茫的青春

张　琴

在本应炽热奔放的年纪，自卑却似罩子笼住了我。因为家中秋收，理应按时报到，我却在大家都军训结束后，由父亲送进襄阳师范专科学校的大门。在走进大学宿舍门口的那一刻，感觉自己低到尘埃里去了，后来者的生疏感让我畏惧，同寝室可爱的女孩们用流利标准的普通话欢迎我，而我却只能以尬笑相迎，进入大学的激动与自豪因没能吐出像样的普通话而消失殆尽。那张张笑脸没有留意到我的尴尬，仍帮我接住行李并归置到位。不敢说话的自卑此时开始牢牢困住了我。

后来，寝室有一项规定让我更加沉默：以后谁要是不说普通话，就罚给全寝室同学打水。真热心相助，倒也作罢，却因这个由头，实在是让人心存惊悸。从小学到高中，一直以成绩优秀而骄傲的我变得自卑敏感。若是走进寝室时，有同学说笑，总疑心是在笑我那蹩脚的普通话。有一次，我不知为何事兴奋而开讲，大家正听得津津有味时，下铺的室友突然提醒道："你又没讲普通话。"想着这入学几个月以来，她一次次地挑我普通话的错处，让我总是不能流畅地说上几句话，顿时火冒三丈，爆了粗口，结局当然是我在寝室里的声音更加寥寥。

随着"现代汉语"课程的开设，加之每天晚自习普通话工作的推进，我慢慢地开始学习发音技巧，纠正以前读不准的字音，并都积累下来。到大二时，普通话达不到二级甲等水平就拿不到毕业证的通知，彻底让我吓破了胆。想着刨着黄土地的父母，想着渺茫的未来，我惊吓之余不得不迎难而上。

大三时，由于学校教室紧张，我和闺蜜总是早早地跑到低年级教室后面抢位置，和学弟学妹们共同投入热烈的推普活动中。同时，时刻携带厚厚的一大本普通话培训教程，我们成了 24 小时密不可分的伙伴。晨曦中，我同朋友边走边互测；晚霞里，我们奔走抢占座位；星光下，我咕咕叨叨，背着特殊读音的词条；睡梦中，还在给朋友朗诵教程中的文章。冬草枯去，夏虫又来，那个大部头不知道被我翻过多少遍，书边变毛，书角卷起，闭上眼几乎能说出某个字词句段的页码，而普通话水平测试也在这默默奋斗中悄然走来。

当看着一个个从考室出来的同窗或灿烂或沮丧的表情，本就胆怯的我，心似被吊上天际。走进考场后如何小心翼翼地测试的环节已显模糊，但口头作文让我终生难忘。我抽到的题目之一是《难忘的一位老师》，有自知之明的我决定用倒叙流水账的方式避免卡壳，追忆高中语文老师为了让我锻炼心理素质，让我在全校参加历史演讲比赛，在与高二年级挑应战中让我念挑战书两件事。怎样的普通话水平展示，我不知道，但我分明看到两位老师五分钟的时间让别人只讲到两三分钟就停了，而轮到我时，五分钟时间过去了，但他们的目光还注视着我。当我既激动又紧张地叙述完后，两位主考老师欣然微笑。稍后，一级乙等的成绩，仿佛天上掉下的馅饼砸晕了我。入校两年多以来，学习普通话的酸甜苦辣充满心头。看着滚烫的普通话等级证书，我喜极而泣，仿佛看到耀眼的未来迎面而至。

九月的秋日，我走进了竹条一中，成了一名初中语文老师。入校时应先试讲，我被安排讲授《白杨礼赞》，汗涔涔地讲完之后，大家一起在会议室评课，我提心吊胆地等着前辈们的评判。让人意外且震惊的是，十几位老师除了对上课流程、授课艺术、与学生互动给予高度评价外，还对我一口流利的普通话表达了超乎想象的肯定，甚至有老师说："这普通话水平简直与播音员不相上下了。"顷刻间，骄傲让我顿觉语文教学生涯将是无限的神秘与迷人。之后，每当工作之余，我总是像播音员一样拿腔拿调地朗诵文章，学校有什么口头功夫的事情也总是找我。后来在一次镇上举行的演讲比赛中，我用不太拙笨的文笔，加上震惊四座的普通话而荣获了第一，被推举到市里进行下一轮的角逐。

从此，良好的自我感觉成了移动的骄傲，曾经的曾经，那丑小鸭的阴霾一扫而光。普通话带来的荣光，让我更感受到了生活的精彩。

当爱女牙牙学语时，我感恩家人都采纳了我在家中不讲方言的建议。每每听到在农村待了大半辈子没有多少文化的婆婆教着女儿数数，把"一"读成"yí"，把"二"读成"ér"时，我虽觉好笑，但也被深深地感动。家中的普通话氛围，使得女儿从小就说得一口流利的普通话，且对口头展示充满兴趣，每天总是随手拿起一段文字就站在客厅中央朗诵起来，让家人都坐在旁边，扮演她的学生，并且一直乐此不疲。三年级时获得朗读比赛第一名的佳绩，更让她痴迷于普通话，以至于后来做了播音编导的专业选择。

先生读书时，其余学科均是头筹，独独语文让他摆头。而今，每晚是我们静享读书的时光，他一开口的普通话，总是让我忍俊不禁，憋不住给他矫正。人家也谦虚地欣然接受，而下次再冒出此字，仍是旧时音，时间一久，我也就随之共摆头了。但在襄阳方言包裹的氛围中，我们小家一直坚守着这个高雅的情趣——用普通话交流和朗读。

普通话曾困住了自卑的敏感，也撑起了迷茫的青春，更丰富了教学的生涯，充盈了我的人生。每当看到静卧于抽屉深处的普通话一级乙等证书，那过往的一幕幕总能激起层层涟漪，百味纷呈。

（作者单位：襄阳市樊城区诸葛亮中学）

人生的精彩从普通话开始

张阎辉

岁月蹉跎，不知不觉中，我已在普通话教学、测试中度过了30年。30年弹指一挥间，但对于一个在职校从事普通话教学的教师来说，感慨良多。我想说，普通话让我实现了许多理想，让我的人生更加精彩。

记得刚刚大学毕业没多久，我由一所中学调到现在的蔡甸区卫生学校。这是一所专业性极强的中专学校，语文只是文化课之一，学生只注重专业课学习，对文化课的学习积极性不高。和普通中学相比，这里的工作非常轻松，没有什么压力，巨大的落差让我一度非常沮丧。难道年纪轻轻就这样打发时光？没想到几个月后——1994年初，武汉市的中职学校开始了普通话推广工作。当时学校的现状就是，除我之外，所有的老师都是使用方言上课，我的语文课曾经被学生认为很另类，因为我坚持用普通话教学，还要求学生在我的课堂必须说普通话，很多学生都很不适应。为了进一步推进全市中职学校普通话教学工作的开展，武汉市语言文字培训测试中心组织了一个普通话骨干师资培训班，校长把这个任务交给刚刚参加工作不久的我，并且说：你是学校唯一的一名年轻的语文老师，一定要好好学习，未来全校的普通话教学工作就交给你了。在北方的部队大院长大的我很不以为然，觉得普通话还需要学吗，更何况我本来就是中文系毕业的。在周围的人群中，我对我的普通话是非常自信的。抱着这种心态，我轻松地登上了去襄樊师范专科学校的火车。一到培训班，接待我们的老师一口字正腔圆的普通话顿时让我们不敢开口了。走进课堂，我发现普通话里面的学问更大了，老师从推广普通话的重要意义，到我们国家的推普现状，从汉语拼音方案到每一个拼音字母、每一个音节的正确发音方法等进行讲解培训。通过学习，我知道了国家几个部委已经联合发文，中职学校的学生必须学习普通话，也知道了今后还要开展普通话等级测试……这一次的学习非常紧张，每一个拼音字母、每一个音节，我们都要反复练习。在培训班，白天学习理论知识，晚上老师指导我们练习、纠错。十来天的封闭学习，收获也是满满的，我不仅对普通话有了全新的认识，还遇见了影响我一生的恩师郭小枫老师，在后面的道路上，一直是郭老师鼓励着我，鞭策着我，走到今天。

后来，武汉市语言文字培训测试中心组织的各种培训、学习，比如普通话讲师班、语言发声艺术培训班，等等，只要有机会，我都积极参加。学习的过程虽然很紧张、很艰辛，但我喜欢这种学习的氛围，更喜欢无私传授给我们知识的老师，他们都给我留下了深刻印象。老师们严谨的教学态度和一丝不苟的教学风格，让年轻的我受益匪浅。

当全市的推普工作大规模开展的时候，普通话测试也慢慢规范起来。1997 年，湖北省开始了全省普通话测试员的资格考试，不过由于各种原因，直到 2000 年我才在郭老师的鼓励下报名参加了省级普通话测试员的考试，并顺利成为一名省级普通话测试员。当时在华中师范大学培训的情景还常常浮现在眼前：培训是高强度、快节奏的，大量的理论知识和语音练习充斥着整个学习过程，我们白天在教室里互相学习，每天放学回家的路上我都在默默地练习，记得我的练习方式就是坐在公交车上，一路看着外面的招牌，一个一个地小声练习，遇到难点音就反复读。对于测试员来说，听出方言和普通话的区别更重要。武汉方言最难把握的就是鼻边音，为了找到方法，我听中央电视台主持人的发音，听我家楼下一个北方人说话，近距离地看他发音时的唇形变化，反复揣摩，找感觉。

成为一名普通话测试员后，我除了日常的普通话教学工作以外，还积极参加普通话测试工作，有时候天不亮就起床，天黑了才回家，但在推普的路上从不觉得累。每当中午休息的时候，大家要么互相交流测试中的种种趣事，要么对某个测试问题展开讨论，乐此不疲。这不仅提高了测试能力，也收获了不少乐趣，还交了一批志同道合的朋友。

记得我刚刚成为一名新测试员的时候，开始的一段时间非常紧张，在考场内，面对考生时不免手忙脚乱，又要忙着听，又要忙着记错误，还要忙着统计分数和评定等级……带我的老测试员们手把手地教我，不厌其烦地告诉我很多实战经验。他们的敬业精神、吃苦耐劳的精神影响着我，使我渐渐地熟悉了测试的流程，掌握了打分的要领，可以独当一面了。后来，我也带新测试员了，也像老一辈测试员一样耐心地教他们。

后来，因为测试工作需要，我被借调到武汉市语言文字培训测试中心工作过一段时间。在这里，我更加近距离地接触到郭小枫老师。郭老师对普通话工作一丝不苟，每一次测试前都过问细节，结束后都叮嘱我们总结。她对待工作总是追求完美，有时近乎到苛刻的地步，但对我们每个人却又是那么热情，关怀备至。这种崇高的人格一直影响着我，激励我在工作、生活中严格要求自己，不断追求进步。遗憾的是，后来我从中心回到单位后，郭老师退休了，不善交际的我和郭老师失去了联系，但时至今日，我依然怀念我的郭老师，我真心希望什么时候能够和她——我的恩师在武汉的街头不期而遇。

2010 年，武汉市推荐我参加国家级测试员培训班的学习，曾经以为再也不会去参加普通话学习的我再一次踏上征程，临行之前省测试中心的老师说：每年我们湖北省选送的学员都是全部通过。话虽简短，但让我备感压力，不过压力也是动力。这一次学习，让我开阔了视野，学到了更多的知识，了解了更多更前沿的观点，也知道了推普工作在全国的重要性。

成为一名国家级普通话测试员以后，我以更加饱满的热情投入推普工作中，通过培训、测试将普通话推广到千家万户。在推普的路上，我还有幸见识了像兰霞老师、雷峻老师这样优秀的语言文字工作者的别样人生。他们用朗诵等形式使普通话丰富起来，他们的朗诵声音富有磁性，富有感染力，把我们带到一个更广阔更悠远的空间。从他们身上，我感受到湖北普通话人的别样情怀，对他们来说，推广普通话不仅仅是一种工作，更是一种生活，因为普通话，他们的生活丰富多彩，可以说推普工作已经融入他们的生活中。我也把这些带入我的教学中来，带着我的学生学朗诵，学礼仪，组织他们参加市里、区里的文娱活动、演讲比赛、经典诵读大赛、礼仪小姐大赛等。我们忙并快乐着，有时我自己也参与其中，收获快乐。

柳青说，人生的道路虽然漫长，但紧要处常常只有几步，特别是当人年轻的时候。一路走来，我已经在推广普通话这条路上走过了 30 年，如果当初没有参加普通话的工作，如果中途没有坚持下来，现在的我也许就是一名普普通通的中职语文教师，但是一切的改变源自加入了推普的队伍。普通话改变了我的人生，让我的人生从此精彩不断，生活丰富多彩。在普通话的道路上，我也认识了一批老一辈的普通话工作者和一群志同道合的朋友，他们是我的领路人，是我的老师，他们将普通话作为自己的人生追求，他们对普通话工作的热爱、执着一直影响着我。虽然随着机辅测试的开展，我们见面的机会越来越少了，但他们给我带来的影响却是永远的。

（作者单位：武汉市蔡甸区卫生学校）

热爱我的热爱

田露露

我一直有着这样的感悟：喜欢文字的人，一定宽宏大气；喜欢文字的人，一定浪漫温柔；喜欢文字的人，一定从容理智；喜欢文字的人，一定淡然沉静。这样的人一定是在人间的烟火里释放了人生。而我，喜欢多姿多彩的文字，更喜欢在声音的世界里独自行走，这一走便走了很久，很久。

青春年少时就钟情于朗读，每读一首好诗或者一段散文抑或是一小段歌词，就像在海边看谁家的烟花灿烂了夜空，璀璨了人间之后又趋于平静，感觉每一个字都像自己细小的神经牵动着自己的悲喜。还隐隐记得，我人生读的第一首诗便是《画》："远看山有色，近听水无声。春去花还在，人来鸟不惊。"闭着眼，我都能感受到远山含笑、水流无声、百花争艳、鸟儿不惊的美好场景。那是幼小的心灵第一次被这别样的美好触动，深深浸没在身体里，流淌进骨髓里。

再后来长大了些，因为普通话说得好，语文课堂上，老师常常让全班同学闭着眼睛听我诵读《我爱这土地》《陌上花开》《致橡树》《再别康桥》，等等。那时候，读这些内容并没有深深地打动自己，却感动了别人。对于班上的播音员或者是全校的主持人身份，我一直都很骄傲。说实话，我还很喜欢那种被追捧的感觉，甚至打心里有些嘚瑟。不过很多时候，当老师让我读一篇课文或者主持一场节目的时候，我的内心是紧张的，害怕做不好丢人现眼，经常独自在角落里苦苦练习，对着内容去研究人物的语气、作者的感情。我内心渴望能带给同学们听觉上的美感，希望他们都能听懂我读的内容，更希望他们能听到我内心的独白。因为有那么一瞬，空气是安静的，时间是静止的，我以为世间唯有我和我的声音。那时候的确喜欢读书，读各种散文，读诗，甚至读文言文或者小说。能够阅读到一本好书，我简直像打了鸡血一样，看不到结尾干什么都魂不守舍。潜意识里，觉得作家是世界上最伟大的人，洗涤人类的灵魂。后来想一想，作家其实就是一个苦行僧，耐得住寂寞，忍得了孤独。如果说一本书就是一座建筑物，无论是高楼大厦、洋房别墅，还是乡间茅屋、村野寒舍，都是文字工作者放弃热闹，多少个黑夜和黎明交织成的结果。我感谢那些与书相伴的岁月，一路走来书香满径。

进了大学，这个时候懵懵懂懂的似少不更事的少女，会多情，会多愁，会不小心哭泣，更多的时候会犯傻。一直都喜欢在自己的声音里寻找什么东西，读的内容也多了，除了读古诗词、现代诗、散文，还会读英文名著，好几回一个人读着读着，就泪眼婆娑或者干脆涕泗横流。心灵既脆弱又易感，一阵风拂过，会颤动心弦；一场雨落下，也会打湿心瓣。偶尔也会无端地神经兮兮，或莫名地凄凄惨惨，尽管知道那些感觉不曾真实，但还是由着自己去放纵，由着自己去牵绊，弄得“体无完肤”，却乐在其中，不肯走远。大二那一年报名参加了普通话考试。回想当年，考试的情景历历在目。读生字，读词语，读句子，还有一段绕口令，很顺畅地就来到最后的话题表达部分，我抽到了关于我的家乡的话题，内心不禁一阵窃喜，这是我擅长的。想了不到一分钟，老师叫我开始，我抿了抿嘴唇，稍微清了一下嗓子，对着话筒不紧不慢地说道：“我来自大山，是一个地地道道的土家族女孩，从小和爸爸、妈妈、爷爷、奶奶，还有姐姐们生活在一起……”只记得对面的老师目不转睛地看着我，偶尔会点头微笑。走出考场的大门，我的心有点紧张，但更多的是愉快。那种莫名的欢喜，不知道是高兴于自己普通话考试的表现，还是被自己的语言深深折服，也突然一下明白“家乡”二字对自己如此意味深长，我竟然那么深深地爱着家乡，爱着家乡的一切。当考试的结果出来的那一刻，我好像并没有太多欢喜或兴奋流在脸上，一级乙等，虽然这在我们学院是少有的。

大学毕业那一年，也是找工作的那一个暑假，我报了人生第一个工作岗位——某县城电视台的播音主持人，满心期待地跑过去，参加了初步选拔，接着做完体检，还在演播室里试了镜，一系列工作结束后，等到的通知是条件不符合。后来才知道，去面试的人都没通过。

现在，我是一名初中老师，巧不巧，还是和普通话打交道，自己说着普通话，还在学生中推广普通话，也许这就是所谓的缘分吧！平时有事没事的时候，我还是会独自一人读一些作品，越来越觉得在繁华嘈杂的世界，我们需要一颗安静的心，只有内心真正平静，认认真真读出来的才能去细细品味，安安静静地读着别人，也在读着自己。

有时候一个人躺在床上会问自己为什么中了这样的蛊，它不能当饭吃，不能当水喝，更不能带来财富和名誉，可是就这么喜欢了，也因此会在心底默默地去坚持。为什么我的眼里常含泪水，因为我对普通话的热爱是深沉的，我将热爱我的热爱。

（作者单位：宣恩县沙道沟镇民族中学）

我与普通话的邂逅

谢　兵

我生长于湖北一个偏远的农村，那里是一个很落后的原始村落。小的时候，我并不知道普通话是什么，所以在说话交流时从没有注意其中的细节。直到上了大学，我成为一名师范生，才深深地体会到普通话的重要性。但是我没什么语言天赋，正常孩子一般一岁到一岁半之间开始说话，我四岁以前还不能说话。四岁之前，爸妈很担心我是不是说话有障碍，会不会是一个先天性的聋人，带我多方求医问诊。医生告诉我爸妈，只要听力方面没问题，就不会是聋人，一般情况下只要孩子智力发育正常，没有明显的大脑发育迟缓或者其他问题，说话晚一些问题不大。所以，在我四岁之前，爸妈会经常在我的身后拍手，或是玩弄一些发声的玩具来看我会不会转头，对声音是否有反应，来检验我的听力是否正常，在一次次检验中，我被他们排除在聋人之外。排除了听力问题、智力问题、大脑发育问题或遗传病后，爸妈开始怀疑我是不是有精神方面的问题，孤独症的孩子有时候说话也偏晚，不喜欢跟别人交流，不喜欢沟通。爸妈每天只要有空，就会不断地在我面前交谈，教我说话。在爸妈坚持不懈的努力下，四岁之后，我终于开口发声了，发出了我出生后的第一声“哇哇”，尽管我不能和正常的孩子一样叫一声“妈妈”，可是，爸妈听到这来之不易的“哇哇”，流下了激动的眼泪。

童年时代，我非常努力地说着当地的方言，可是我的语言表达能力仍然比同龄的孩子差。科学表明，人类掌握语言能力的高低是由先天遗传因素与后天环境、学习交互作用塑造的，因此，我坚信，既然上天能让我开口说话，我就一定能克服先天的不足。经过长达三年的练习、不断的纠正，我终于能在上小学的年纪用方言与人正常交流了。

20 世纪 80 年代，我顺利地考取了华中师范大学，阴差阳错地选择了师范专业。当老师将来是需要靠“嘴”吃饭的，我深知作为一名师范生，将来要为祖国培养栋梁，要用流利的语言上好每节课。我必须在未来的大学时光里，花更多的精力克服语言障碍这一关。还记得刚上大一的时候，同学们都是来自不同的地方，我们聊天的时候，每一个人的口音、语调都不同，彼此之间甚至都听不懂对方在讲什么。好在老师要求我们在学校里讲普通话，刚开始我们都尝试着用蹩脚的普通话相互问候。上课时，我们用“普通话”读课文、回答老师提出的问题；下课时，我们用“普通话”交流；班会时，我们会聆听领导用普通话总结同学们的表现……可是我们的“普通话”被大学老师批评得“体无完肤”：“毕业了你们怎么培养祖国的下一代？语言取决于环境，在一个大家都说普通话的环境中，即使你方音浓重，也会逐渐习惯使用普通话，互相学习，共同提高。只要大家一起努力，同心携手，就一定能把普通话说好，只要勤奋、主动与坚持，即便是在中年甚至晚年开始学习，都会有所进步。”的确，在二十世纪八九十年代，对语言重视程度不够，全班同学没有几个能说出一口流利、标准的普通话。经过大学的刻苦训练，同学们都有了长足的进步，我的语言能力也有了较大的提升，可是在平时的学习和生活交谈中，我说话依然带有明显的方言色彩。的确，人们学语言的能力因人而异，但为了将来毕业后能更好地胜任教学工作，我下定决心，必须花更多的时间和精力投入语言的学习中。

大学毕业后，我被分配到宜昌的一所高校任教。我站在三尺讲台，尽我所能，努力地用接近标准的普通话给我的学生上课。除了上课，自认为这辈子不会再与普通话有更多的交集了。可是，人生的路上，有些事、有些人，缘分到了，总是会如期而至。1994 年 10 月，国家为了加强推广普通话的力度，提高全社会的普通话水平和汉语规范化水平，发布了一项语言考试制度，全国上下开展普通话水平测试。没有语言特长的我也加入了普通话测试队伍的行列，虽然不能成为一名普通话测试员，但成了一名普通话测试工作的协助人员，专门负责考生普通话测试过程中测试计时工作。普通话人工测试中，考生先要到候测室等待叫号，叫到号后抽试题，然后进入备测室，按所给试题准备考试内容，有 10 分钟的准备时间，最后进入测试室。进入测试室后，考生面对测试员依次说考试内容，直到测试员说“停”，考试就结束了。一位考生测试完毕大约需要一刻钟时间，我就在这无数次的重复操作中记录着考生的每分每秒。

这样的测试协助工作我也记不得参加了多少次，虽然单调，但也快乐，因为它既让我增长了知识，又让我明白我离说好普通话还有一段距离；在工作的同时，又收获了友谊，结识了一群语言文字工作爱好者，他们都成了我进一步学习普通话的良师益友。

后来，根据组织和单位的安排，我担任了一个地级市普通话测试站站长，负责本地区所有社会考生和中高职学生的普通话培训测试工作和语委工作。从原来的协助参与者变成了普通话测试的管理者和具体实施者，我深知，这是时代赋予我的责任，是领导对我的信任。随着时代的发展和科技的进步，传统的普通话人工测试将一去不复返，取而代之的是国家普通话计算机辅助测试系统。现在的普通话测试系统通过软硬件结合的方式帮助测试机构更加方便地采集考生信息，考生只要在考试机上通过人脸识别即可登录，同时考生的照片、人脸识别登录情况可以通过教师监考机上传到国家普通话测试管理系统存档备案。

随着国家对语言文字工作越来越重视，我深感责任重大。在普通话培训测试和语委的具体工作中，我操着一口带有浓重方言的普通话，常常令人忍俊不禁。于是，我给自己定了一个也许余生都不可能完成的目标——说一口纯正流利的标准普通话。为了这个梦想，我会朝着这个目标不断努力，锐意进取。我也坚信，随着国家对语言文字的日益重视，随着普通话的不断普及与推广，我们的后辈不会再出现我“有余于心，而力有所不逮”的窘境。

（作者单位：三峡旅游职业技术学院）

生命中不沉的方舟

彭桂萍

我生于20世纪70年代初的乡村，家乡有桃红柳绿的葱茏，有白墙黑瓦的静谧，有亲切质朴的乡音。只是现代文明还在村外徘徊，家乡没有录音机，也没有电视机，只有一台收音机陪伴着儿时的我。“小喇叭开始广播啦!”清脆的童音回响在我的耳畔，温暖了我的童年，为贫乏枯燥的生活抹上了亮丽的色彩。我喜欢听一个个妙趣横生的故事，迷恋上了那字正腔圆的普通话。

上初中了，在棉纺厂工作的父亲把我带到城里读书，母亲仍在家乡种地，像我们这样的家庭，被人称为“半边户”。我们住在厂里的单身楼里，穿着灰扑扑的衣服，又没有过人的才艺，日子像白开水一样乏味，只有语文老师和同学们标准的普通话让我心生欢喜。这是一所子弟学校，同学们的父母大多是北京来的知青。一口京腔，婉转悦耳，我听着如饮醇酒，如听仙乐。我享受着，像听流行音乐般迷恋。自己在家也会大声朗诵，我陶醉在自己的世界里，乐而忘忧。初二那年，班主任让我们上台进行朗诵比赛。当时雪花纷纷扬扬，铺天盖地，处处玉树琼花，好一个粉妆玉砌的世界。我豪情大发，读了毛泽东的《沁园春·雪》。读完了以后，老师让同学们民主投票，选出朗读最好的。出乎我意料的是，同学们选了我。自认为是丑小鸭的我，至今仍感谢同学们的欣赏，让我的少年时代有了五彩缤纷的颜色，让我的人生有了抑扬顿挫的旋律，让我不顾一切地爱上了普通话。从此，我普通的人生有了不普通的底色，我有了挑战命运的自信与勇气，原来我也有自己的天赋所在，原来我不是一抔简单的泥土，加上清水，我也可以塑成自己想要的模样。

一路跋涉，终于上了县一中。我又悲哀地发现，自己又淹没在茫茫人海。那时，高中没有扩招，一中可谓精英荟萃，人才济济。有的同学喜欢吟诗作赋，成立了诗社；有的一心钻研数理化，立志当科学家；有的能歌善舞，明眸善睐……我又陷入了自卑与焦虑之中。困顿的生命找不到出口，生命的天空布满乌云，时而有闷雷滚动，我看不到柳暗花明在何方，怀疑自己的人生注定是一团晦暗，永远不可能明晰，永远不会有明媚的春光眷顾。在我苦闷彷徨的时候，机会来了，高一的元旦那天，学校举行演讲比赛，每个班选一个代表参加。天知道，语文老师怎么选中了我，而我又不敢拒绝，我的脚像踩在棉花上一样发软，但普通话依旧标准，声音依然高亢清亮，最后得了第二名。但我的同学们不喜欢折桂的那个扭捏作态的女孩，坚称我比她讲得好，这在当时给了我极大的鼓励，所有的紧张消失，真有心花怒放的感觉，感觉在心的地方有枝叶伸展，心胸为之扩展，精神为之一振。

大学，我读的是师范专科学校。开学不久，学校就招播音员。我选了一篇散文《荷塘月色》应考，由于紧张，我的手有点儿发抖，可最终，我幸运地入选了，开始了学校播音员生涯。记得教我现代汉语的是张雅娟老师。她声音清亮动听，发音标准。当时我总是发不准边音和鼻音，张老师耐心地指点我：针对湖北人的特点，发边音的时候嘴巴就张大一点，发鼻音的时候嘴巴就缩小，让声音从鼻腔里出去。我试了一下，果然好用，这也消除了我的一大困惑。那个时候，我常常在学校的小花园里念绕口令：吃葡萄不吐葡萄皮，不吃葡萄倒吐葡萄皮。现在回忆起来，那仍是最美好的时光。清晨的校园，空气清冽，月季花吐露着娇蕊，上面的露珠晶莹剔透。一阵微风拂过，送来阵阵芬芳。我就在这花香之中用普通话朗读。这美好的一幕永远定格在我的生命里，温暖着我，在我疲惫时、迷茫时，源源不断地给予我力量。

大学毕业后，我成了一名语文老师，先后在小学、初中任教。用普通话读书的时候，是我和孩子们最幸福的时刻。我用普通话大声读，孩子们目不转睛地听着。每当听到学生说彭老师读课文真好听，我的心里就涌动着欣喜的潮水。三年级有一篇课文《总也倒不了的老屋》，学生可喜欢听我范读了。一开始，我压低嗓音，模仿老人苍老沙哑的声音："我老啦，到了该倒下的时候了。"学生们身子前倾，一下子被吸引住了，眼睛一眨不眨地看着我，好像我摇身一变，成了一栋老房子。一会儿，我又用清脆的童音读小鸡的话："谢谢，谢谢。"这是小鸡在感谢老屋帮助它呢，孩子们的脸上现出欢喜的神情，我也陶醉其中，这是我们师生最快乐的时刻。我喜欢普通话，也把这份喜欢传给了我的学生，让他们也爱上了普通话。我给他们讲平舌音与翘舌音、前鼻音与后鼻音、边音和鼻音。他们读书的时候，我在教室里走着，走着，听着琅琅读书声，就像听到了最美的音乐，就好像农民听到庄稼拔节的声音，就好像诗人听到了小雨沙沙的声音。我的世界充满了欢乐，充满了希望。

如今，我是声音艺术家徐涛老师的粉丝。从第一次在《经典咏流传》的节目里听到他充满磁性的声音起，我就成了他的粉丝。他把普通话之美演绎到了极致。他朗诵的《再别康桥》《将进酒》，让我在感动和震撼之余，也获得了前行的信心和勇气。在忙碌的工作之余，听徐涛老师的朗诵成了我莫大的享受。

回首往事，细数和普通话的一世情缘，我发现，普通话提升了我的修养和气质，丰盈了我的人生。普通话是情感的纽带、沟通的桥梁，把我和所有的美好连在一起。我坚信，普通话是人类最美丽的语言，是由人类之口发出的最动听的声音。

像行驶在滚滚江河里的航船无法躲避浊流和漩涡一样，我的心灵在现实的生活里，也无法躲避庸俗的缠绕，也曾在人生的岁月里，被庸俗的浪花溅湿了理想的柴薪，窒息了进取的烈焰，然而无论在何种景况下，普通话都是我生命中不沉的方舟，让我在忙碌的岁月里没有沉沦，永远保持着自己心灵的高度。

（作者单位：安陆市实验小学）

执　着

徐泽阳

有人打趣说中国人大多都会两种语言，一种是家乡的方言，一种是普通话。不过我更想称方言是普通话的特色“加密版”。如果说方言体现了各个地方的民俗特色，展示中国的多种多样的个性特点，那么普通话则彰显了属于中华民族大家庭的特色，让我们感受到中华儿女的血脉相连。成长中，方言时刻撩拨着我心里最柔的一丝心弦，而普通话就像在浇灌心里的树苗，成就自己的一片绿荫。在这一片绿荫里，记录了我有趣、自豪、自信、向上的故事。

作为一名“00后”的小将，不得不说我们要感谢几代人的努力，让我们的国家变得更加强大，所以很幸运，从小我们就接受了各种优质的教育，当然也包括普通话的教育。我们在幼儿园就接受普通话教育，受普通话环境的熏陶，这也是我们普通话标准的一个重要原因。而我们的爷爷奶奶这一辈，以及爸爸妈妈们的普通话就没有那么标准，这与他们上学时期没有良好的普通话环境相关，但这并没有阻止他们对普通话的追求。

在我的记忆中，我的爷爷对普通话有着不一样的执着。以前我将听爷爷的普通话作为一大乐趣，但现在却是充满敬佩。小时候，我不懂事，每次听爷爷说着蹩脚的普通话，我都会咯咯地笑起来。面对我的玩笑，爷爷也就微微一笑，说多练练就会有进步。记得有一次家里来了一位台湾客人，大家热情招待。爷爷作为一家之长，也热情地用“普通话”进行问候，客人尴尬而不失礼貌地认真听爷爷说话，我在一旁憋笑。后来问爷爷：“为什么不说家乡话？说慢点可能人家还容易懂一些。”爷爷拍拍我，回答说：“这是对客人的礼貌。”当时我还不以为然，如今却感受到了爷爷对普通话的那份尊重与用心。

早在 1998 年第一届普通话宣传周时，身为一名教师的爷爷，响应国家的号召，积极参与学校教师的普通话培训，在家也时时练习。记得爷爷当时有一句口头禅："别小瞧，我的普通话可是接受过培训的。"我也经常指出爷爷一些发音的问题。最有趣的是，爷爷有时会接到一些房地产或者保健品的推销电话。有一次，我在旁边听到爷爷突然用普通话接电话（爷爷一般给家人打电话都是用方言，不然家里人可能不知道他在说什么），我好奇地凑过去，想知道究竟是谁竟然让爷爷"动用"普通话。过后我告诉爷爷，以后在接到这种电话时不要说那么多，直接挂掉，以防诈骗。没想到，我这可爱的爷爷竟然说："推销电话里的客服，普通话说得挺好，多说两句还能练习普通话。"虽然这件事听起来好笑，但从那以后，我再也没有"嘲笑"爷爷的普通话了，因为我看到一位 60 多岁的老教师对普通话的那份执着与坚持。

同样，我的姑姑继承了爷爷的这份执着，加上自己的努力，成了县城的普通话推广员，经常下乡推广调研。我小时候一直很羡慕姑姑，声音好听，普通话标准，直到有一次与姑姑聊天提起，问她的普通话为什么这么标准，原来这与姑姑对自己的高标准、严要求和持续努力分不开。在姑姑任教早期，普通话刚开始推广，那时普通话一级甲等的教师为数不多，而她就是其中一位。但姑姑并不止步于此，不仅勤加练习，还参加各种演讲活动来锻炼自己，最终脱颖而出，获得普通话推广员的面试入营培训资格。入营的全封闭培训是更大的挑战，来到更专业的平台，姑姑认识到自己与别人的差异，比别人付出更多的精力，最终获得了专业的认可。

除了身边亲人的事情让我对普通话有一种敬畏，对自己从小的经历也是感触颇多。记得与普通话的有趣之缘是从小学的一次"六一"儿童节的演出开始的。当时我身为班级的语文课代表，一次偶然的机会参与了小主持人的选拔赛。所谓"初生牛犊不怕虎"，小小年纪什么都不怕就参加各种活动，当然这次我也没放过，而且我的语文老师也给了我许多帮助。虽然已经记不清楚当时的我站在比赛台上是什么心情，但是我清楚地记得在老师点评的时候，一位老师说："这声音怎么听起来怪怪的。"虽是无意之说，但我却记在心里。就在我觉得已经没有什么希望的时候，我的语文老师看着我，轻轻地拍了我的肩膀，却并没有说什么，仿佛所有的话都藏在这手掌之中。最终，结果是幸运的，我很开心。那晚，我记得月亮很亮。转眼间到了第二年的儿童节，本来就有些内敛的我，内心非常想再次担任主持人，不过没有勇气向老师表达，幸好我的朋友鼓励我，让我努力争取。很幸运，我又一次获得了主持演出的机会。从那时起，我开始听新闻，模仿主持人的语音音调，让自己的普通话听起来更标准、音调停顿更合适。渐渐地，我有了一个新的梦想——成为一名主持人，能说一口既标准又悦耳的普通话。

上高中后，为调节繁重的学业负担，老师发起了晚饭后的小故事和新闻“小朗读”活动，同学们可以报名参加。听到这个消息，我心中又激起了层层涟漪。这一次，我勇敢地报名参加。记得第一次在全班同学面前朗读的时候，真的好紧张，怕自己读错，怕自己读得不好听。当时，拿着老师的“小蜜蜂”话筒，我的手一直抖，不敢看同学们，低着头读完了整篇文章，当我抬起头时，同学们给予了肯定的眼神和热烈的掌声。此后，我就不紧张了，开始注意音调以及语境。

到了大学，我担任校园广播员，更多的人听到了我的声音。同时，在班级各种活动中，我也担任主持人。可以这么说，讲好普通话让我变得更加开朗，更加自信。

在此后的生活中，我想让讲普通话的习惯“润物细无声”地感染身边的人。在工作中，我们面对的是模仿力强的小朋友，所以更要高标准地要求自己，做小朋友们的榜样，给小朋友们创建一个良好的学习生活氛围，让他们在语言敏感期时接触良好的语言环境。课余时间，我仍然不想放弃主持人的梦想，积极地参加各种演讲比赛，多担任活动的策划与主持。虽然走向大舞台的机会渺茫，但我相信能够在自己的小舞台上闪闪发光。

（作者单位：襄阳市实验幼儿园）

学习普通话的快乐

全　艳

对我来说，说普通话是一件兴趣使然的事情。伴随着求学和工作，学习普通话带给了我许多快乐。普通话让我结交了不少老同学、好朋友，并且拓展了我的职业生涯。这个历程，已经有30年了。回想起来，嘴角不禁向上翘起，开心。

一

学习普通话，我是从高中毕业的暑假开始的。高中赵同学拉我一起报名广播台的普通话培训班，那时候想着上大学到外地读书可能要讲普通话，所以就一起去了。暑假天气热，学习普通话时间不长，直到最后拍了合影照，培训结束时我也没弄清楚到底怎么练习普通话。只觉得要和陌生的同学相处，甚是尴尬，倒是羡慕善言语的赵同学和播音老师很自然地交流，我在他旁边看着就像是绿叶般的陪衬，我想也就是这段经历激励我上大学以后要开朗一些。

大学宿舍里的室友，有两个是北方人，一直讲普通话，其他几个都和我一样是湖北人。有一个是咸宁的，讲起普通话来都不成句，倒是和老乡讲得很顺畅。来自北方的室友晓璐的普通话好利索，在报学校学生社团时想报考校广播站，就拉着我一起去参加面试。面试是念一段绕口令，“四”和“十”。别别扭扭好不容易才念完，我自然是落选了，晓璐顺利当上了校广播台的播音员。这也是我第一次知道“四”和“十”这个绕口令可以暴露我平翘舌不太分的问题，我开始翻着字典练习平翘舌字音了。到大二的时候，我觉得练得不错了，有一次和晓璐一起去吃早点，店铺的老板说：你们说话真好听。然后他又对晓璐说：一听你就是北方人。再对着我说：听得出来你是湖北人。我当时心里一紧——还有距离，我要好好提升，多跟着晓璐说话，学着她的腔调。还有一个北方室友叫慧萍，她是系里的学习部部长，学习起来总是举重若轻。她和我风轻云淡的性格很是契合，我们成了好朋友。某次她参加朗诵比赛，读的是《再别康桥》，得了一等奖，我向她讨教这首诗怎么朗诵，而她很有兴趣地问我荆州方言怎么讲，因为她从小说普通话，不会说方言。我一下有了“特长”，马上搜肠刮肚地告诉她一点儿荆州话，她学了几次都怪怪的，乐得我们哈哈笑。

大二下学期，在现代汉语课上，老师进行了一次普通话测试。那次测试的成绩，老师并没有告诉我们，但通过测试我们发现，原来还有轻声词和儿化词。对于普通话的学习，我们终于进入了正轨。大学班主任老师是普通话测试员，在大四的时候给我们上了一个晚自习，然后第二天就进行普通话水平测试。我很顺利地拿到了合格证。说起来正是大学四年的普通话练习，坚持说普通话，甚至对着老乡我都说普通话，这样才让我的普通话打下了比较坚实的基础。

二

工作以后，我很顺利地进入一所中专学校教授语文课。在教研活动中，教研室主任发现我的普通话比较好，就推荐我参加湖北省普通话测评员资格培训班学习。当时，我们学校条件有限，培训只能报销培训费，食宿都要自己解决，所以我就住在了在武汉工作的一个同学的出租屋里。每天都要从这个同学家里出发，走到华中师范大学上课。

这次培训之后，我就成了一名省级普通话水平测试员。开始是荆州市的测评工作，经常到荆州的周边即公安、石首、监利、松滋、潜江还有仙桃去做普通话测评。那个时候，两个测试员一组，面对面地对考生进行测评。如果测评任务比较多，就会在当地住宿。在测试员中，年轻的女老师比较多，就喜欢在测评结束之后围坐在一起，一边吃饭一边聊天，聊测评中的一些趣闻，非常好笑。还讲当地的一些方言，比方说监利话中“给我一个碗”，说成“给我一个吻”。每一次参加测评都是一次有趣的朋友相聚，这也就形成了那个年代一个非常有趣的测评情景，在测评过程中我也结交了很多朋友。

我们学校由中职升格为高职，我也就成了一名大学老师。学校升格后，大学语文课很快就被取消了，于是我们学院就申办了学前教育专业，这个专业要上普通话课，这一下我的普通话又有了用武之地。作为幼儿教师，要通过“二甲”这样一个硬性标准，这似乎变成了学生们的一个难关。恰逢学前教育教研室成立，机缘巧合，领导就把我从语文教研室调到学前教育教研室，我成了一名学前教育专业的教师。后来学校成立了普通话水平测试站，领导对“二甲”的通过率非常重视。现在，除了教学生普通话，还要教幼儿教师口语，以及学前儿童语言教育活动设计与指导。这些课程都要求强化普通话的口语能力基础，我的职业生涯就这样和普通话结下了不解之缘。

三

2018 年，我们学校几个测试员组队代表学校参加市里的诗歌朗诵比赛，在一个有经验的老师的指导之下，朗诵水平也得到了提升。2021 年春季学期，我们有一个播音主持特色班，我带了一门新的课程——文学作品朗诵课。为了上好这门课，我做了许多的功课。课外，在一位播音主持专业老师的推荐下，我购买了一套初级的专业录音设备。录音朗读应该说是与我参加的一个志愿组织的公益朗诵活动有关。我们将作品在公众号上发布的时候，同时发布语音包，效果非常好。通过录制音频，我也发现自己特别喜欢朗读。和课程组的老师们把自己朗读的资源做成课程在学习通上建课，还在《喜马拉雅》App 上开通了账号。

四

从 18 岁到 48 岁，一晃说普通话 30 年了。在这个过程中，普通话给我的生活带来了很多乐趣，比如，和人聊天的时候说一些关于普通话和方言的笑话。还有家人也跟着学说普通话，爱人经常是一说普通话，就逗得我哈哈大笑。因为他一旦说起普通话来，那就是开始说笑话了，普通话和方言掺杂在一起说。而我的孩子，也说着一口比较标准的普通话。

接下来我希望继续通过普通话来结交更多的朋友，同时也希望实现我的梦想——到北京学习，成为一名国家级普通话水平测评员。近几年，湖北省普通话培训测试中心每年都会组织我们到武汉培训一次，在这个过程中，我又结交了不少好朋友，也愈加感受到了普通话的魅力。

（作者单位：荆州职业技术学院）

逐梦“字正腔圆”

陈元元

我出生在湖北西北部的一个小城市。我的家人说着方言，我也在当地文化风俗的熏陶下长大。

“来来，瓷饭了吗?”（奶奶，吃饭了吗?）“有菲吗？想霍点菲?”（有水吗？想喝点水?）“碎觉了。”（睡觉了。）……这些都是我与家人日常的对话。边鼻音不分，平翘舌不分，声韵母发音部位、方法不对，这些都伴随着我的成长。

直到上了小学，我遇见了我的第一位语文老师——张老师。她也是当地人，师范毕业后就在当地这所小学教书。张老师是个有职业追求的人，她力求把语文课上精彩，所以很认真、很努力地在课堂上讲普通话。从一年级教拼音起，她就把每个字音都读得十分准确，给我们范读课文时，声音高低起伏、抑扬顿挫，好听极了。张老师是我普通话的启蒙老师，她让我感受到普通话的魅力。我在小学语文课堂上学会了拼音、学会了朗读，在张老师的教导与示范下，也能把普通话讲得像模像样。

后来，上了中学，我最喜欢的课就是语文课了。在语文课上，我踊跃发言，积极表现，每次老师让同学范读课文，一定会有我的身影。当我把课文用普通话充满感情地表达出来时，我感觉自己仿佛走进了文字描绘的场景里。普通话让我的情感更加丰沛，也更加自信。

真正懂得普通话的科学定义和相关知识是我上大学以后的事。我的大学课程里有一门“语音学”，教这门课的是邓老师，她的普通话等级是“一乙”，曾经担任过普通话测试员。好声音总是充满了魅力，我们在她的课堂上也总是听得格外认真。邓老师组织课堂三分钟的“说话”展示活动，在这样的展示活动中，我认识到自己的普通话存在着边鼻音不分、平翘舌不分的问题。

虽然平时在校园生活中和身边的同学进行交流没有什么问题，但经过邓老师灵敏的耳朵一听，我的普通话问题暴露无遗。找出了问题也就有了改进的方向，我心中那份练好普通话的决心更坚定了。当时我们专业的学生都要报名参加普通话水平考试，为了练好普通话，我买了一本《普通话水平测试专用教材》。在每天晨读的空闲时间里，我都会拿出这本书读读字、词，读的时候还要咬准字音，注意发音部位的用力和发音方法的正确。通过坚持练习，我迎来了普通话水平考试的那一天。看到自己二级甲等的成绩，我虽然为自己顺利通过考试感到高兴，但心里清楚我的问题还没有得到根本解决，普通话的练习不能放弃，因为我的理想就是普通话能达到字正腔圆的水平。

在逐梦“字正腔圆”的普通话学习道路上，我一直在向着更好更高的目标前进。我知道只有当自己吐字更清楚了、发音更清晰了，普通话才能更加标准，说话才能更加好听，甚至唱歌也是。我希望通过学唱歌改善自己的发音。在唱歌的学习过程中，我发现要学好唱歌，就要练好唱歌的基本功，而唱歌基本功的练习和普通话练习有着紧密的关联，像一个简单的“ɑ”音就要通过正确的发音部位饱满地发出来，一个“i”音通过上下齿对齐的方式就可以用高、中、低音表现出来，这让我对普通话的学习又有了更多的领悟。唱歌的学习丰富了我对声音的表现力，这些学习也为我后来参加各种演讲比赛提供了帮助。

大学毕业之后，我在广州的一所小学担任语文教师。身处异地，当地人讲方言我一句话都听不懂，是普通话把不同地域的我们联系了起来，让我们能互相沟通，交换意见，表达想法。有很多外地人在广州工作、安家。我所教的小学生大部分都讲普通话，他们从小生活在普通话的环境中，讲的普通话都非常好。有时候，我不小心将边鼻音弄混淆了，学生就会帮我指出来。这样的小事在提醒我，普通话的修炼还没有达到炉火纯青的地步。业余时间，我又开始了普通话练习。随着科技的发展，我发现学习的渠道更多了。我首先在手机上下载了一个《普通话学习》的软件，又在一个在线的声音课程中学习科学的发声，学习别人好的发声经验，不间断地练习着普通话。

2019 年，我看了第七期中央广播电视总台 2019 主持人大赛，台上选手们用他们精彩的亮相，用一口极标准的普通话表达，给我很大的震撼。我的理想虽不是成为一名优秀的主持人，但有志成为一名把普通话讲得像主持人一样好的优秀教师。

有一次假期，我从工作地回到家乡，八十多岁的爷爷让我讲几句普通话给他听，我贴到他的身旁对他耳语了几句，爷爷听完笑眯眯地说：“普通话，真是好听啊！”

一字一音，一音一声，一声一情。标准规范的普通话表达，现在已经成为我日常生活的一部分。在学习普通话的道路上，我由最初的感性认识到后来的科学认识，由最初莫名的好感到现在的亲密感，感谢普通话带给我自信，也感谢那一口并不完美的普通话一直在不断激励我成为更好的自己。

（作者单位：宜城市实验小学）

普通话伴我成长

李汉春

读大学时，校园里掀起说普通话的热潮，处处张贴着“讲普通话，做文明人”的标语，人人必讲普通话。路上有普通话监督员，一旦发现有同学没有讲普通话，就要扣量化考核分。

正值十八九岁的我，抱着厚厚的普通话考级书，穿过春风拂过的校园。那是三月的天，万物复苏，新枝吐嫩芽，一切正欣欣然张开了眼，迎春花最先绽放了点点春光，清晨的阳光越来越明亮，校园的钟声也嘹亮地回旋在耳畔。周围的同学都用流利的普通话打着招呼，几个月前，我还在嘲笑他们说的蹩脚的普通话，这会儿，我成了不伦不类的人了。五月就要举行普通话结业考试了，我有点心虚，也有点急。我来自乡镇，从小就没有说普通话的习惯，除了从电视上听几句，连在上大学之前的课堂里，也从没有听老师讲过普通话。这次对我而言真是一次考验。普通话推普员在每天晚自习时会给我们上一节大课，中文系一两百人拥挤在阶梯教室里，听着推普员教给我们的绕口令：“八百标兵奔北坡……”“吃葡萄不吐葡萄皮……”“四是四，十是十……”

现代汉语课堂上我最敬佩的李珉老师，让我真正学会了怎样通过音调发声。她教得很细致，把普通话与襄阳话做了很好的对比。以前一、二、三、四声困扰我很久，通过对阴平、阳平、上声、去声的训练，我终于能通过拼音准确地读准字音了。

在校园氛围的影响下，我积极准备应考。我每天都去一些说普通话氛围比较浓的寝室，让同学们帮助我发音。至今还记得当时有一个女孩给我的鼓励，她说：“你考得过的，瞧书都被你翻烂了，读得也很标准啊!”当时的努力可能并没有换来理想的成绩，但让我成长了许多。感谢在那时帮助我成长的老师和同学。

在我离开校园六七年后的一个深秋，天上的白云飘荡，满地的落叶在秋风里打着卷。我怀着身孕，去考普通话。当时有三四个测试员，我读着他们给的资料，其中一个测试员说我读得很好、很标准，只是在自由说话方面还要努力一下。这句“自由说话方面还要努力”，我回想起来的时候如鲠在喉，总觉得自己还有许多不足，还需要在普通话方面继续加油。

春去春又来，转眼我的儿子也到了牙牙学语的时候。当时报纸上刊登了一篇一家人说普通话的故事，即一家三口不在乎外人的眼光，每时每刻都说普通话。在我的记忆中，当时除了几个大型国有企业的职工外，其他单位的人很少在家人聚会时说普通话。我对此事很有感触，于是就在家教儿子从小说普通话。他爸爸是大学老师，也重视对孩子的普通话教育。我们默契地达成共识，平时在孩子面前一律用普通话交流。

从事语文教学 20 多年，我碰到过形形色色的人，有的说一口流利的普通话，有的说一口“襄普”，有的大大咧咧地说着地方话。这些人里，有我的同事，有我的朋友，有我的学生家长，也有陌生人。操着一口流利的普通话的人，总让人感觉有知识、有见解、有眼界。

有一次，我去上语文课，说学生不要对知识掌握得“模棱（leng）两可”。学生立马反驳我：“老师你说错了，是模棱（ling）两可。”我一下子蒙了，问：“是谁告诉你们的?”学生一起回答说：“数学老师上节课才说的。”我只好笑着说：“语文知识还是要听语文老师的。”他们居然不以为然，说：“分明就是棱（ling）形的棱（ling）嘛，数学老师没有说错。”我只好耐心解释，说“棱”字是个多音字，有两种读音。学生说，家长在家也说模棱（ling）两可（襄阳话读音）。我才意识到，地方话会导致学生对一些汉字错误的认读。尽管我在语文课堂上尽力教他们学习汉字、认识汉字、读准汉字，但对他们在生活中的引导，需要全社会共同的努力。

岁月荏苒，时光如梭，一晃十几年过去了，我也从青葱岁月步入了不惑之年。这年我儿子也步入了高中校园，他回家常给我说许多校园里的事情，尽管学业很繁重，压力很大，竞争很激烈，但是总有一些事情让儿子感觉很新奇，他说得最多的就是校园里的普通话。

感谢这些年的努力与坚持，让我因着普通话得到了成长。有一年，学校组织了一次“比访同行，演绎精彩”的演讲活动，年级组里推荐我代表全组参加学校的比赛。因为时间匆忙，我简单地草拟了一份稿件，站在大家面前侃侃而谈，此时再没有了上学时站在众人面前的局促、尴尬，多年以来的不自信一扫而光，换来了一个崭新的自己。我自信的演讲得到了同事们的肯定。因为演讲优秀，我被推荐到区里，成为优秀的家访教师。

（作者单位：襄阳市第三十一中学）

我的标签

刘红民

我的童年是随父亲在河北某空军部队度过的，部队大院里都讲普通话。小学五年级的时候，我回到老家沙市，很快就学会了说沙市话。父亲听到我说沙市话，说：普通话这么好听，你可不能丢了，要坚持讲普通话。所以我一直讲普通话。

20 世纪 80 年代的荆州，大家基本上都讲方言。在一个讲方言的环境中，一个普通话说得好的人，显得十分突出，也很让人羡慕。

因为普通话说得好，从小到大，我的各科老师都很喜欢我，尤其是语文老师，每次上课都会点我起来朗读课文，夸奖我普通话标准，声音清脆悦耳，同学们都很羡慕我。“那个普通话说得好的丫头”成了我的标签。

工作后，我在沙市职教中心当了一名英语教师。1990 年秋季开学的时候，学校突然安排我教幼师专业的“听话和说话”课。我是英语老师，为什么不让我上英语课？我很不高兴，到教务科问缘由。教务主任告诉我，在学校组织的普通话考试中，我考了满分，成绩优异，所以学校决定让我教“听话和说话”课。这门课着重培养幼师专业学生的普通话能力、口语交际能力和从事幼儿教育的职业口语能力。说、唱、弹、跳、画是幼师专业主要的课程，“说”排在第一，可见这门课的重要性。“幼师专业是学校的特色专业，学校安排你上这门课，说明学校器重你，信任你，才把这副重担交给你！”见我一副不情愿的样子，教务主任又说：“你不服从分配，就去找校长吧。”校长很通情达理，为了不让我荒废了专业，决定让我的课中“听话和说话”课和英语课各占一半。就这样，我开始了普通话的教学工作，从兼职教到专职教，一直教到现在。

在教授普通话的过程中，我也闹过几次诸如把拼音字母和英语字母混淆的笑话，但印象最深的是第一次教学生如何讲故事。把一个故事背下来只是熟悉材料的第一步，还有一些技巧，比如态势语的设计。正当我一筹莫展的时候，同办公室的贾军老师说："我帮你做个示范，你照着我的讲。"贾老师教学经验很丰富，课上得妙趣横生。听了她的课，我依葫芦画瓢，上了讲故事的第一课。就这样，边学习，边钻研，慢慢地，我也能够自如地教授"听话和说话"这门课了，学生们也喜欢我，愿意听我的课。在湖北省幼师专业五项全能比赛中，我的学生多次获得讲故事比赛第一名和第二名；在荆州市各级演讲比赛、经典诵读比赛中，我的学生多次获得金奖，我也多次获得优秀辅导教师奖。

1998年暑假，考虑到幼师专业的毕业生需要有普通话等级证书，学校安排我和另外三名教师到省测试中心参加省级普通话水平测试员的培训。也是那一年，我开始从事普通话的培训和测试工作，一直持续到现在。在我的带领和指导下，我们学校幼师专业毕业生普通话二级甲等的合格率达到100%，一级达标率达到10%。2010年，我拿到了国家级普通话测试员资格证书。作为一名推普员，我的足迹遍及荆州市的各个区县，在机关事业单位、大中小学和幼儿园以及窗口行业，都进行过普通话培训和测试工作，为推广普通话做出了自己的贡献。"一专多能"成了我另一个标签。

幼年时，普通话是我的"母语"；上学后，普通话是我的骄傲；工作中，普通话是我热爱的事业。普通话是我生命中最动听的弦歌，我很庆幸有它相伴一生。

（作者单位：荆州中学）

在普通话道路上前行

黄　玲

我出生在云梦，上小学也在云梦。20 世纪 80 年代，云梦县城的普通话还不太普及，但我的两位启蒙老师都说着一口标准的普通话。课堂上，他们用普通话为我们传道授业解惑。虽然当时的我并不知道普通话的概念，但在他们潜移默化的影响下，我从小就对说普通话产生了浓厚的兴趣。

在那个年代，县城里的孩子除在学校里学习外，大多数时间都穿梭在大大小小的巷子里和伙伴们追逐打闹。儿时的记忆中，我最喜欢和一群小伙伴席地而坐，围着一台半新不旧的收音机听故事，这便是我最喜爱的娱乐方式。那时候，我们最喜欢听的就是“小喇叭开始广播啦”，能听到各种有趣的小故事。每听一个故事，我都会在脑海里回味数遍，偷偷模仿电台主持人的语气，模仿那令我着迷的腔调。几年下来，《黑猫警长》《大闹天宫》《小猫钓鱼》等故事我已是耳熟能详，普通话也学得有模有样了。

正是童年一点一滴的积累，让我对普通话产生了浓厚的兴趣，而且多年来的模仿与练习也帮助我打下了坚实的基础。

15 岁这一年，我来到了湖北省实验幼儿师范学校学习。在这里，我开启了真正意义上的普通话学习之旅，系统地学习了普通话理论知识。理论有了，实践也不能少。我日复一日地练习，但学习的过程并不是一帆风顺的，我会因为一次又一次的发音错误而焦虑，会因为练习过多导致嗓子受伤，会因为大量的生僻字而烦恼，会因为大量的学习而厌烦，会陷入自我怀疑、自我否定的怪圈之中。面对各种各样的困难，我并没有退缩，更没有轻言放弃。我始终坚持着，因为我铭记着自己立下的誓言。

普通话是交流的工具，学习普通话不能待在象牙塔中，于是我加入了学校的广播台。一种难以言说的兴奋涌上心头，曾经的听众变成了如今的校电台主持人，曾经在脑海里模拟过无数遍的场景实现了。我怀着虔诚又欣喜的心情坐在校广播台里，用磨砺已久的普通话为同学们朗诵。我还一路过五关斩六将，加入了校播音主持社团，在香港回归祖国的那一年，我荣幸地担任了学校欢庆回归大型文艺晚会的主持人。

毕业后，我应聘到孝感市玉泉小学担任语文老师。这样一所名校，应聘者众多。面试过程中，我凭借标准的普通话圆满完成了自我介绍、现场命题说话、现场说课等教师教学素养考核项目。面试结束后，主考官告诉我，我标准规范的普通话、自然流畅的表达、自信稳健的台风都给她留下了深刻的印象。就这样，我从众多应聘者中脱颖而出，以全场第一名的好成绩被玉泉小学录取，成为一名光荣的人民教师。

作为老师，课堂上，我充分利用深厚的普通话功底为孩子们朗读课文，让孩子们感受到普通话的魅力，从而对普通话产生兴趣。兴趣是最好的老师。课外时间，我在班级中设立了朗诵员，鼓励孩子们担任朗诵员，让朗诵员挑选自己喜欢的故事，用普通话朗诵给其他同学听。一段时间后，孩子们的普通话有了明显的进步。

工作之余，我积极发挥自己的特长，代表学校参加孝感市“普通话形象大使”选拔大赛，荣获团体一等奖，个人荣获孝感市“普通话形象大使”光荣称号。

作为一名母亲，在女儿还未出生时，我经常用普通话读故事给她听。平时在和女儿的相处过程中，我也会引导她用普通话交流。等到女儿上幼儿园，我鼓励她担任班级活动的小主持人，鼓励她参加普通话比赛。在我们的共同努力下，四岁半的女儿在讲故事比赛中荣获全市一等奖。在一次次活动中，我看见了普通话带给女儿的自信、阳光和开朗。

庄子云：“吾生也有涯，而知也无涯。”我牢记着这句话，始终告诫自己：普通话的学习没有终点。课余我会尝试着朗读报纸上的新闻或者是我喜欢的散文，并将朗读的作品配上优美的音乐或视频，感受普通话带给自己的快乐。2021 年 5 月，我很荣幸作为孝感地区代表参加了为期 9 天的湖北省普通话测试员培训活动。15 场教授讲座、3 场现场测试，学习内容安排得满满的。这次参训的 95 人来自湖北省各个地区，有当地的新闻主播，大专院校的老师、辅导员，还有心理咨询师、律师以及中小学教师，大家的学习热情非常高。

同寝室的小姐姐是来自湖北工程学院的辅导员，晚上我们经常一起在房间挑灯备考，她调侃说：高考的时候能有这个学习劲头，肯定能上“985”。在一众学霸当中，我这个小学老师甚是惶恐，唯有抓紧时间，刻苦努力。功夫不负有心人，在这次培训中，我参加了普通话等级考试，又一次取得了一级乙等的好成绩，并且取得了省级普通话测试员资格证。看到成绩的那一刻，我既兴奋又激动，同时也更加坚定了自己在普通话这条道路上不断前行的决心。

（作者单位：孝感市玉泉小学）

生命不息，追梦不止

魏　萍

在我读小学一年级的时候，为了让我能接受到更好的教育，爸爸把我从村小学转到了镇中心小学。老师一上课，我就被那清脆的声音、好听的话语迷住了。记得那位老师姓蒋，圆圆的脸，白白的皮肤，在她教的拼音里，一声平，二声扬，三声拐弯，四声降。现在回想起来，蒋老师为我正确的发音打下了良好的基础。从此，我迷上了语文课，沉醉在了蒋老师好听的声音里，也与普通话结下了不解之缘。

后来，我考上了师范院校。入学第一年，正值学校迎接“国检”，需要从新生中挑选 20 名学生组成礼仪队，在领导来检查时担当向导，给他们介绍学校的情况。很幸运的是，我被选中了。然后，学校对我们进行了一个月的封闭式训练。当时，给我们培训的是国家级普通话测试员周光珍老师。周老师从专业的角度，对我们每个人进行了严格的训练：发声的方法，每个字母的正确发音部位，如何呼气、吸气、换气等。这一个月里，我感觉自己的普通话水平有了质的飞跃，在领导前来检查时，我感觉自己特别自信，对他们的提问，我都能够对答如流。后来，我经常参加学校组织的演讲比赛、朗诵比赛，都获得了不错的成绩。

毕业后，我被分配到一所乡镇中学任教。这里的语言环境远不如师范院校，大家平时交流基本上用方言，上课用普通话教学的老师也不多。我感觉自己的普通话好像要被方言吞没了。这个时候，我就听广播，每每听着广播里传出播音员字正腔圆的声音，我的心情就很愉悦。后来，市电台要招业余播音员，我怀着学习的心情，前去做兼职；镇里招新闻播音员，我也去做了一段时间的主播。所有这一切，都源于对普通话、对播音主持的一份执着与热爱。

2004 年，我参加了一次普通话考试，当时考的成绩不错，市普通话测试站推荐我参加省级测试员培训班学习。于是，我来到省城，开始了为期半个月的培训。省测试中心给我们安排的都是普通话方面的专家，在从事普通话教学方面都有着非常丰富的经验，在这里，我更加用心地学习。专家的授课让我发现了自己平时发音中的一些缺陷，比如声母 j、q、x，我平时舌位有点偏高，会出现尖音的情况；还有边鼻音 n、l，平时分得不是特别清楚，发 l 时鼻腔会漏气。那个时候，我每天早上七点起床，从洗脸的时候就开始对着镜子练习，上完晚自习回来，还要练习一两个小时。等练到第十天的时候，发现自己吃白菜时腮帮子都开始发疼了。培训结束的时候，我如愿以偿地拿到了测试员的证书。从此，便走上了普通话的培训与测试之路。

在机辅测试前，测试员是比较辛苦的，每天上午、下午都要各测 20 人左右，在短短的两三分钟之内，要将被测试人员的分数打出来，这对测试员的业务能力是严峻的考验。测试站采取“以老带新”的方式，使我们这些新测试员在很短的时间内，由开始的“捉虫”变得运用自如。比起测试，更难的是做培训。面对学员求知若渴的眼神，还是有一种深深的无力感。我觉得，测试员除了要自己讲好普通话之外，更重要的是会教，教学员根据自己地方方言的特点快速纠正错误的发音。为此，我总结出了天门方言与普通话的区别，将最容易出错的声韵调列了一个表，让他们着重练习。

我觉得普通话培训与测试工作任重而道远。我们培训的主要对象是教师。由于工作需要，要求语文教师达到“二甲”及以上，理科教师达到“二乙”及以上。而很多老师，在考试没过关时很着急，进行突击训练，一旦证到手之后，就松懈了。所以，如何让教师养成说普通话的习惯，是一项非常重要和长期的工作。身为测试员，一定要起模范带头作用。平时上课时，我坚持讲普通话。我发现，对于讲普通话的语文老师，孩子们是非常喜欢的，他们也会潜移默化地学习老师的发音，并且深深地爱上语文课，爱上普通话。我的一些学生中，有不少受到我的影响，毕业后考取了播音主持专业或者师范院校。除此以外，还带动身边的教师参加市教育局举行的朗诵比赛、演讲比赛、教师优质课比武，都取得了不错的成绩。

2018 年 12 月，我参加了第 63 期国家级普通话水平测试员资格培训班的学习。这里聚集了全国各地的优秀普通话工作者，他们有的是电视台播音员，有的是高校播音主持专业的老师，还有很多和我一样的基层教师，从事普通话培训和测试工作多年。有压力，更有动力。我非常珍惜这次的学习机会。以前在省内，觉得自己的普通话水平还是挺不错的，到了北京后，才发现自己的水平很不够。和我同寝室的是一个甘肃的老师，她就觉得我的普通话带有一股南方味。我仔细听她的发音，发现南方和北方的发音确实有差别，北方人发音比较偏后，而我们南方人发音比较靠前。于是，一有时间，我就找北方的同学交流，学习他们的发音方式和方法。每天的学习强度很大，我又拿出了考省测员的那股拼劲，拼命练语音，拼命练测评能力。这次测评能力的培训，更精细，更严格，对我们长期从事测评工作的人来说，又是一次大的提升。功夫不负有心人，结业时，我的测评能力考核过关了，语音测试、拼音测试也全部过关，顺利结业。

从北京回来后，我感觉自己肩上的担子更重了。普通话的推广真的是一项长期的工作，不是靠几场短期培训就能完成的。所幸的是，越来越多的人开始重视普通话，重视语言规范。我相信，在不久的将来，在祖国的每一个地方，都能听到那抑扬顿挫的语调、那如音乐般动听的声音，“书同文、语同音、人同心”的梦想，一定会实现。

（作者单位：天门市实验幼儿园）

前行，为了我挚爱的母语

刘仁健

我是在本湾念小学一、二年级的，母亲是这个复式班的“全科教师”。因为母亲的小学是在我如今生活和工作的城市就读的，所以她的汉语拼音知识、普通话水平明显超过乡村教师。耳濡目染，我的普通话基础似乎也明显超过了身边的同学。从三年级起，我到村办小学念书，母亲也到村办小学继续带她“永恒不变”的一、二年级。秋季开学后不久，因语文老师请假，老校长就亲自代我们的课。课上，他特意点我起来用普通话朗读整篇课文。这对于任何学生都是莫大的荣耀。要知道，在那个没有互联网、没有电视，甚至没有收音机，只有有线广播的年代，方言几乎是穷乡僻壤里中小学唯一的用语。印象中，只有低年级语文教师在教汉语拼音、识字时才使用“普通话”。在我五年级一次语文期末考试中，第一题照例是词语听写，两位主考教师当场低声争论起“寂寞”的方言读音，结果持“七馍”（我们那里将“吃馍”读作“七馍”）者占了上风，使得该考场绝大部分学生都只写了一个“吃”字，因为“馍”字没学。此事成为家乡教育界多年的笑谈。

在家乡这所村办小学，母亲是最早使用普通话全程教学的教师；而我，是当时唯一坚持用普通话读书的学生。老校长在全班，又在全校表扬了我。

1984年夏，我以全市名列前茅的中考成绩进入师范学校面试环节。负责面试我的是一位年长的男老师，他似乎吃不准我的普通话和唱歌水平，将我带到一位近五十岁的女老师旁边，让我再讲一遍刚才的话题，再唱一遍《北国之春》。从那位女老师微笑的眼神中，我猜想她给出的评判应该不低。一个月后，当我满怀憧憬和希冀跨进师范学校大门，我才知道，这位女老师就是我们的口语老师凌忠祺。我们使用的省编《口语教程》，她是编委之一。

作为乡村师范学校普通话的传播者，凌老师教导了一届又一届操着地道乡音的中师生们，可谓呕心沥血、殚精竭虑。在她的精神感召和严格要求下，渐渐地，我们养成了时时、处处自觉说普通话的习惯。在她的谆谆教诲和悉心指点中，我们不仅初步掌握了语音学的基础知识，而且第一次意识到“未来的人民教师”肩负“推广普及普通话”的重大责任。三十多年后的今天，如果有人问我们当年最翘首以盼的报纸，那其中一定有凌老师力荐的《汉语拼音小报》；最梦绕魂牵的广播剧（那时家庭条件较好的同学已拥有了一台袖珍型收音机），那一定是连凌老师也一集不落下的《天涯孤旅》。

1987 年 7 月师范毕业，我被分配到曾经就读的乡村初中任教语文。在随后的四年里，我始终如一地坚持使用普通话教学。每上一篇课文，我至少要提前练习朗读一遍，遇到《白雪歌送武判官归京》《岳阳楼记》《春》这类经典诗文，那更要熟读成诵。我觉得，只有通过声情并茂的朗读，诗文中描绘的形象才能真正鲜活起来，我们才能真正透彻地领悟到其间深刻的意蕴。一言以蔽之，“好的朗读就是最好的理解”。秉承这样的理念，我在课堂教学中，四年如一日地坚持范读、引读、训练朗读，即便像《中国石拱桥》《苏州园林》这样的说明文，我都要将其中最优美的语段挑出来，让学生开口读一读、用心品一品。在学校领导的充分肯定、大力支持和宣传推广下，普通话从此真正成为这所乡村初中的校园语言。市教研室中学语文教研员来我校视导，我是一定要“闪亮登场”的。其实，我对文本挖掘谈不上有深度，教学设计也很难说有什么创新，课堂教学更是与艺术不沾边，但我的一大优势摆在那里：人年轻，普通话讲得比较好，朗读教学抓得不错。

1991 年，机缘巧合，我调动到邻近的黄石市，在一家中型国营纺织企业的职工子弟小学工作。毋庸讳言，在轻纺工业日趋饱和、国企经济效益每况愈下的那个年代，身在子弟小学的我，所能接触的包括普通话培训与提升在内的优质教育资源，实在少得可怜（这也造成了我一直没有机会参加省级普通话水平测试员资格考核培训）。清贫和闭塞或许能在一定程度上遮蔽我的视野，但绝不会熄灭我的梦想之光。从小说普通话的我深知，“少成若天性，习惯如自然”。在前后长达 15 年的企办学校工作中，我更加重视朗读教学，重视培养小学生的语感，积累和丰富他们的语言，不断提升他们的普通话水平。针对不同年段，从语气、语调、语势、语感到抑扬顿挫、轻重缓急，从全篇感情基调的把握到各部分起承转合的设计，从记人叙事类文章到写景抒情类文章，从现代文到古诗文，我对学生进行了大量的朗读指导。那时候，黄石城区小学语文教师使用的是《注音识字·提前读写》教材，与教材配套的还有一本《读物》，但很多语文教师只是将《读物》当作课外阅读布置给学生回家自读，我却尽量将课内时间节省出来，用一篇带多篇的方式当堂阅读。我从来没有让学生做一套又一套模拟试卷或复习题，我最爱将包括《读物》在内的那些文质兼美的文章拿出来，让学生开展组内朗读选拔赛，进而开展全班朗读决赛——在后来回校看望我的一届又一届学生的回忆里，那是除了习作外，最值得怀念的语文学习时光。

1984 年和 1999 年，是我人生中最弥足珍贵的两个年头。如前所述，前一个年头，15 岁的我从乡村初中考入了鄂州师范，从此，我听见了“远方在召唤”；后一个年头，30 岁的我先后历经了人生“三件大事”。

一是，那年 7 月，我破天荒被推荐参加了在黄石教育学院举办的全市首届中小学教师普通话培训班，时任学院教务主任、国家级普通话测试员方红老师任班主任。9 月，我取得了湖北省普通话培训测试中心颁发的普通话水平测试等级证书：94 分，一级乙等。这一成绩是那届培训班里的最优。

二是，几天后，受母亲托付，父亲从乡下风尘仆仆赶来，告知我黄石人民广播电台举办鄂东南地区“天平杯”普通话大赛的消息。10 月，历经数百人参加的初赛、数十人竞技的复赛、最后 15 人角逐的决赛，我凭借诗朗诵《祖国啊，我亲爱的祖国》获得第 7 名。因一等奖 1 名、二等奖 2 名、三等奖 3 名，我这个第 7 名也就跟第 15 名一样，获得“优胜奖”。不过，这已经是当时黄石地区教育界的最佳成绩。记得当时是市广播电台台长为我颁奖，他还真诚地邀请我加入市广播电台。始终有着一份教育情结的我，婉言谢绝了。

受第二件大事的影响，第三件大事——我的婚期推迟到了 11 月。作为后话，3 年后的 8 月，我和妻子一同出现在普通话水平等级测试现场。这一次，我的成绩为 94.6 分，提高不大，却让我清醒地认识到：虽然我将刘兴策主编的《普通话训练与测试指要》翻破了，单音节字词、双音节词、作品 1 号到 50 号的朗读文章、50 个说话题目都“练烂”了，但要达到“一级甲等”，尚需付出艰辛的努力！妻子成绩为 91 分，只有二级甲等，这让籍贯大冶、属于赣方言区的她“遗恨之情如滔滔江水，日夜奔流不息”（我的戏谑语）。

2006 年 7 月，职工子弟小学从企业剥离，我以总成绩第一的身份进入了市区一所九年一贯制学校。起先在小学部任教，三年后又到初中部。身份变了，平台高了，参加市区级中小学教师普通话比赛的机会多了起来，每一次我都不负众望，取得不俗的成绩。区人大换届选举期间，我承担了宣传车巡回录音宣传的工作；首届“最美西塞人”评选期间，我出色完成了颁奖晚会上长诗《西塞梦・白鹭飞》的现场朗诵任务。2018 年起，我调到区教研室担任中小学语文教研员，同时兼管全区中小学语言文字工作。从汉字听写大会的组织到诗词读写大会的举办，从中华经典诵、写、讲进校园到承担市广播电视台“名师读经典”公益直播任务，从部署一年一度的推普周系列活动到组织中小学教师“三字一话”教学基本功比赛，从语言文字工作示范校的创建到语言文字工作规范化达标建设……肩上的担子每重一分，我就努力将步子迈稳一分、踩实一分。从不惑之年到知天命之年，我像不知疲倦的跋涉者一样，向着远方的地平线前行；又像挑战极限的攀登者一样，征服着一座又一座心中的高山。当我披荆斩棘，走过崎岖，越过危岩，跃上山顶时，一个全新的世界——喧腾的大海、雪白的海潮和那在蓝天碧海间展翅翱翔的海鸥，在一个瞬间照亮了我的眼睛。

（作者单位：黄石市西塞山区教育事业发展服务中心）

普通话的魅力

吴丽萍

小时候，爸妈说我说话吐词不清，直到现在，有时候还会拿我开玩笑，说我小时候连“哥哥”都说不清楚，叫成了“多多”。其实，我自己不记得是怎么喊的，是从我爸妈一次又一次的回忆和示范中得知的。每次讲这些，爸妈总是咯咯地笑着。

渐渐地，我长大了。读书的时候，我爸还说我说话的时候仿佛嘴里含了一个热萝卜一样，我猜想应该是所有的声音都像带有“en”一样吧！我爸一边说还一边沉思着，仿佛这是一个大问题一样，那个画面在我脑海中一直留存了好久。另一件让我记忆犹新的事情，是一年级学拼音的时候，我分不清声母、韵母，也读不准，老师单独点名把我叫起来，在我几番失败之后只好无奈地让我坐下，就连期末考试的时候都是我妈坐在我旁边教我做（后面应该是被老师请出去了吧）。尽管如此，我并没有对自己产生怀疑，也不缺乏信心，甚至一直延续到了大学时代。

上大学的时候，我和周围的同学都一起练习普通话，也一起考教师资格证，但是由于我的发音问题，尤其是平舌音和翘舌音、前鼻音和后鼻音分不清，在我的教师专业考试都通过之后，普通话又没过。于是，我第三次报考了普通话。考前的一段时间，我刚好在一所学校实习。实习之路也是状况百出，不过我从来都没有觉得这些有什么，如果不会就学，不熟就练，就是这么简单。作为一名一只脚还在象牙塔内，另一只脚已经踏进小学校园的未来新老师，第一次上讲台我就糗事频出。记得我讲的第一篇课文是《小猴子下山》，讲课的时候需要说很多遍“小猴子”，结果没想到每次我都说成了“小猴纸”，每说一次班上的孩子就大笑一次。一年级的孩子是那么单纯无邪，自然是发出了童稚的银铃般的笑声，没反应过来的我还以为是我的课讲得太精彩了呢。不过，让我非常庆幸的是，孩子的笑并没有让我觉得难堪，而是给了我新的动力，让我觉得这么可爱、纯真的孩子怎么能不练好普通话呢！怎么能不给他们正确的示范呢！于是，接下来的日子，我每天都会对着镜子练汉语拼音发音，认真观察并不断纠正唇形，每天至少朗读两篇长课文，甚至还注册了“喜马拉雅”账号，每天在上面上传一则我自己的朗读分享。就这样坚持了一段时间，再加上贴心好友的指导，我终于解开了平舌和翘舌的缠绕线，也把鼻音 n 和边音 l 分得一清二楚，并在接下来的一次公开课中收获了大家的好评。

在接下来的日子里，我已经正式成为一名奋斗于基层一线的小学语文教师。我每天在课堂实践中不断完善自己的普通话。一直以来，在午休前和阅读课上为我们班的孩子朗读优美的故事是我的爱好之一，慢慢地，我也比较注重班上孩子的朗读，引导他们在朗读中体会情感、感悟美好、热爱生活并展望未来。渐渐地，我发现阅读的作用是强大的，不仅可以锻炼口才，而且对个人的思想境界也有非常深远的影响。

现在，我每天都在用普通话带给孩子们正面的影响，给他们提供知识的泉流，用我的声音感染他们的心灵，希望他们成长为最好的自己。

作为一名小学语文教师，我更希望能通过标准的普通话为孩子们开启美好天地，让孩子们在我的教导之下发现自我、探索未来并成就自己。

（作者单位：随州市曾都区五丰学校）

幸福的人生

任 玲

人的一生可以分成很多阶段，每一个阶段或许都会有一段非常难忘的记忆。人至中年，每每回想起这些往事，显得弥足珍贵。在我的记忆中，普通话可以说一直是我的亲密伙伴。

我是知青的孩子，爸爸妈妈都是武汉人，早年被下放到湖北省云梦县，就此在云梦安了家。小时候我生活在厂区，周围的同伴大都和我一样，虽然生活在云梦这个小县城，却说的是一口地道的武汉话。我在当地的学校上学之后，因为武汉话的平翘舌不分，闹出了许多笑话，同学们经常学我说话，年少的我暗自下定决心，一定要说一口标准的普通话。那时候，学普通话的条件很艰苦，就连语文老师的发音也不规范，我就跟着收音机学，听电台播音员那字正腔圆的语调，暗自模仿。许是潜移默化的原因，在朗读课文时感觉自己进步了不少，嗓门都大了许多。就这样，我被老师委任为语文委员，着实得意了好一阵子。

因为普通话说得不错，我成了厂区的孩子王，不是带着大家疯玩的那种，而是每天和同伴们玩绕口令游戏，长期担当擂主，打遍厂区无敌手。

1996 年夏天，我参加了工作，成为一名幼儿园教师。每天繁忙琐碎的工作占据了我的大部分时间，但我喜欢听收音机的习惯一直保留了下来。寂静的夜晚，主持人那富有磁性的声音陪伴我度过一天中最宁静的时光，也更坚定了我要学好普通话的信念。在幼儿园，我最喜欢跟小朋友们讲故事了，觉得既可以吸引他们的兴趣，又可以锻炼自己的普通话，真是一举两得。因为故事讲得好，我经常被同事拉去录音，然后将录音合成到公开课的课件里。大伙的肯定又让我小小地骄傲了一把。经过工作上的锻炼和自己有意识的学习，我觉得自己的普通话又上了一个台阶。于是，我信心满满地参加了第二次普通话测试，希望能用成绩见证我的进步。第一次在学校测试的成绩是88.6分，第二次的成绩是92.5分。我终于迈入“一乙”的行列，也有资格参加省级普通话水平测试员资格考试的培训了。

那是2011年的7月，我被云梦县教育局推荐参加湖北省第24期普通话水平测试员资格考核培训班学习。还记得当时云梦县有3个名额，我和另外两位教育系统同行一起去武昌报到，去的时候信心满满，感觉一定会不负众望。结果，上课的第一天老师就提醒我们，这个班通过率大概只有百分之五十，要大家认真对待，我瞬间感觉自己没有了底气。在一个多星期的时间里，全班同学都在高强度地学习，见面打招呼都在互相“挑刺”，纠正发音，调侃连说梦话都是标准的普通话发音。最后测试的时间定了，我忐忑不安地失眠了整晚，还好，考试发挥比较稳定，最后一天公布成绩时，我拿到了自己比较满意的94.9分，顺利地取得了湖北省普通话水平测试员资格。

从2011年至2019年，我一直承担普通话水平测试员的工作，也结识了一群志同道合的朋友。我们在群里分享着许多测评时有趣的故事，交流有争议的个例，感觉自己从理论到实践有了一种提升，受益匪浅。2017年—2019年，经上级组织推荐和审核，我承担了湖北省县域居民普通话普及情况调查员的工作，深入云梦县各个乡镇，针对不同年龄、性别、职业、文化程度的群体，进行调查取样，上传数据。在调查过程中，我深感普通话的推广和普及工作任重而道远，也为自己做着这样的一份工作、承担这样一份责任而感到自豪和满足。

2019年上半年，由于工作时间的冲突，我错过了省测试中心对普通话水平测试员三年一次的考核，不再具备参与普通话水平测试第四题的评分资格了。很遗憾，我离开了这个热爱的群体。我在想，随着年龄的增长，我的各个方面都在逐渐退化，我应该再没有机会回来了。2020年10月，云梦县教育局成职教股的张股长给我打电话，告诉我省测试中心近期会举办第34期省级普通话水平测试员资格考核培训班，正好有一个名额，问我是否愿意参加，看来上天真的眷顾有缘人，我又一次来了。

2020年11月14日，我一个人来到华中师范大学报到，填写登记名册时，我粗略浏览了一下，这次培训的学员学历高、年纪轻，甚至还有一些是大学播音与主持专业的老师、电视台主持人，看来这个班真的不简单。我再次怀着忐忑的心情参加了为期七天的培训，在自我介绍环节，我发现 44 岁的我是班级学员中的“老大姐”。真是长江后浪推前浪，但我一定不能被“晾”在沙滩上。紧张而有序的培训开始了，我调整好自己的状态，全身心地投入学习中，再次感受到自我重塑的过程。通过一场一场的测试，我又一次取得了湖北省普通话水平测试员的资格。在培训的最后一天，我惊喜地发现有一个和我有一样经历的学员，她是宜昌人，我们俩都参加过第 24 期和第 34 期的培训班，缘分真是妙不可言。

时光荏苒，回首我走过的岁月，普通话一直与我为伴，它是朋友亦是老师，它是灯塔亦是桥梁，它是我人生中最执着的信念，也给我最长久的陪伴。我想，人的一生中能找到一件自己喜欢做的事情，并能够长久地坚持下去，这就是幸福的人生。我做到了。

（作者单位：云梦县特殊教育学校）

普通话托起人生梦

古惠容

对普通话，我有太多的话要说，因为普通话托起了我的人生梦。

我是一个地地道道、土生土长的广东人。从牙牙学语开始，我所知道的仅仅是广东的白话（地方方言），唯一能接触外界的渠道是电视，家里人收看的往往也是以广州话为主的广东珠江频道，可以说，童年时代，我对普通话一无所知。直到七岁上了小学，在那个方木桌、方木凳的水泥教室里，我们大声念起了“ɑ、o、e、i、u、ü”。我兴奋地把所学带回家，大声念给奶奶听。奶奶没上过学，只说这个叫“普通话”。我似懂非懂。

校园里张贴着许多标语，如“校园是我家，清洁靠大家”“请写规范字，请说普通话”。清洁，对于视老师为权威的小学生来说，当然是勤勤恳恳，不敢有半点马虎。写字，因为是初学方块字，自然也是一笔一画，像朝圣般写得工工整整。唯独对普通话，似懂非懂，因为我们的语文老师也不说普通话，老师操着一口方言拼读，我们也就跟着老师方言式地拼读。安宁的小县城极少有外来人口，人人都操着一口地道的方言。如果在闹市中冒出方言以外的声音，那无疑会引来一片诧异的目光。那些操着方言以外口音（包括普通话）的人，我们戏称为“北佬”，自然是带着些不尊重的意味。

普通话仅存在于短暂的语文课堂中，高中语文老师是个扎着长马尾的中年女老师，总爱自我陶醉式地朗读课文，平翘舌不分，我们在台下听得一脸尴尬。日常生活中我们也很默契地不说普通话。有两个在学校广播站播音的女生，在宿舍时常常用普通话对话，我听着，心里又羡慕又有点别扭，很奇怪的感觉。

这年秋季，学校里来了一批新老师。其中一位脸蛋圆圆的年轻女老师，脸色总是红红的，像熟了的新鲜苹果，她教地理，全程用普通话，自我介绍说来自湖南。下课了，同学们都围着她，看她的相册里满是白雪照片，而我们南方的小县城，常年温度在 20℃左右，不知雪为何物。年轻女老师说："你们好好学普通话，以后到北方看雪去。外面可不止可以看雪啊，还有好多好多的新鲜事物。"从那时候起，我的心里藏了一个去远方看看的梦。

报考大学时，我怀揣着远方梦，没有报当时炙手可热的深圳大学和广州大学，而是选择了广东之外的海南大学。在大学里，我结识了来自五湖四海的同学，他们操着一口标准的普通话，而我被迫使用蹩脚的普通话。我的普通话平翘舌不分，还带着浓浓的乡音，常常引起同学们大笑。

我们对外汉语专业属于文学院，要求普通话水平达到二级甲等，而我卷舌都卷得一塌糊涂，所以连报名考试的勇气都没有。后来勉强参加了考试，结果自然不达标。最可恨的是，有一门方言学的课程，老师偏偏总记得有一个来自广东县城的学生，总爱点我起来演绎保留得很好的上古入声、边音，我并不因为这种"殊荣"感到骄傲，反而更加自卑了。我极端讨厌自己是个广东人，讨厌自己 7 岁才学普通话，讨厌自己 21 岁才肯开口用普通话来交流。

有人说，每天都用普通话来交流，应该会进步得很快。但我并没有，天生讲粤语的口腔，让我怎么卷舌怎么别扭，从来发不出正确的平舌音。走在无人的校园小路上，我常常不自觉地发出怪音，但练着练着，好像能发对了，可是放到日常的交流中，又打回了原形。于是，每个黄昏，在校园大红花树下，我孜孜不倦地大声地练习着普通话……终于，在日常交流中，我舌头打结越来越少了，普通话通过测试，达到了二级甲等水平。此后，又通过阵阵关卡，获得了孔子学院国际汉语志愿者教师的通行证。在那个庄严的面试室，满面笑容的评委老师语重心长地叮嘱我，以后还要多多用心提高普通话水平，我郑重地点点头，然后带着父老乡亲的骄傲奔赴异国他乡。

现在，我已经回国好多年，成了一名平凡而光荣的人民教师。没有语言天赋的我，偶尔还会在语流里"翻车"，引起学生们的哄堂大笑。我表面上风平浪静，内心却是汪洋一片。于是，我又苦心练习普通话。无数个早晨，学生读书，我也站在讲台大声朗读。不知道过了多久，也不知道提高了多少。我总觉得，在普通话学习路上，永无止境。

（作者单位：应城市实验初级中学）

道阻且长　行则将至

吴鹏宇

以前我一直认为言语能力是有天赋的，花同样的气力，用一样的时间，不同的人对语言的理解能力、表达能力，尤其是对语音的掌握能力截然不同。若说天赋，那么我一定是那个没有语言天赋的人，但谁也没有料到，我最后从事了语言文字工作，还成了一名省级普通话测试员。

小时候，说话迟缓的我一直到了四岁还不能掌握几个声母、韵母的正确发音。例如：姑妈的“姑”，正确读音应该是“gū”，而我说成“zū”；广州的“广”，正确读音是“guǎng”，而我说成“guǎ”。母亲一遍又一遍给我做正确的示范，我却始终学不会。家里的长辈们一度认为我可能有点天生的缺陷，就是宜昌人所谓的“大舌头”，建议带我去医院做一个矫正手术。母亲犹豫再三，决定再观察一段时间。在这段时间里，母亲一直反复纠正我发不准的几个读音，简单的几个词语，她读一遍，我读一遍。无论是做游戏还是日常活动，只要一空下来，母亲就带着我训练。就这样一次又一次地反复训练，终于在几个月后，我能够发出之前不能发的几个音，惊险地躲过了挨手术刀的风险。

上学后的很长一段时间里，我从没觉得自己的普通话有什么问题。作为土生土长的南方人，对自己尚能分清平翘舌而暗自“骄傲”，觉得自己的普通话已经接近“标准”了。可就在刚上大学的一次会上，我大出洋相。我是在北方的一所大学读书，作为学生干部的我在全系会议上，拿张表格对所有同学大声说道：“请大家把自己的个人信息填在这一‘难’（栏）里，‘蓝’（男）生和‘旅’（女）生的两张表不一样，看‘亲’（清）楚再填。”话音刚落，下面几百名同学一起哄堂大笑，丈二和尚摸不着头脑的我愣在原地，只得难为情又尴尬地对着所有人笑了笑。结束后，同学才私下告诉我，因为我普通话发音错误才引起了大家笑话。在那以后的很长一段时间里，我都不敢当众发言了。为了纠正自己普通话的发音问题，我开始用一些自己想到的土方法练习：看电视、听广播的时候，主持人念一句，我就默默地学一句；在生活中，每遇到一个拿不准的词就马上查询并默记它的正确读音；平时说话特意放慢速度，尤其是遇到前后鼻音的时候，总是在脑子里想一想了再说出来……经过一段时间的练习和纠正，我的普通话水平有了比较明显的提升，我也克服了当众说话的心理障碍，找回了说话的自信。

毕业之后，我进入高校工作。为了拿到高校教师资格证，第一次去参加了普通话测试。当时，测试的一切对我来说都是新奇的。进入一个空荡荡的房间，一位老师掐着秒表，录着音；另一位老师给我一张试卷，让我按要求读（说）完四道题。自信满满的我飞速读完了前三题。第四题命题说话，我像打开了话匣子一样，洋洋洒洒地停不下来，直到计时的老师打断了我。这次考试，对普通话水平等级毫无了解的我考了 89 分。虽说符合当老师的要求，但我对成绩不太满意，总觉得试卷上所有的字都认识，读得应该也差不多，为什么连 90 分都没有呢？事后请教了我们学校的普通话测试员，才明白说好普通话不仅仅是会读字词，还要读得标准，轻声、儿化、音变、开口度等都是我们在平时说话中没有注意到的细节。从专业的角度看，我的普通话还有很多需要提高的地方。于是，我买了普通话培训测试的教材，着重研读教材上的 60 篇范文，并且把范文音频下载到手机里，一有时间就拿出来听一听，还抽空去听专家的普通话培训课程，向专家请教很多疑惑的地方。半年之后，我再次参加了普通话测试。这一次我的成绩是 92.8 分，终于达到了一级乙等的水平。

几年后，因为工作岗位的调换，我承担起了宜昌市普通话培训测试中心的工作。此时，普通话测试已经由原来的人工测试改为现在的计算机辅助测试。作为测试管理员，不仅要熟悉一切操作流程，还要对计算机、测试软件、网络等了如指掌。这对于一个零基础的文科人员来说，几乎要从头学起。我也曾在第一次主持计算机普通话等级测试的时候，因为一些低级错误而导致考生出现测试问题。工作的不顺利、考生的不满意，都给我带来了非常大的工作压力。记得有个测试日晚上 11 点多，结束了一天的测试，刚处理完考生的投诉，我蹲在测试机房一边抹着眼泪，一边向专家学习如何做网线头、接网线、调整网络，为第二天的测试做准备。

经过一段时间的潜心学习和研究，我终于可以胜任计算机普通话水平等级测试的管理工作。但当我参加湖北省普通话水平等级测试系统管理员培训的时候，才发现几乎所有的工作人员、管理员都是省级或以上等级的普通话水平测试员。专业的人做专业的事，于是，省级普通话测试员成了我下一个努力的目标。终于在2020年底，我获得了参加省测试中心普通话测试员培训班学习的宝贵机会。在将近十天的封闭式培训里，我第一次感受到了语言文字专家的专业素养与严谨态度，近距离感受到了播音主持从业者的艺术魅力，也经历了地狱般的练习与考核，从拼音到普通话水平测试再到听评能力测试，层层考核。最后公布结业结果的时候，我紧张得心脏快要跳出来，双手冒着冷汗，接过测试员资格证书，感觉沉甸甸的，那种忐忑和欣喜交织在一起，此生都难忘。自此，我成了一名省级普通话测试员，除了承担普通话培训测试工作，还参与了普通话测试听评任务。我深知这项工作的责任重大，更需要对普通话水平及听评能力不断磨砺，积累经验，向老一辈测试员学习，对考生负责，对普通话测试工作负责。

我和普通话的故事，既是我普通话水平的进阶之路，也是我未来漫长的职业发展之路。“路漫漫其修远兮，吾将上下而求索。”道路漫长且一路磕磕碰碰，但只要在路上，坚持不停歇，那个目的地终将到达。

（作者单位：三峡旅游职业技术学院）

圆　梦

郝　燕

20世纪90年代出生的人是在义务教育的温床里长大的一代，因为我们接受了系统的学科教育和素质教育。我从农村的民办幼儿园来到父母务工的大城市，一切都好像格格不入，不知道过马路，不喜欢背着重重的书包，也不爱讲话。后来，慢慢学会了在老师的保护下通过校门口的斑马线，也习惯了装着各科课本和作业的重书包，唯一没有改变的还是不愿意和同学们说话，不愿意在课堂上回答老师的提问。这一切，都源于我一口土里土气的“夹生”普通话。

那天上课，老师点起了坐在角落里的我回答问题，她说我作业里的答案是写得最好的，我默默地低下了头，脑海里不停地浮现我说着蹩脚的普通话被同学嘲笑的画面。我攥着拳头，好想骄傲地念出老师所说的答案，那是我的作业啊，那是我的荣耀啊。可是，最终我只憋出了“不知道”三个字，“知”的发音应该是翘舌，我依然说成了平舌。话音刚落，全班哄堂大笑，我羞愧地把头低到胸前，我知道老师一定对我失望极了。这样尴尬的经历不止一次出现在我的生活中，但发生改变是在一次期中考试结束后，我以全班第一的成绩得到了老师奖励的一本故事书。这本故事书对我来说有点难读，没有拼音，有好多我没学习过的生字，好在老师鼓励我，有读不懂的可以去找她。就这样，每每遇到不懂的地方或者不会认的字词，我都会请教老师。不知道是环境的影响，还是与老师接触得多了，渐渐地，即使我的普通话不够标准，我也敢在课堂上答题了，偶尔还能收获同学们的掌声。老师的鼓励，加上自己的刻苦练习，我再也不是那个刚进城只会用“嗯”“好”回答问题的小朋友了，我可以熟练地用普通话和大家交谈了。

童年的时光总是那么短暂，少年时期也匆匆过去。一年夏天，我如愿考上了喜欢的艺术院校，成为一名美术专业的新生。还没等我们熟悉大学的一切，第一门专业课的汇报展就来了。大学的结课是需要自己讲的，克服了内心的恐惧，我自信满满地登上了讲台，慷慨激昂地在讲台上阐释作品的设计理念，自认为是自己的作品引发了同学们的好奇，却不知是我的“弯管子”普通话把他们逗乐了。汇报结束，我的成绩是 C。同学开玩笑地说：知道吗，你的口音一听就是湖北人，好多同学都去议论你的发音了，你讲了些什么他们压根儿没听懂。我这才意识到普通话对我的影响这么大。从那以后，我努力纠正“弯管子”普通话。大二下学期，为了鼓励和督促自己练习普通话，我第一次报名参加了湖北省普通话测试。每天下午吃完晚饭，我都会跑到图书馆一楼和考研的学长们一起自习，克服了“不合群”的尴尬。我逐渐不在乎同学们异样的眼光，每天伴我回到宿舍楼的一定是《普通话短文练习 50 篇》。2015 年 6 月 6 日，我参加了人生中第一次普通话测试，测试的结果是二级乙等。这个结果，的确是我这段时间的劳动成果了。

2016 年夏天，不断要求进步的我，打算修一门自己并不擅长的专业——商务英语。辅修这门课之前，我给自己做了许多心理建设，想要变得优秀一定要吃些苦头。因为对外语的不自信，我很少在外籍老师的课堂上主动发言，那个教授西方文化的加拿大老师似乎看透了我的胆怯，每次上课都会点我起来回答问题。我只能硬着头皮用不熟练的英语夹着中文和他交流，好在常年旅居中国的他能听懂我复杂的“组合语言”。有一次，他问我：“你们中国对英语考试划分了细致的等级，那自己的母语是否也有同样的考级测试呢？”我骄傲地告诉他，当然有，那就是普通话水平测试。然后，他一一询问了班上的同学，原来大家的测试成绩都比较好。我以为自己足够努力了，却不知道原来大家都如此优秀。强烈的自尊心再次驱使我报名参加了 2017 年 10 月的普通话测试，这次测试给自己定的目标是“二甲”。可能是急功近利了些，因为距离考试的时间只有两周，这两周也恰好是我学业最忙的时候。果不其然，测试的结果是 84.9 分，比上次仅仅多出了 0.6 分。

2017 年暑期，我参与了一个爱心帮扶机构，主要工作是给乡村里的留守儿童讲课。和孩子们一起学习和生活了一个月，让我爱上了教师这个职业。想成为一名合格的教师，一定要有相当的普通话能力。在了解了教师资格证的考试时间后，我决定，为了理想再挑战一次普通话测试，希望能用一口流利标准的普通话向同学们讲解知识。2018 年 9 月 9 日，刚从讲台回归大学校园的我又马不停蹄地参加了普通话测试，结果依然不尽如人意，还是“二乙”。看来，只能报语文学科以外的教师资格考试了。大学的尾末，我顺利拿到了高级中学美术教师资格证。我想，虽然没能考到“二甲”去申请语文教师资格证，但能成为一名美术教师也不错，同样是和可爱的孩子们在一起。

2018 年的毕业季，我顺利考取了编制，成为一名乡村美术教师。乡村的教学条件比不上城里，这里各科教师稀缺，年轻教师的流动性大。来到这个偏远的乡村学校，我的第一份工作便是担任六年级的语文教师兼班主任。强烈的责任感让我清楚地知道，我的任务是要把这群小孩教好，起码要有一口标准的普通话。这就意味着我需要再次考取“二甲”的普通话等级证书。经过一个学期的复习，以及每天坚持和孩子们一起晨读，2019 年，我参加了第五次普通话测试。功夫不负有心人，这一次的等级栏上写着“二级甲等”，我如愿以偿地在第二学期期末申请到了高级中学语文教师资格证书。这以后，每每走上讲台的我多了一份自信和从容。我想，我的努力也应该会影响到孩子们，希望他们都能学会坚持和不断进取。

这就是我五次普通话寻梦的艰难旅程，这个过程中艰辛和痛苦已经成为过去。现在的郝老师，是既能用标准的普通话讲解国学经典的语文教师，又能用各种素材传授审美认知的美术教师。

（作者单位：咸宁市咸安区横沟桥镇小学）

普通话之花

黎　群

说起普通话，小时候，在农村长大的我，并不懂什么是普通话。

上小学的时候，我的语文老师课余在一间空教室里，给我进行“语言基础”训练，即拼音和口头作文的训练，并且带我参加镇上的“普通话观摩会”比赛，不知不觉间，为我的普通话打下了坚实的基础，也让我与普通话有了不解之缘。

后来我上了师范，《拼音报》成了我们师范生必读的报纸。因为小时候打下的基础，我读《拼音报》如读汉字一样，非常顺畅。自然，我也成了班上的推普委员。每个星期一晚自习，我就带领全部同学读《拼音报》，我的普通话水平自然也得到了进一步提升。

从师范毕业之后，我成了一名教师。标准的普通话，成了我教学的优势。参加教师基本功竞赛、演讲比赛、普通话比赛，上公开课等，已成家常便饭，甚至还主持了镇里的好几台大型文艺晚会。参加比赛，经常拿到不错的名次，让我的生活充满了不一样的色彩。我想，这都是普通话立下的汗马功劳。

因为我在镇上主持了节目，也算“小有名气”，便成了“农业宣传员”。每逢到了庄稼该打农药的时节，镇政府管农业的人就找到我，为他们录音；他们便开着宣传车，提醒农民们及时为庄稼喷洒农药，以免误了农时。一时间，田间地头，到处是我的声音。我的普通话居然为农业做过贡献，想想都激动。

在辅导学生普通话方面，我特别有成就感。学校每年开展爱国主义读书演讲活动，我经常辅导学生，有的学生获县级比赛一等奖，还晋级到市里参加比赛。作为乡镇一级的小学生，这样的机会是很难得的。我还辅导学生当节目主持人，让他们在舞台上绽放光彩。

我以前经常教六年级的学生，在开学的第一天就这样告诉他们："如果认真跟老师学习，到毕业的时候，你们会说一口标准的普通话，会写一手漂亮的钢笔字。"已经毕业了的学生，有的在中学、大学经常主持节目，和我分享他们的喜悦。我想，这或多或少离不开我的教学，给他们打下了坚实的基础。

我们时常在课堂上练习普通话。有时学生在课堂上朗读，我会及时纠正字音。久而久之，我的学生也练就了一双灵敏的耳朵，学会了辨析，而且还纠正我的错误朗读。我还利用课外活动时间，辅导班上孩子的朗读技巧。我教孩子们做口舌操，发音，吸气，呼气，他们兴趣浓厚。有一次，辅导学生朗读课文《蝴蝶的家》中的段落："天是那样的低沉，云是那样的黑，雷、雨、电、风，吼叫着，震撼着……"正在示范朗读时，碰巧遇到天气突变，窗外的天黑沉沉的，狂风把教室的窗帘撕扯着，学生惊呼："哇！老师，外面的天气和你读的一模一样！"我让学生也试着朗读，学生读的效果出奇的好。普通话瞬间让文字变得鲜活起来，让课堂变得丰富起来。

除了教学，我在1999年参加了普通话水平测试，取得了一级乙等的证书。2001年，我又取得了湖北省普通话测试员的资格证。直到现在，整整20年的时间，我基本上每年都参与测评工作，这又给我带来了不一样的感受。

普通话测试工作让自己的普通话越来越标准。普通话标准，让自己信心十足。作为测试员，我参加普通话的培训比较多。此外，我还参加了线上和线下的"诵读经典"培训。这些培训让我对普通话有了全新的认识，受益匪浅：普通话不仅要标准，还要通过朗读展示出来；那些经典文字是有温度的，我调整自己的气息，模仿那些大师级别的老师，练习朗读；在字里行间感受文人们的妙笔生花、语言文字的魅力，体会他们的各种情感，又是一番意境。

2020年，老师们在学校上网课期间，学校安排我给老师们进行普通话培训，正好我把自己的所学、所感、所悟和老师们分享，培训效果比较好。这也算是学以致用。

既然选择了做测试员，我提醒自己每年都要参与测试，以防自己的测试水平下降。我不仅每次认真参加测试站的培训，而且在每次开始网上测评之前，都会把测试标准学习一遍。在测评时，保持自己的敏感度，不打人情分。每次测评时，我用本子做好记录，从汉字到字音，从错误个数到存在的问题，作为打分的凭证。整个过程，从不马虎，力求对每个考生负责。

社会在进步，时代在发展，科学技术已经渗入我们生活的方方面面。普通话测试也不例外，我见证了从最初的“人测”到现在的“机测”。从最初的一天“人测”四五十人，到现在一天“机测”上千人，发生了翻天覆地的变化。“人测”有温情，更人性；“机测”有效率，更科学。测试站也给我们提供了学习和交流的机会，能提升自我，交流情感。不管是“人测”，还是“机测”，我都在不断地学习，不断地适应。

测试工作虽然辛苦，却是一份光荣的任务。我很庆幸自己是一名测试员，也将继续保持热情，努力走下去。

普通话在我的生活中，开出了不一样的花——学习之花，希望之花，幸福之花。

（作者单位：荆门市沙洋县实验小学）

从爱开始的旅程

夏　明

妈妈是一名小学语文老师，我小时候听得最多的就是那悦耳的普通话。“a、o、e……”，学生们一遍又一遍地学，我一遍又一遍地听，不得不说那就是最美的旋律。我也就是从那个时候开始，比较准确地学会了每一个字的发音、每一个词的变音、每一句话的语气。

那个年代没有太多的玩具，在我的脑海里，家里最多的就是书籍了。妈妈总是在我睡前给我读上一段故事，有时让我读给她听，就是这样一种习惯，让我爱上了阅读，爱上了用普通话进行表达。

我也曾对着26个字母豪言壮语，普通话太简单了；也曾被这26个字母欺负过，千百种组合，让我重新认识它们。

最难忘的是妈妈纠正我“n”和“l”的读音。身边很多同学习惯说“那有一头大黄牛”，本来是一句无奇的话语，却被我说成了“那有一头大黄流”；“新年好”被我说成了“新连好”。妈妈总是不厌其烦地告诉我发音技巧，虽然当时并不知道慈祥的妈妈这样纠正对我后来普通话的帮助有那么大，但就是这样，越是不经意的越会成就一种难得的能力，当然这不能一概而论，不过在学习普通话这件事上，的确如此。

那个时候，我的小小梦想就是长大后要像妈妈一样，做一名优秀的人民教师。后来我才知道，要想成为教师，必须要过普通话这一关，而妈妈早早为我铺就了一条爱的大道。

16岁那年，我考上了师范，普通话更是让我成为校园里的“风云人物”。第一学期，我就靠着这字正腔圆的普通话，主持了这辈子都难以忘记的学校迎新文艺汇演，接着一发不可收拾，陆续主持了学校的庆“五四”汇报演出、赴边远学校慰问演出等。即便如此，我还是不放过任何一个学习的机会。那个年代，学校每天晚上都有半小时的推普时间，作为班级的推普委员，我带领大家共同学习，从简单的“一”的发音，到“魑魅”生僻字的读音，翻烂了好几本汉语字典。功夫不负有心人，在1999年的普通话考试中，我考出了97.2的分数。不过后来经过复审，我被评定为一级乙等，我为此伤心了好久。而我们班级中，考出了十几个一级乙等的成绩，当时在学校也是哗然一片。特别是几个河南籍的同学，从最开始的边鼻音不分、平翘舌不分，甚至连前后鼻音都不能区分，最后都顺利通过了普通话水平测试。那段时间，我和语文课代表一起商量，延长推普时间，别的班三十分钟，我们班四十分钟；别的班只有训练时用普通话，我们班张口必须讲普通话。我也曾鼓励家乡口音稍重的同学无论学习有多忙，都要自信起来，不要怕读错，要大声地读出来，时间久了一定会有成效。事实证明，我做对了。

2015年，从教已经16年的我，有幸被选中赴华中师范大学参加普通话测试员培训班的学习。机会难得，每年我们襄阳也就两三个名额，况且我来自一个县级市，当时所有的优越感都荡然无存。那段时间，每个学员都认真听讲，我把培训机会当成学习的力量，每天和同学们进行魔鬼式训练，我们那一期的普通话培训班QQ群甚至被更名为“魔鬼训练营”。当我从领导手中接过省普通话测试员证书的时候，激动的泪水从眼眶涌出。

在课堂上，我实现着儿时的梦想，站在三尺讲台上，看着一双双求知的眼睛，我也似乎看到了当年自己学习的情形。当我读到“我们的祖国多么广大”时，学生跟着我激昂的情绪，自豪感油然而生；当我读到“台湾岛，隔海峡”时，学生体会着我对祖国统一的期盼；当我读到“燕子去了，有再来的时候；杨柳枯了，有再青的时候；桃花谢了，有再开的时候”时，学生跟我一起感慨着时间的流逝；当我读到“人固有一死，或重于泰山，或轻于鸿毛”时，学生体会到为人民服务是一件多么了不起的事情。

如今，负责全市语言文字工作后，我更感觉找到了归属感。每年语委组织的推普周活动也好，普通话培训也好，我都当作工作的重中之重。已过不惑之年，我仍然将普通话融入我的生活中。在家里，我和家人用普通话进行交流，四岁小儿已经能用标准的普通话与人交流，真正实现了普通话从娃娃抓起。未来的路上，我想我一定能够把这份爱延续下去，因为这是一段从爱开始的旅程。

（作者单位：襄阳老河口市教育局）

普通话美丽着我的人生

冯举芝

小时候我生活在农村，家里很穷，条件很艰苦，读书便成了我们跳出农门的唯一出路。1993年那年，我初中毕业，因为从小爱唱歌，并且天生一副好嗓子，也想减轻家里的负担，早点参加工作养活自己，于是我报考了襄樊师范学校音乐班。暑假面试，面试的项目中有一项就是要求用普通话唱一首歌曲。什么叫用普通话唱歌曲？难道唱歌还有别的方法吗？那时没有电视，没有电脑，没有网络，更没有智能手机，我询问了很多有见识的人，都说不知道什么叫“用普通话唱歌”。既然大家都不知道，平时怎么唱我就怎么唱吧！面试那天，我清楚地记得，在襄樊师范学校教学楼的一个大厅，整齐地坐着很多考官，当我介绍完自己后，一位考官说：“请你用普通话唱首歌。”我心里顿时紧张起来，考官好像看出了我的心思，说：“你们在中学没有音乐课吗？老师是怎么教你们唱歌的？”我这才大胆地问了一句：“老师，用普通话唱歌怎么唱？”那位考官又问我：“你平时怎么唱的？唱一句听听。”我试着唱了一句，考官鼓励我说：“对，就这样唱，你现在就是在用普通话唱歌。”在考官的提示下，我顺利地完成了面试。这次面试让我终生难忘。

一个月后，面试成绩出来了，我以第一名的总成绩如愿以偿地考进了襄樊师范学校音乐班。初入师范，我知道了普通话作为课堂语言，将在以后的工作中成为我传道授业的主要工具。襄樊师范学校的文化氛围和学习氛围很浓，真是个培养人才的好地方。平时在教室、寝室、食堂甚至校园的每个角落，都能听到用普通话交流的声音，在那样的环境里，耳濡目染，我也学会了大胆地说普通话。不仅如此，每天早读，学校都要求我们练习朗读，每次练习朗读时，我都认真练习每个字的发音，尽量把每个字的读音、声调读准确。功夫不负有心人，在刻苦练习下，临近毕业，我已经能够自然、大方地用普通话和别人交流了。

后来参加了工作，普通话显得尤其重要。在教育局的统一要求下，每个老师必须参加普通话考试，我积极报名。清楚地记得那次考试，也是在一个大厅，整齐地坐着几名考官，那情景仿佛是初中毕业时的面试，唯一不同的是我不再那么紧张。当走进考场的时候，我愣住了，其中一位监考老师竟是我母校的政治老师，我顿时很激动，虽然他并不认识我，但我心里仍然腾升起一种亲切感、一种敬意和一种自豪，真没想到在我们这样一个偏僻的小县城还能遇到我母校的老师。听完我的自我介绍，那位老师微笑地向我点了点头，于是我从容地考完了所有的考题。临走时，那位老师说："真不愧是襄师的学子！"走出大厅，我的心情久久不能平静，我决定，在今后的工作中要把普通话继续练好，不能给母校丢人，不能愧对我的母校。

初入教坛，普通话给了我信心，每当我用一口标准的普通话和别人交谈时，别人都会投来羡慕的目光；和学生交流时，学生愈感亲切。教学中，普通话让我的语言生动而优美，课堂讲解流畅而清晰，学生的注意力更加集中，教学效果更好。记得在教朱自清的《背影》时，为了调动学生的学习兴趣，我打破传统的课文分析法，利用语言上的优势，在范读的基础上，要求学生用标准的普通话进行多次朗读。特别是"走到那边月台，须穿过铁道，须跳下去又爬上去"那一段，在朗读过程中，同学们一边朗读一边想象父亲是怎样穿过铁道，仿佛看到了父亲艰难地为"我"买橘子的样子，在边读边想象中深切地体会到了父亲对"我"的爱。在读到"等他的背影混入来来往往的人里，再找不着了"，学生仿佛看到了父亲离去时蹒跚的步伐。

我觉得，普通话在教育教学中占有举足轻重的地位，是重要的教学手段之一。作为一名教师，应该知道怎样运用普通话、用好普通话。普通话在未来的教学中将发挥越来越重要的作用。我将尽自己最大的努力，去影响和推动周围的人，让他们都喜爱普通话、会说普通话。

如今，我走上三尺讲台已 20 多年了，普通话伴随我从一名稚嫩的教学新手成长为成熟稳重的教学老手，普通话成了我教学中坚实而不可或缺的臂膀。

学习普通话、使用普通话，让我变得更加优雅，更加有气质。在今后的生活和工作中，我将一如既往地练就说好普通话的本领，努力让自己变得更优雅、更美丽。

（作者单位：襄阳市保康县实验小学）

继续追梦

刘友慧

我出生在一个偏远的小乡镇，从小听着说着浓浓的本土方言，只有在上课读课文时才用普通话，我们的老师大多数说方言，我也习以为常。

后来我读了师范学校，我们宿舍有来自五湖四海的同学们。一个长得白白净净的河南女孩，第一次见面就问我："你叫什么名字?"我随口答：我叫"牛（刘）某某"。她说：你叫"牛某某"？我说是。因为我家乡的本地方言里 n 和 l 不分，所以我根本听不出来 n 和 l 的不同读音。直到我去交作业本，她看见我的名字时问我，你不是叫牛某某吗？别的同学也都说，我也以为你叫牛某某。我顿时觉得尴尬无比，连忙解释：我们方言里 n 和 l 不分，所以我分不清楚"牛"和"刘"的读音，我叫刘某某。她说：你说的还是牛某某。我无可奈何，决心学好普通话，不再闹这样的笑话。于是，我决定拜那个河南女孩为师，分清楚"牛"和"刘"。好在她很直爽，愉快地答应了我的请求，我感动不已。

我先问了这个女孩 n 和 l 的发音方法，她告诉我，n 是舌尖抵住上齿龈，软腭下降，让气流从鼻腔通过发音。她让我先看她发音，让我跟着学，我反复练了几次，她说"对了"。接着她又耐心地教了我 l 的发音方法。我记得她教给我一个特别好记的方法，就是先发"啦啦啦"的读音，体会一下 l 的发音，再来发 l 的音。我按照她说的方法一下子就学会了。后来区分 n 和 l 时，我一直用这个方法，让我终生受益。从此，我只要有空，就练习 n 和 l 的发音，把字典拿出来，找出与 n 和 l 相关的读音，一个个练读。我还在书上找相关的发音来练习。只要这个女孩有空，我就去请教她，让她帮忙辨析我的发音是否准确。就这样，我不仅完全能够区分 n 和 l 的发音，还结交了一个乐于助人的知心朋友。

学校开设了现代汉语课，我觉得这门课很有意思，有对普通话四声调值的准确讲解，还有方言研究。我对这门课产生了浓厚的兴趣，也发现了自己的第三声读得不准。标准的第三声调值是214，因受方言影响，我一直读的只有212或者213。此后，我就刻意练习第三声调值，认真听老师讲课，对比发音后练习，把普通话练习书上所有的第三声找出来练习，仔细揣摩是否达到了214的调值，根据老师发音的样子不停地模仿发音。下课了，我拿着书鼓起勇气，把书上第三声的字词读给老师听，请老师辨析。老师说："你读的都是准确的。"之前的胆怯和紧张转瞬不见，此时我像脚踏祥云在天上飞翔一般快乐轻松。

最不好读的就是各种"啊"的变音，我对"啊"在后鼻音的辨音总是读不准。有一次，我正准备去泡糖水喝，突然想起"吃糖啊"这个"啊"的变音不会读。我知道我们宿舍的陕西同学方言里有很浓的"啊"的发音，于是就向她请教，然后坐在那里一直练习"啊"的变音。另外一个同学回宿舍，见我手里端着个空杯子，一直在念念有词，奇怪地问："你怎么了?"同学们说："她在练习'啊'的变音。"她说："你真认真啊!"我说："我要学会了再去喝糖水。"同学们都笑了。我来不及笑，一直念到她们认为我的发音准确了，我才去。

学校专门安排了早读时间让我们练习普通话，我读得很认真。课代表播放录音，我就大声跟着读。日复一日，读了两年，从没有停歇过。遇到易错字和生僻字，我就抽课余时间反复练习，一直练到脱口而出为止。通过勤学苦练，我迎来了普通话水平测试。当我拿着试卷朗读的时候，考官面带微笑地点头，我知道我的普通话达到了较好的水平。考试结束，我听考官小声说："这几个中，这个读得还不错。"我大松一口气，心里乐开了花。最后，普通话证书发了下来，我的普通话等级评定为一级乙等。听老师说，一级甲等能当播音员，我与一级甲等还有差距，还得努力。

如今，我已走上教师岗位多年，也习惯了与学生们用普通话交流，用普通话去影响他们，潜移默化地让他们准确发音。我还想利用业余时间再去练练普通话，去考个一级甲等。我想，只要能坚持如初，我的愿望一定会实现。

（作者单位：襄阳市保康县马桥镇中心学校）

走向阳光明媚的日子

熊祉祺

我是一名土生土长的乡里娃，第一次听到标准的普通话，大概是在4岁的时候。那是一天中午，爷爷奶奶在外干活，很罕见地把我留在家里看电视，因为平时他们都会把我带到园子里去，放在树底下跟蚂蚱和蝴蝶玩。那时候我虽然小，字也不认识几个，但是见过爷爷在家看电视时拿着遥控器换台。于是，我在家翻箱倒柜地找到了遥控器，抓起来就对着电视机胡乱按了几下，一种特别好听的女声传入我的耳朵："卡通欢乐岛，快乐少不了。我是你们的小鹿姐姐，这是跳跳龙，欢迎来到童话梦工厂。"我从来没有听过这么好听的声音，像公主一样，抬头一看，这个姐姐长得也好漂亮。那天过后，这种声音在我脑海里久久不能散去。于是，小小的我就试着模仿小鹿姐姐说话，可是怎么学，都没有她说得好听，我苦恼极了。

后来，我每天都会在电视机前等着小鹿姐姐，因为她会给我们放很多好看的动画片，动画片里的人物和她说的话一样好听。慢慢长大，我上了小学。学校有一个姓杨的老师，和小鹿姐姐说话一样好听，我读三年级时，他是我的班主任。他告诉我们，那种好听的话叫作普通话。他让我们也学他说话，读课文也要用普通话读。可是我们怎么说，都和他说的不一样，而且听起来很奇怪。有一次，跟小伙伴一起玩，我学着小鹿姐姐的样子，念着："卡通欢乐盗（岛），快咯（乐）少不了。"她们一听，一个个捂着肚子大笑起来。从那以后，我再也不敢在人前说普通话了，只是自己一个人偷偷地说。

有一天上语文课，我被杨老师点起来读课文，我害怕极了，站着不敢开口，因为我怕一开口同学都会笑话我。这时，杨老师走过来，看着我的眼睛，坚定地告诉我："不要害怕，普通话就是要多说、多读。现在，我读一句，你跟着我读一句。"我受到了鼓励，跟着杨老师一句一句地读完了那篇课文。如今，课文叫什么名字我已经忘了，但是我永远记得杨老师那坚定的眼神。从那时候起，我就下定决心，一定要学好普通话。

一转眼，我就要初中毕业了。中考前夕，家里遭遇了变故，我发挥失常。于是，我只能进入汉川中职学习。来到县里上学，我和同学们有些格格不入。她们觉得我说的方言怪，听不懂，我觉得她们说的方言不清楚，也听不懂，为此还闹了不少笑话。一天，我急着去厕所，没带纸，就问她们有没有餐巾纸，结果她们听成了“三斤屎”，一个个用异样的眼神看着我。我重复了好几次，她们才听懂我要的是“餐巾纸”。我在心里默默感叹：学好普通话真的很重要啊！慢慢熟悉以后，她们总是喜欢学我说话，我一说话，全班就开始笑。还好，有几个同学是和我从一个地方来的，这样我才不会太尴尬。渐渐地，我被她们同化了。回家后，我一说话，奶奶就说我卷着舌头说话，像“呔子”。

后来，因为专业需要，我们要考普通话“二甲”证书。考试前，老师要求我们用普通话交流，我开心极了。可是又一个难题来了，有些字的发音，我总是读不准，z、c、s 和 zh、ch、sh 不分，读课文时总是带着口音。那段时间，我很焦虑，总是缠着班上普通话好的同学给我示范和纠错。第一次考试，我的普通话成绩差 0.3 分才到“二甲”。我很灰心，不知道怎么办，明明努力了那么久，可结果偏偏不如意。但是一想到杨老师那坚定的眼神，和他那句“普通话就是要多说、多读”，我又打起精神来，准备迎战下次考试。

这次，我在网上找了一大堆绕口令来练习，连睡觉都是戴着耳机听着普通话的录音睡着的。另外，我还在网上下载了一个普通话测试软件，天天在家测，可分数就是上不去。随着考试时间越来越近，我越来越紧张。在考试的前一天晚上，我在普通话测试软件上测试的分数终于合格了，我开心地从床上跳了起来，还不小心磕到了头。

因为考过一次，对流程比较熟悉，进考场前先把手机关机，录指纹，拍照，进候考室看卷子准备考试，然后正式开始考试。前面，我都是非常紧张的，但进入候考室看到卷子的那一刻，我就放松了，因为普通话的最后一题是命题说话，我抽到的题目是“学习普通话的体会”。我心想，我的体会可多了，绝不会出现没有话说的情况。果然，功夫不负有心人，这一次我终于如愿以偿地拿到了日思夜想的证书。

拿到普通话证书后，教师资格证的考试都是一路绿灯。而我带着这些证书又完成了另一个梦想，成为一名浇灌祖国花朵的园丁。

一天，阳光明媚，我正在教室给我们班的小朋友讲故事，突然，一个小朋友举手示意想要说话，于是我请她起来。她送给了我至今难忘的一句话："熊老师，你的声音真好听，像公主的声音一样。"我给了她一个大大的拥抱，并对她说："你的声音也好听，像个小公主。"我仿佛在她身上看到了4岁时的我，终于我也成了别人眼中那个声音好听的公主。我想，这就是学好普通话的意义吧。

（作者单位：云梦县第二实验幼儿园）

微笑着做好自己的事

刘庆云

我非常喜欢本杰明·拉什《站在历史的枝头微笑》里的一句话："人活着，最要紧的是寻觅到那片代表着生命绿色和人类希望的丛林，然后选一高高的枝头站在那里观览人生，消化痛苦，孕育歌声，愉悦世界！"我想，不是每个人都能寻觅到"高高枝头"的。我是一名口语教师，推广使用普通话或许是我所能寻觅到的"历史枝头"。我可以通过不懈努力，站在这个历史赋予的"枝头"上微笑，并试着"观览人生，消化痛苦，孕育歌声，愉悦世界"。

一

我是1996年从江陵县调到汉川师范学校（后更名为汉川市中等职业技术学校）当口语老师的。1997年12月，我在华中师范大学进行了为期半个月的学习，通过资格考试而成为一名省级普通话测试员。二十多年的普通话教学和普通话测试工作，虽然酸甜苦辣五味杂陈，但细细品味，也让我从中明白了不少人生道理。

多年的教学实践，使我养成了一个习惯，即每上第一节口语课，我都会聆听同学们的自我介绍，以便了解学生现有的普通话水平以及家庭、思想等方面的情况，同时也为我"观览人生"提供一个不错的途径。

同学们做自我介绍时，有的同学说着说着就哽咽起来，心中犹有无限的悲痛；有的同学面无表情，仿佛在讲述一个陌生人的故事；有的同学则油腔滑调，如同在台上做着滑稽表演；还有的同学高亢激越，雄心壮志溢于言表……同学们的表现让我感到震惊，我从他们身上看到了社会万象、百味人生。同时，我也对造成他们丰富内心的成长经历感到好奇。课后，我会把那些情绪表现特别的同学单独留下来做进一步了解。比如那位泣不成声的同学，她父母在外打工，家里除了她，还有一个体弱多病的奶奶和一个上小学的弟弟。她不仅很少得到父母的关爱，还要照顾奶奶和弟弟。平时积累下的委屈无处诉说，所以在自我介绍时悲伤一下子涌上了心头，导致情感失控。针对这些问题比较突出或心理阴影比较大的同学，我一方面带领他们朗读那些陶冶情操的文学作品，帮助他们疗伤；另一方面，联系他们各自的实际和近况，有针对性地做好他们的思想工作。

二

汉川有着近百万人口，不同的乡镇有不同的方言。如地处汉川东面的麻河镇，把“什么”说成“莫夷”；而地处汉川西面的沉湖二河一带，把“什么”说成“嗯家”。操不同方言的同学在一起，不仅交流困难，而且显得嘈杂。一口纯正优雅的普通话，犹如一缕美妙的旋律，不仅能让人顺畅交流、赏心悦耳，而且让人肃然起敬。这是一位学生的家长对我说过的话。

汉川市中等职业技术学校是汉川市高考、中考的考场之一。从 2008 年开始，汉川市高考、中考考点的广播指令工作大多是由我来完成的。有的监考老师和考生说，这位老师的播音不仅指令准确，字正腔圆，而且亲切柔和，悦耳动听。有很多第一次听到我播音的巡视员、工作人员和外校监考老师问我们学校领导：“你们是在哪里请的播音员？怎么听起来有点像电视台播音员的声音？”当学校领导把这样的问话转达给我，我在感谢老师和同学们认可的同时，也暗暗问自己：这算不算是一种“孕育歌声，愉悦世界”呢？

令我欣慰的是，学生对我的教学比较满意。课里课外，同学们说，我不仅普通话标准，声音悦耳动听，听起来如沐春风，而且气质优雅，魅力十足。有的同学说，我讲课不仅生动有趣，而且能寓教于乐，能让他们在快乐中学习。还有的同学说，我上课时有天使般的微笑，有妈妈一样的慈祥，有朋友般的亲切。我教出来的幼师班学生，深受广州、深圳、上海一带幼儿园的欢迎。有一次，我带领学生去深圳某幼儿园实习，园长问我：“刘老师，您是北京人吗？您教的学生的普通话都非常棒！非常感谢您教出了这么好的学生。”

更令我自豪的是，在省、市组织的中等职业学校技能大赛、普通话大赛以及黄鹤美育节中，由我辅导的语言类节目多次获得省、市一等奖。当获奖学生喜极而泣地抱着我说“谢谢”时，当毕业汇报演出时，看到被自己的孩子大方自然地朗诵表演而感动得泪流满面的家长对我说“您辛苦了”时，我仿佛听到了最美妙的乐曲，也为自己的付出能让学生和家长产生愉悦而感到由衷的高兴。

三

要教好普通话这门课，是很艰难的，因为从备课到上课，对每一个素材、重点难点的把握，都要自己绞尽脑汁去寻找、去思考。更难的是，要转变学生的学习态度，提高他们学习的积极性。因为有的同学总以为学习普通话很简单，觉得不是什么主课，所以不把学习普通话当回事，致使有时教学工作困难重重。

普通话水平测试，也是一份辛苦的工作。20 世纪 90 年代末，全省刚开始全面推行普通话水平测试工作时，我们工作到下午一两点才吃午餐是家常便饭的事。普通话水平测试，更是一个原则性很强的工作。同事、同学、熟人、朋友甚至领导，难免在测试时“打招呼”。这时候如果坚持原则，就会受到误解，甚至受到非议或报复；如果不坚持原则，则有负使命，心有不安。可以说，没有强烈的责任心和使命感，是做不好普通话测试工作的。因此，无论是普通话教学还是普通话测试，要在工作中面带笑容不是一件容易的事情。而要微笑着做好这项工作，更是难上加难。但我不断地告诫自己，再苦再难，也要微笑着完成我的使命。

有人说“人”字两笔：一笔前进，一笔后退；一笔逆境，一笔顺境；一笔付出，一笔收获。而我要说“人”字两笔：一笔使命，一笔微笑。

富兰克林说过：多数人在 25 岁时就死了，直到 75 岁才埋葬。我猜想，富兰克林所说的“多数人”，要么是丢弃了使命，要么是失去了微笑。

我感恩我们这个伟大的时代，它赋予了我们每一个普通人历史使命——为实现中华民族伟大复兴尽一份力。我感恩多彩多姿的现代生活，它不仅让我学到了知识，也让我学会了微笑。在波澜壮阔的历史大潮中，我要始终不懈地把推广使用普通话作为我的人生使命，并且在完成使命的过程中，努力微笑着做好自己的事：用微笑渲染每一节课，用微笑点亮教室里的琅琅书声，用微笑温暖每一位同学的心，用微笑在方言与普通话之间搭一座桥梁。

（作者单位：汉川市中等职业技术学校）

梦想之梯

金华玲

谁也不曾想到，我，一个曾经连普通话都说不标准的人，现在居然成了一名优秀的普通话水平测试员；谁也未曾料到，我，一个普通的中师生，如今竟然能在众多高学历的优秀教师中脱颖而出，成为深受学生爱戴、家长尊重、社会认可的优秀教师、骨干教师。其实，我所取得的一切成绩都源于普通话，是普通话成就了我。普通话就是我的梦想之梯。

我出生在一个偏远的小山村。进校门的第一天，老师就要求我们在学校说普通话。一开始，我对普通话充满了好奇，听老师说了几句普通话之后很快就明白了："普通话也不难学嘛！不就是我们的方言变个调、拐个弯儿吗！"这是我对普通话的初步认识。当地人还给我们说的普通话起了个好听的名字，叫"彩色普通话"。就这样，我说着一口流利的"彩色普通话"顺利读完了小学，念完了中学。

对于说普通话，我一直自我感觉良好。直到有一天，我离开家乡，来到千里之外的一所师范院校求学，我才知道，这么多年，我一直引以为傲的"彩色普通话"根本就不是标准的普通话。我也生平第一次因为普通话不标准，在生活中遭受了困扰和挫折，才意识到普通话的重要性。

新生报到的那天，学校安排了高年级的学生来迎接我们，接待我的刚好是我的老乡，在帮我把一切安顿好之后，她叮嘱我说，她在某某班，有事记得随时去找她。她走后不久，我就遇到了一些小问题，于是，直接去她的班上找她。远远地，我看到她们教室外的走廊上有几个同学，我欢呼着跑过去，郑重地用自认为标准的普通话向一个同学说道："请你帮我叫一下赵应。"她毫不犹豫地答道："对不起，我们班没有这个人。"我只好怏怏地往回走，边走边想："真奇怪！临别时，老乡明明反复强调过她在哪个班级，我应该没记错啊！”于是，我又拐回去，问另一个同学，她也脱口而出：“没这个人！”我继续向她描述老乡的性别以及样子，然后她恍然大悟：“哦，你说的是赵燕吧！”她立刻走进教室，帮我把赵燕叫了出来。没错，果然是我要找的人。原来她叫赵燕，不是赵应。我第一次感叹道：“普通话还真是不普通啊！”

还有一次，早餐时，我看到很多同学都在津津有味地吃着一种带糖的饼子。我排了老长的队去买这种饼，轮到我时，我学着前面的同学礼貌地说：“师傅，我想要一个 tin bin。”师傅一口回绝道：“对不起，没有 tin bin。”我失望地从队伍中走出来，一回头，却发现后面的同学接二连三地买到了自己想要的东西。我恍然大悟：“因为我的普通话不标准，所以师傅没听懂我说的。”于是，我又重新排队，大约 20 分钟后，又遇到了刚才那个师傅。我一字一字清楚地说道：“师傅，请帮我拿个 tian bing（甜饼）。”这次，师傅二话没说，迅速地把香喷喷的甜饼递到我手中。万万没想到，在外面，普通话不标准会给自己的生活带来那么大的困扰。我也从来没想到，自认为说了那么多年的标准普通话竟然是山寨版的。从那时起，我就暗暗发誓：“一定要学好普通话！”

学会说话容易，学会普通话就没那么简单，学会一口标准、流利的普通话简直是难上加难。由于我们上的是师范院校，普通话是必学的内容，而且是重中之重。每天，老师都会要我们一个接一个地走上讲台，领读一段文章。在这之前，走上讲台领读文章曾是我最拿手、最喜欢的事情，因为我的声音洪亮，而且音色很美，总是赢得阵阵掌声。可是，离开家乡，第一次走上外地学校的讲台，仅仅读了几句话，就被老师无情地赶回了座位。我一开口，还差点把老师气晕了，一向温柔的他突然提高了嗓门儿冲我说：“下去！下去！你在这里乱教些什么？简直是误人子弟！”老师非常生气，而我却一脸茫然，不知何错之有。后来才知道，我之前的普通话岂止是不标准，简直是千疮百孔。比如，前后鼻音不分，鼻音、边音不分，有时 f 和 h 不分，偶尔平翘舌也有问题，ian 与 in 不分，等等。为此，同学们经常取笑我：“你好喜欢吃包子，有了包子不要命（面）。”“这么晚了，你要上船（床），准备去哪儿呀？”“真奇怪，你怎么喜欢吃痰（糖）！”面对她们的取乐，我并没有生气，只要有机会，我就会追着她们刨根问底，直到把问题弄清楚，让她们教会我发音并且读准为止。因为我性格好，再加上我的虚心好学，所以她们都很乐意帮助我。由于普通话是以北京语音为标准音，以北方方言为基础方言，以典范的现代白话文著作为语法规范的现代汉民族共同语，而我们寝室的大部分同学又都来自北方，所以，她们从小就说着一口标准的普通话。在学习普通话方面，能遇到她们这些良师益友，何其有幸！她们给了我极大的帮助，我后来能在普通话方面取得一些成绩，她们功不可没。

师父领进门，修行在个人。跟着她们把一些理论知识弄清楚，把一些发音要领掌握后，接下来，最重要的就是练习。每天早上，我第一个走进教室，做的第一件事就是练习发音。我就像一个小朋友，从单韵母 a、o、e，声母 b、p、m 开始练起，然后是复韵母、前鼻韵母、后鼻韵母，再练习拼音、声调，几乎一切都是从头开始学起。几个月后，一本几厘米厚的书上的单音节字词、双音节词语都被我熟记于心。接下来，我开始练习朗读。我随身带着朗读材料，有时在操场上边走边读，有时在湖边对着湖水读，有时面对着墙壁读。为了让自己不怯场，有时我专门挑人多的地方，大声朗读，以提高自己的胆量和自信。为了掌握朗读技巧，我用省吃俭用的钱买了一个当时很先进又时髦的玩意儿——单放机。通过反复听录音，渐渐地，对朗读这一块儿，我已经达到了非常熟练的地步。把朗读练到自己满意的程度之后，我又开始练习说话。“命题说话”可是普通话测试里面最难的一部分，不仅相当于一个三分钟的命题作文，而且更重要的是，要求发音标准。光是不停地说话达到三分钟就已经很不容易了，更何谈发音标准呢！经过激烈的思想斗争，我还是准备迎难而上、挑战自我。思索良久，终于有了一个好办法，就是根据普通话测试题目，把所有的作文先写一遍。那年暑假，我冥思苦想、绞尽脑汁，根据命题把几十篇作文都写了一遍之后，才做到了心中有底。接着，我又根据测试中的“说话”要求，随时随地朗读和背诵自己写的作文。记得当时在家里要干许多家务活，我就一边干家务活，一边根据命题练习说话。那时，家里养了鸡、猪和牛，我常把它们当作听众，有时一边给它们喂食，一边对着它们练习说话。在和猫、狗玩耍时，我也会和它们不停地说话。每当这时，它们都会很开心地看着我，虽然不知道我在说些什么。我每天不停地练习，那些日子，时常感觉嗓子冒烟、喉咙沙哑。

就这样，经过漫长的努力，终于熬到了普通话测试时间，我心惊胆战地走进了考场。分数公布以后，我简直不敢相信自己的耳朵，94 分，普通话水平是一级乙等。大家也惊讶地看着我，要知道，七八十人的班级里，来自湖北的同学中，只有两人是一级乙等，其中一个竟然是我这个曾经被大家嘲笑得最厉害、普通话最差的人。

参加工作以后，我继续努力。又经过一段魔鬼式的训练后，我顺利通过考试，正式成为湖北省普通话水平测试员，还经常在年度考核中被评为优秀测试员。一口标准、流利的普通话也为我的教学工作带来了很大的帮助，学生喜欢我先是从喜欢听我讲一口标准、流利的普通话开始的，进而喜欢我的课堂，顺理成章地提高了学习成绩。在各种活动和多次竞赛中，一口标准、流利的普通话也让我在众多优秀选手中脱颖而出。最重要的是，学好普通话、挑战自我的这个过程让我刻骨铭心、终生难忘。它教会了我迎难而上、勇往直前。它告诉我：相信自我、挑战自我，只要努力，一切美梦都能成真！

带着这些宝贵的经历，我一次又一次勇敢面对和接受了生活的挑战，战胜了人生路上的无数困难，不断登上了人生一个又一个高峰。蓦然回首，我惊讶地发现，原来帮助我攀得更高、看得更远的竟然是普通话，普通话就是我的梦想之梯。

（作者单位：建始县长梁初级中学）

三代人说普通话的故事

马洪胜

小时候，我是不会说普通话的。还记得我们在村小里上学，整个小学阶段，老师是一位才读完初中的老先生，他一边忙着种家里的那几亩地，一边教我们这群用袖子抹鼻涕的小孩子。老师教授拼音是用半生不熟的普通话，读着读着，还跑调了。有一天，我们跟着他怪腔怪调地读着，猛然间，门口溜进来一只大花鸡。同桌正在睡觉，脚背上的一个脓包被大花鸡猛地啄了一口，痛得大哭起来。老师批评道："上课水饺，还哭嘴！"老师将"睡觉"说成"水饺"。在他自认为标准的普通话里，虽然还夹杂着"哭嘴"之类的方言，但对我的普通话启蒙教育，起到了深远的影响。

那时的乡村是排斥普通话的，父辈们骨子里对待普通话犹如看待洪水猛兽。外出读书归来的我，在第一天的饭桌上，不小心冒出了一句普通话，我父亲一筷子打在我的手上，厉声说："才出去几天，就不会说家乡话了！"我一下子愣住了，委屈地端着一碗白饭蹲在墙边一角，大口大口地赌狠般地吞咽着。我母亲是位农村妇女，心疼地抓过我被打红的手背，叹息着说："洪儿，你不能忘本，这么快忘本，会让村里人看不起的。"母亲泛红的眼圈，至今让我无法忘怀。

人生有许多事情是如此阴差阳错，我毕业后，居然选择了教师职业。

那天，当我站在讲台上，面对着那一双双明亮的眼睛时，竟有点语无伦次了，我那蹩脚的普通话让我实在开不了口，因为我从别的教室经过时，那些老师分明讲的都是普通话。那字正腔圆的普通话，像一颗颗圆润的珠子落入玉盘，那样好听。我人生中的第一堂课，是在我磕磕绊绊的普通话中结束的。那一堂课，我像一个走在坑坑洼洼的泥泞小路上的步行者。别说平翘舌了，就连"矿产资源"的"矿"也读不准，我读成了"kang"。一名学生站起来给我纠正，如果地上有条缝，我一定会钻进去。

我父亲极重视我的这份工作，他第一次来学校探望我时，我刚好前一天上完一堂公开课。听课的教导主任语重心长地对我说：“马老师，你一个年轻人，普通话要加强练习呀！课的设计还行，看得出来，你很有文化底子，书也读得多……”别的话，我都听不进去了，脸已经发热了，热得让我沮丧，甚至可以感觉到汗像蚯蚓一样，从我的背部蜿蜒而下。

父亲走了几十里的山路来探望我时，我正伤心失落地躺在床上睡大觉。父亲摸了摸我的头，关切地问道：“孩子，你怎么了?”他从未这样慈祥过，但我的记忆突然被拉回到几年前的那一筷子，我瓮声瓮气地说：“没什么!”那一瞬间，我将无奈化成了怼怨。我年迈的父亲从同事那里打听到原因，他自责似的沉默像一座沉重的大山，压在我们父子身上。父亲临走前，重重地叹了口气，失落地说：“孩子，我害了你!”

在那段日子里，我疯狂地进入一种学习的状态——大声朗读带拼音的书，听中央人民广播电台的播音，将平翘舌的字进行划分……渐渐地，我的语音标准了。当我再一次站在公开课的讲台上时，不再怯场了。标准的普通话，让同事们刮目相看。我重新考取了作为一名语文教师必需的普通话等级证，在朗读、命题说话环节，都取得了挺不错的成绩。

我越来越意识到汉语作为我们母语的重要性，于是，申请当了一名普通话推广员。

“推普”如一股春风，吹遍社会的各个角落。在我偏远的家乡，普通话也成为年轻一代的通用语言。曾经将普通话视为洪水猛兽的父亲，居然还跟我的儿子练起了普通话。父亲不好意思的神情，让我的心里泛起一阵阵暖意。当村里的伯伯夸我儿子的普通话说得好时，父亲自豪地说：“我儿子是一名普通话推广员呢!”不知道从什么时候起，我年老的父亲居然弄清楚了普通话推广员。

这是我们一家三代人说普通话的故事。在普通话的追梦路上，我们沐风栉雨，一路前行。

（作者单位：阳新县白沙镇潘桥中学）

普通话灿烂我的人生

戴晓霞

每届中考，我的学生们从考场出来，冲着我的第一句话就是：老师，听到您的声音了，在陌生的学校、陌生的考场听到您的声音，我们觉得好亲切啊，感觉就像平时坐在课堂上听您讲课一样。

我市中考考场的统一指令就是用的我的录音，用了将近十年了，还将继续用这套指令。2010 年，教育局中考筹备组准备中考各项事宜时，通知让一名省级普通话测试员去录中考指令。于是，我就与中考“约会”快十年了。

其实，我的普通话人生并不顺畅。

上小学那会儿，由于政策原因，孩子入学读书必须由父母单位开具证明，单位职工的孩子一起报名。当时，由于父亲所在的单位跟学校沟通不畅，导致 5 个孩子推迟一个月才入学，刚好把学拼音的一个月耽误过去了。由于拼音知识的缺乏，我的语文成绩一直不好。语文老师当班主任，整个小学阶段，在班主任面前我就很自卑，觉得自己是个差生，不敢举手发言，不敢找老师说话，不敢暴露自己“zh”“ch”与“z”“c”不分的普通话。我在整个义务教育阶段，害怕拼音，害怕讲普通话。

上高中，我去了当年全国非常贫困的县的一中。春天，需要学生放月假，带几斤草去学校操场种草坪；秋天，需要我们在操场花坛的角落里割杂草。课堂上，除了年轻的语文老师之外，其他老师都用方言讲课。课后，来自各乡镇的同学都说着各自的方言。高中三年，我与普通话几乎隔绝。

1997 年，刚进入大学的我，在一次学生活动结束后，对同学说：“结束了，我们 zhou（走）吧！”在场的同学一片哗然，纷纷哄笑，还有人不断地模仿我的“zhou”。我红着脸，自尊心受到了极大的伤害。从此，我便有意识地练习说普通话。机缘巧合，正在此时，学院老师们组织我们参加普通话培训和测试，要求我们必须考取二级甲等证书，才能大学毕业。于是，我就起早贪黑地抱着书读。实际上还是懵懵懂懂的，不知道缺点，不知道缺陷，不知道与标准语音的差距，更不知道什么样的语音面貌才是真正的标准。

一年之后，迎来了普通话测试，我以 87.8 分的成绩获得了人生第一个普通话等级证书——二级甲等证书。

2001 年大学毕业，我进入了一所小学教一年级的语文课，从“ɑ、o、e”开始教不识字的一年级学生认字。每个声母、每个韵母、每个音节，我带着学生不断练习、熟记，一边教学生自己也一边学习。我知道了每个韵母发音时在口腔的部位，分清了平舌与翘舌，分清了鼻音 n 与边音 l，知道了二声与上声的区别，知道了怎么发音才更响亮。

两年之后，从家长和孩子们的赞许里，我感觉到自己的普通话变得标准与好听起来，于是底气十足地去省里参加了测试员的培训与考试。听国家级测试员讲课，与各地优秀的测试员交流，让我看到了自己的不足，找到了自己的缺陷，明白了自己在大学时代为啥只有 87.8 分的水平。培训结束了，我拿到了人生的第二张普通话等级证书——一级乙等证书。从省城回家时，我怀揣着省级普通话测试员资格证书，心情万分激动。

拿到一级乙等的证书后，我得到了许多展示的机会，也开启了灿烂的普通话人生。学校、教育局、社区有大型活动时，组织方会请我去做主持。一路走来，竟然成了业余主持中的“专业”。

感谢普通话测试，让我一次又一次得到进步。感谢省级测试员这一身份，让我得到了很多展示的机会，得到了自信，得到了单位、社会的认可。我相信，此后我的人生更将“直挂云帆济沧海”。

（作者单位：黄冈市黄州西湖中学）

放飞梦想

殷显芳

我永远忘不了1994年的秋天。那一天，我背起行囊，第一次坐上公共汽车，离开了生活15年的小山村，来到一个陌生的师范学校求学。一到目的地，看到陌生的同学和老师，我憋得满脸通红，因为我不敢开口说话，也不敢抬头看他们，担心自己那满口的方言，会让同学们笑话。尤其是班级开展自我介绍活动，那些来自城市里的同学大方自信地走上讲台，眉飞色舞，侃侃而谈，而我只能操着一口浓重的乡音，在极度不安的情况下草草收场。在那时，我暗下决心，自己一定要像那些同学一样，说一口流利的普通话，但自卑笼罩了我整个师范一年级的学习生涯。

虽然那段时间很灰暗，但很庆幸在那段人生旅途中，我遇到了一位人生导师——孙林老师，她就像一束光，照亮了我的整个师范生活。孙老师的声音总是那样婉转动听，如山涧中潺潺的流水，如大海中滚滚的浪花。每次上课前，她总像播音员那样给我们读上一段最新发生的社会新闻，或者聊上几段奇闻轶事。按她的话说，学生们就要“风声雨声读书声声声入耳，家事国事天下事事事关心”。这对我们这些“两耳不闻窗外事，一心只读圣贤书”的学生来说，简直像天籁之音，一个个都陶醉在孙老师的课堂中，连平时那些不爱听讲的同学在她的课堂上也打起精神，听得津津有味。孙老师除了声音好听，还反复强调师范生必须说一口流利的普通话，耐心教导我们学习普通话的技巧。作为农村孩子，乡音重，发音不准，孙老师特意给我们单独辅导。在她正确的教导下，我的普通话水平突飞猛进，终于在毕业前参加的普通话考试中获得了二级乙等证书。

1997年的秋天，我光荣地成为一名人民教师，而且是语文教师。我所任教的学校是一所农村学校。当踏入这所小学时，我就在心里默默发誓，一定要教会学生说一口流利的普通话。哪怕是农村的孩子，我也一定要让他们说一口流利的普通话，让他们不再像当初的我一样胆小自卑，不敢与人沟通交流，让他们能像城里的孩子一样充满自信地去拥抱未来的生活。我是这样想的，也是这样做的。在课堂上，我利用课本中的文章，要求学生读准每个字音。在读文章时，我总是先自己范读，或利用一些先进的教学手段播放音频，让学生学习和模仿。除此之外，我总是在课堂上饱含激情，抑扬顿挫，用我的激情去感染每个学生。课堂下，我会开展各种活动，激发学生学习普通话的兴趣，例如朗诵比赛、演讲比赛等，锻炼学生的胆量，帮助学生树立自信心。课间交流时，我也会让学生尽量使用普通话，这样能提高普通话水平。

要想学好普通话，首先从拼音练起，尤其是安陆人对鼻音 n 和边音 l 区分不开，鼻音 n 和边音 l 发音部位一样。我找准窍门后，就经常练习。有时为了读准一个拼音，经常练到嘴巴发痛，舌头发硬。然后我还做生活的有心人，看电视、听广播的时候注意主持人的发音，并默默跟读，寻找说普通话的感觉。功夫不负有心人，经过长时间的练习，在 2010 年的教师节表彰大会上，我代表学校参加了演讲比赛。当我字正腔圆、激情澎湃的演讲结束时，台下响起了雷鸣般的掌声。从掌声中，我深深感受到了说一口流利的普通话带给我的自信。曾经那个连口都不敢张、头都不敢抬的小姑娘，现在终于能站在人生的舞台上，尽情展现自己的才华了。

苏霍姆林斯基曾说：教育的艺术首先包括说话的艺术。教师的教学效果很大程度上取决于其语言表达能力。因此，作为教师，我必须学好普通话，并且教会我的学生说好普通话。美国著名心理学家威廉·詹姆斯曾说："播下一个行动，收获一种习惯；播下一种习惯，收获一种性格；播下一种性格，收获一种命运。"教师是人类灵魂的工程师，一个好的老师可能会改变孩子一生的命运。在今后的教学生涯中，我会一如既往地坚持我的初衷，说好普通话，并且教导每个学生养成坚持说普通话的习惯。

心，因为有了方向，所以才执着。梦想，因为有了方向，所以才飞翔。21 世纪是一个竞争的世纪，我们的学习和生活都离不开普通话，只有掌握普通话这把钥匙，才能游刃有余地驰骋在疆场上，把握各种机遇，为中国梦挥洒自己的热血。

（作者单位：安陆市李店镇中心小学）

普通话开启我的别样人生

彭　杨

人生的奇妙之处总是在你想象之外，水变成冰，雪化成水，总有一座灯塔是属于你的，它经常以你不曾设想的道路，用别样的方式去实现最初的期许。

我小学的语文启蒙老师叫曾庆芳，是我们当地最早的一批中师毕业生。她长什么样子，在我印象中早已模糊了，只记得她开口说第一句话时，我们就觉得她和其他人不一样，说话特别好听，特别吸引我们。

她有红花和红旗的印章，凡是上课和完成作业优秀的学生，就可以在书上盖一枚小红花；凡是早上前三名到校并认真读书的学生，就可以在教室后面的展示板上盖一面小红旗。我们是“生在红旗下，长在新中国”的一代，对于红花和红旗有着特别的自豪感，这样的奖励简直是无上荣光。我不免在心里打起了“小九九”——盖在书上是给自己欣赏的，而盖在教室展示板上的可以在同学面前显示自己的优秀，于是我下定决心要每天争取前三名到校。那时，我的哥哥是初中体育队的核心成员，每天早上6:30要到校进行体育训练，我就缠着哥哥让他每天早上和我一起上学，一来有个“忠实的保镖”，可以解决我独自走路的恐惧；二来可以让他监督，以免我坚持不下来。教室里的白炽灯是七点以后才通电，夏天天亮得早还好，可到了冬天，七点以前的天还是黑乎乎的，就只能靠教室走廊上微弱的灯光读书了，更别提什么取暖设备了。教室一到了冬天就像个大冰窖，异常寒冷。曾老师会组织我们几个最早到校的学生一起生火取暖，红通通的火苗燃烧起来，大家的心都被火光照得亮堂堂的。就这样，我一直坚持着，除了我得的红旗是全班最多的以外，我的学习成绩也是第一，特别是语文，几乎没有题目能难住我。我也顺理成章地成了老师的小助手，组织全班同学进行朝读。

我上小学是在20世纪80年代初，那时条件有限，大家获取知识的途径很少，除了电视就是书。而我发现每天早上六点钟上学路上的广播会准时播出中央人民广播电台的《新闻与报纸摘要》节目，有时，我会边走边跟着广播里的播音员念念有词，在每天的耳濡目染中，渐渐地，我发现我说的话和广播里的越来越像，这让我很兴奋。小学六年里，班里和学校的朗诵、演讲活动都留下了我的身影。

那时，我们还不知道什么叫普通话，那是一个“学好数理化，走遍天下都不怕”的年代。高中分文理科时，选择文科的同学像是矮人一截，看人的目光都带有怯怯的不自信。经过激烈的思想斗争，我选择了文科，各科老师轮番上阵、父母苦口婆心地劝说也没能改变我的主意。高考填报志愿时，我才真正理解了老师们的良苦用心。

总算是跌跌撞撞地进了大学的校门，却极其顺利地进了校广播台，据说广播台的录取比率堪比现在考上“985”，这让我很是得意。临近毕业时，恰逢湖北在师范院校开展首次普通话水平测试，当时我们对这个测试都很茫然，离测试又只有两个月的时间。学校立即召集了一批普通话学生推广员，经过简单培训后我们就上岗了。我被分到数学系，“光棍系”还真是名副其实，密密麻麻的阶梯教室里只有零星几个女生。说是普通话培训，其实也只是从简单的a、o、e开始，大家都是“摸着石头过河”。几天后，一个人悄悄地引起了我的注意：每次他都抢坐在第一排；每次上课，他都认真地记笔记；每次上完课，他都会塞给我一张小纸条，上面列满了一条条请教的问题。对这个特别刻苦的学生，上课时我会特意关照他，多给他练习的机会，及时给予纠正。后来才知道，他来自贫困农村，从小没说过普通话，拼音早已忘得一干二净，现在只能一切从零开始。以后我就经常找机会给他开“小灶”，在帮助他的同时，我也积累了很多土办法，像“手势辅助发音法”就被很多推广员借鉴。他以前不用普通话交流，语感较差，我就鼓励他从听、模仿着手。渐渐地，他能用普通话与人正常交流了，从最初的没话找话到总有说不完的话题。测试的时间一天天逼近，我也和数学系的学生们打得火热。考试的前一天，我的使命已完成，数学系全体学生还特意为我举办了欢送会。会上，有人读绕口令，有人来三句半，有人朗诵诗……我真是太感动了。更让我惊喜的是，他居然朗诵了一首自己写的诗——《献给我的普通话老师》。还没跨出校门，我就体验了一把为师的小小成就感。

毕业分配时，由于普通话成绩优异，学外语的我居然阴差阳错地成为一名普通话老师，这一切真是天意。

“失之东隅，收之桑榆。”我们老祖宗这个成语真是道尽了人间的悲喜。现在的我，是一名普通话专业教师，也是一名国家级普通话测试员，不仅教授学生们学习普通话，更致力向全社会推广普通话。推普工作任重而道远，实现中华民族几千年来“书同文、语同音”的梦想，还需要付出艰苦的努力。

回首我四十多年的人生路，从启蒙时对普通话产生的浓厚兴趣到现在每天的学习和工作，已然与普通话有着不解之缘。普通话真正开启了我的生活，让我的人生变得更精彩。

（作者单位：荆门职业学院）

乘着普通话的翅膀

詹红娟

一

山丘上破旧的教室，方言版的语文课堂，我在三年级以前从没在真实生活中听过普通话，这应该是当时和我一样的农村小学生的真实写照。在一个春季的周末，我代表学校参加五校联赛，语文考试中有一题是词语听写，监考老师带着重重的鼻音重复读出“qīng tíng”一词时，我顿时蒙了……一场考试下来，那沉重的挫败感淹没了回家路上的油菜花香。

在我们村通上电以前，我偶尔瞅着机会跟着哥哥或村里的大人们走很远去邻村瞄一眼电视，看的应该是现在我们熟悉的配音版港剧。清晨，我踩着露珠跑到学校早读，在班主任进教室以前，听到有些同学笑谈电视剧里有趣的情节，偶尔还有模有样地学着电视剧里的台词——当然是普通话版的，我羡慕啊，什么声音竟让我如此向往！

二

后来在省城上班的爸爸从武汉带回一台砖头模样、身上长着几个按钮的收音机，里面传出的各种声音，开启了我对普通话的新认识。慢慢地，我将方言和普通话对应上，去感受、去聆听、去思考……那是一段快乐的时光。

我最喜欢的是中央人民广播电台的节目，播报新闻的是字正腔圆的浑厚男声或严肃庄重的女声；娱乐时段有单田芳的评书；天气预报是妈妈的专属节目。湖北人民广播电台、楚天音乐频道，都是我和哥哥抢着收听的频道。每天傍晚有个点播歌曲的节目，听众打电话或写信到电台为朋友或亲人送上祝福，点播的歌曲都是当时的流行曲目。那时候特别喜欢主持人那甜美的声音，听着那优美熟悉的旋律，我全然忘却了额头挂着的汗水、裤脚卷起的泥巴。

那个音乐频道一直伴随着我到初中阶段。暑假双抢的季节，我和哥哥们有收音机的陪伴，快乐自然多了不少。尤其在插秧的时候，我们都会带上收音机，把它当宝贝一样保护得好好的，给它一个专属保镖——竹篮，还给它准备了一个帽子防晒。我们一致的选择是收听音乐节目，每隔十分钟左右，我们就抢着从秧田里跳出来给收音机挪位子，好让一个个音乐故事和一首首歌曲离我们近一点。秧插歪了，泥巴溅到脸上了，妈妈的骂声也来了，但脸上却是满足的笑容。播报天气预报的时候，我们会把声音调到最大，好让附近干活的乡亲们也能听得见；如果恰好有个挑着秧苗经过的草帽叔，也会驻足听完天气情况再走。当时心里暗暗地奇怪着呢，收音机里的普通话，自然地被我们转换成方言版的对应信息了。比如天气预报常用的“北风”，我们的方言是“bé hōng”。

升入初中后，我就开始住校了，周末回家做些家务的时候也都带着收音机。新闻节目、音乐节目依然是最爱。初中的课堂上老师仍然是讲方言的，语文课也不例外。我和好朋友偶尔试着用普通话读宋词，那时候我们比赛谁背得快，先一起慢读，确认我们的读音一样，觉得两个人意见一致就是对的。

有收音机和好朋友的陪伴，不知不觉中我能够轻松自如地在方言和普通话之间切换了，然而，当我遇到另一种方言时就尴尬了。寒暑假是我和哥哥们能去武汉开眼界、体验城市生活的好时机。一般夏天，我们会在农忙到来之前去武汉和爸爸住上一周或两周，然后跟爸爸一起回家开启挥汗的“双抢”模式。从农村到城市，我和哥哥们都充满好奇，又充满了恐惧，我最怕的是跟人交流。爸爸的同事来自湖北多地，黄冈、孝感、十堰等，我当时最怕和他们说话了，他们的方言和我们的差别很大，我不知如何应答。最担心的是坐公交车，售票员都操着武汉话，报站名都是武汉话，我生怕自己因听不懂而错过。

上高中的时候，学校有广播台了，同学中有两个优秀的入选。那时我胆子小，不敢大方表现自己，但能挑出广播台里播音员的语音问题，因此得到同学的认可，小小地自信了一把。高中的课堂依然是方言课堂，语文老师是个戴眼镜的儒雅老先生，对我们要求严格，尤其注重我们的朗读，要求我们流畅，有感情。我因为胆小，从不敢在课堂上大声朗读。有一次被老师点到了，朗读《天山景物记》里的片段。因为我很喜欢那篇课文，早自习认真读过多遍，虽然在站起来的那一刻有点紧张，但还是用普通话流畅地读完了那一段，老师和同学投来赞许的目光。那一刻，我的信心如潮水涨了一次又一次。

三

直到大学期间，才开启了真正的“全日制普通话”。我们来自不同省市，自然就需要用普通话交流。课堂也变成了普通话课堂，虽然有的课堂上老师带着方言的味道，但不影响我对知识的接收和理解。有些外省来的同学听不懂我们的“黄普”，我们在课下会互相帮助，笑谈方言和普通话词语、语调对应上的区别，坚决不让语言成为学习的障碍。

大一课程里我最喜欢上的课是“普通话”，使用的教材是邢先生主编的《普通话培训测试教程》，从理论知识学习到声韵调、字、词、作品朗读、说话的各种训练。因为发自内心的热爱，心底暗藏的那么一点点信心，都源于普通话。上课的王老师是那么优雅、美丽，苗条的身材，白皙的皮肤，板书也潇洒隽永。第一次课我就暗暗定下目标：普通话考试一定要考出好成绩，至少要考个一级乙等。期末考试的时候，我因太想考出好成绩而紧张出错，在 20 分的选择题上“翻船”了，因为没有仔细看答题卡上的序号而出错，考试结束后我懊恼不已。不料成绩出来的那一刻，却是宠辱不惊的 79 分，这对我来说意味着平时的努力还是得到了回报。如果在考场不因紧张而出错的话，我是有考出高分的潜力的。努力的日子，会让人觉得时光飞逝，同时收获满满。一年的听练，我终于从容地走进了普通话测试的考场，最终如愿以偿，考了 93 分，获得一级乙等证书。大学阶段，我参加了很多场考试，只有这一场考试我最有信心，因为热爱而投入。那认真的劲儿，感动了室友，也感动了自己。

工作以后我仍未止步，于 2005 年 7 月有幸参加了湖北省普通话测试员资格考核培训班学习，并成功晋级为省级测试员。每一个测试员在培训之初都觉得自己已经是一级乙等水平，个个骄傲着呢，可培训老师一开始上课，每个音仔细抠，要求字正腔圆，我的发音缺陷顿时显露无遗。同班同学也一个个都不敢开口了，因为开口即错的可多了。培训老师让我们一次次听，一次次给我们纠正，让我和同伴们一起练习，互相听辨。这又是一段难忘的经历。

四

2012 年初，我报名申请国家汉办和美国大学理事会的合作项目——赴美汉语教师志愿者。当初在普通话训练路上慢慢成长起来的信心，让我在层层面试中脱颖而出，入选湖北五人团。来自全国各地的近两百名志愿者在北京师范大学接受专业的岗前培训。我们不仅要说好普通话，还要能教好普通话，拼音、声调都是一个个训练点；汉字、词语的书写、应用都是我们教学的内容；书法、水墨画、太极、曲艺等中国传统文化的培训效果明显。经过专业培训，我们个个“身怀绝技”，飞向美国的中小学，成了一个个汉语言及文化的传播使者。

两年的沉浸式汉语教学，我收获颇丰。那一群金发碧眼的孩子们跟着我一遍遍朗读课文、学唱儿歌、练习绘本，他们多数能熟练掌握四声的发声特点，准确发音。汉语沉浸式教学的特点之一是三年级以前不学汉语拼音，以防与母语的拼读混淆。我教的孩子们是一年级的小可爱们，跳过拼音认读汉字、词语、句子。当你让孩子们在地毯上用各色积木拼汉字时，他们总会让你吃惊——他们不仅可以正确地拼出汉字，而且能准确地读出来。一年后，他们会用普通话简单地表达自己的想法，尽管有时候需要借助手势和图片，但是我完全能明白他们的心声。我们之间的默契源于每天在一起的沉浸式语言陪伴。

难忘的汉语教学经历，积淀了我前进的动力，乘着普通话的翅膀，我飞向了更广阔的知识领域——国际中文教育。系统地学习现代汉语言专业知识、语言学理论与实践，在导师的指导下，开始了我的学术研究之路。

（作者单位：黄冈师范学院）

携梦想勇往直前

聂小妮

我出生在应城市一个依山傍水的小山村，祖祖辈辈都是农民，世世代代都说着方言。那时候，父亲虽读过高中，但他忙于农活，没有时间关注我的学习。幸运的是，在我读小学时，遇到了马老师。在那个贫穷、闭塞的地方，她就像一汪清泉，滋润着我干涸的心田。课上，她用普通话声情并茂地朗读课文，讲的故事娓娓动听，匡衡凿壁借光，红军爬雪山、过草地，周恩来为中华之崛起而读书……课下，在大樟树下和我们一起唱歌，那字正腔圆的普通话，那婉转的歌声，简直就是天籁之音。她让我们知道了许多新鲜事，带给了我们无穷的快乐。我是多么崇拜她、喜欢她。我好奇地问她："老师，您说话怎么这么好听呀？"她摸着我的头，笑着说："这叫普通话，是一种人人都听得懂的语言。当老师就要会说普通话。"从那时起，说好普通话的梦就在我的心中生根、发芽。

中考后，我毅然选择了读师范。当我拿到录取通知书时，心中有说不出的喜悦、酸楚、激动……我带着生活的希望，带着家人的期望，带着儿时的梦想，开始了新的学习。学校就是一个大家庭，来自五湖四海的同学，让我觉得非常陌生。刚去学校时，我每天说的是方言，即使有时能说出几句蹩脚的普通话，也像鹦鹉学舌。由于地域差异，我们应城人不分翘舌音、平舌音、鼻音、边音。记得那次老师让我发试卷，有个同学没有写名字，我只好站在讲台上，大声问道："这是哪位同学的试卷（zhuàn）？"话刚说完，立即引来哄堂大笑。我真恨不得找个地洞钻进去。还好，立即有人上来认领了试卷。我一溜烟回到了座位上。

从那以后，我就暗下决心：一定要练好普通话。虽然我每天都很认真地练习，但一段时间后，还是没有什么变化。前鼻音、后鼻音、翘舌音、平舌音、鼻音、边音对我来说是道过不去的坎。我沮丧地向老师求助，老师耐心地告诉我，语言不仅需要每天练习，还需要一个良好的语言环境。如果你周边的人都说方言，那你的口音就很难改正。“你和老乡们在一起是不是经常说本地话?”我恍然大悟，和老乡一直都是用方言交流，难怪我始终改不了浓重的口音。于是，我给自己约法三章，无论何时何地都用普通话交流。

三年后，我师范毕业，被分配到下面的一所农村小学，那正是我的母校，那里有我儿时的梦。

初进校园，一切是那么熟悉，樟树依旧生机勃勃，马老师还是那么和蔼可亲，只是鬓角增添了几缕白发，原来的小瓦房已经变成了两层高的楼房……望着那一双双求知若渴的眼睛，我顿时感到肩上的责任重大，似乎也看到了当年我在这读书的身影，多么希望能把我学到的东西全部教给他们。就这样，我一边努力工作，一边认真学习，积极参加教育局举办的演讲比赛、说课活动等，坚持听《新闻联播》，坚持朗读文章和录音，及时发现并纠正发音的问题。

站在三尺讲台上，我深感一名语文老师的责任重大。说好普通话、学好普通话是学习语文的一个重要途径。刚开始，孩子们的普通话都不标准，说起来别别扭扭的，我绞尽脑汁，让他们在游戏中提高普通话水平，坚持多听、多读、多说的原则。每天早晨听“小广播”（自选的朗读音频），多给孩子说普通话的机会，如讲故事、诵古诗，谈自己的所见所闻等。比如，讲《陶罐和铁罐》的故事时，我采用角色表演的方式，让孩子们模拟陶罐和铁罐的语言，在游戏中学习普通话。我还给孩子们读绕口令，讲关于普通话的笑话，在随意、自然、无拘无束的氛围中，孩子们说普通话的积极性提高了。我趁热打铁，运用评价、鼓励手段，辅导他们发音，奖励那些普通话说得好的同学。我还让孩子们推选了一个推普员和五个小组长，引导、带动孩子们说普通话。为了营造学习普通话的氛围，我把课堂上的精彩朗读拍成视频，发到班级学习群，分享学习的快乐。同时还发动家长，让他们把孩子在课外的精彩片段也记录下来，一起分享。渐渐地，孩子们尝到了学习普通话的甜头，学习语文的积极性高了，朗读课文的能力强了，字词基础也牢了，说脏话的也少了。

细细回味我的普通话梦，留给我更多的是精彩。我体会到了人与人之间沟通的重要性，也深深地领悟了汉语言中蕴含的文化。

“衣带渐宽终不悔，为伊消得人憔悴。”年龄在变，能力在变，心态在变，社会在变，唯独不变的是我对普通话的执着与坚守。不忘初心，珍惜当下，携梦想勇往直前。

（作者单位：应城市开发区学校）

追梦路上

黄　丽

我想成为一名老师，一名不仅博学多才，还能用一口流利的普通话教学的老师。从此，我的追梦之旅就开始了。

我出生在农村，父母都是一辈子扎根农村教育的老师。我的父亲是个非常优秀的初中理科老师，擅长数学、物理、化学的教学工作。学校缺什么科目的老师，他就带什么，唯一的不足就是不会讲普通话。不过，那时候农村学校没有规定必须用普通话进行课堂教学，大部分老师都用方言讲课。父亲那蹩脚的夹杂着浓重方言的普通话，让他一辈子待在了农村学校，无法调到城里工作。

我的母亲可不一样，她是渔家姑娘，家庭比较富裕，虽然是女孩，但是外公外婆让她接受了很好的教育。她活泼开朗、乐观大方，是我们小学唯一会说普通话的老师，因此成为我们那里最受欢迎的老师。小时候听母亲操着流利的普通话跟学生上课，我仿佛听着清脆悦耳的歌曲，心里十分仰慕。她的学生都非常喜欢上她的课，不光因为她教学水平高，更因为她那柔和动听的普通话。良好的教学能力是母亲职业生涯的一顶桂冠，而标准的普通话是桂冠上耀眼的红花，为母亲的职业形象增光添彩。因此，母亲很受领导们赏识，受家长们尊敬，受孩子们爱戴，每年都获得一大堆荣誉证书和奖品，我记得拿回家最多的奖品是开水瓶、被单和被套等物品，母亲经常把它们作为礼物送给亲戚朋友。小小的我看在眼里，记在心里，暗暗下决心：长大了，我也要成为像妈妈那样的人。这个梦想，就像一粒种子，播种在我幼小的心灵里，尽管微小，相信一定可以开花、结果。

小学时，我一直在村里的一所小学读书，那时不管是老师还是学生，抑或是家长，甚至是身边所有的人，会说普通话的寥寥无几。在我们的观念里，会不会说普通话并没有那么重要，我们都说着一样的家乡方言，没有沟通的障碍。

后来我到镇上的一所中学读书，那时我才发现大家课堂上不说方言，他们都用普通话交流，我怯生生地观察着这个陌生的班集体，从不敢主动开口讲话。有同学主动跟我交流，我总是低着头，用夹杂着方言的普通话小声地回答。连上课时老师让我回答问题，我也是紧张得全身发抖，吓得面红耳赤，声音跟蚊子一样小。慢慢地，老师们都不愿意点我回答问题了，语言的障碍让我开始变得不自信了。

中考成绩出来后，我没有选择读高中，而是去了远离家乡的一所师范学校就读。15 岁的我告别父母，远离家乡，当时脑海里只有一个念头：我要努力学习各项教学技能，尤其要学好普通话。在那里，非常幸运地遇到了我学习生涯的“引路人”——湖北省普通话测试员孙和平老师，她是我的班主任，和蔼可亲，脸上总是带着微笑，尤其是她那富有磁性的女中音、一口纯正的普通话，深深地吸引着我，我开始了“疯狂”的练习模式……三年的外地求学，勤学苦练。功夫不负有心人，我完全克服了阳新人的通病——平翘舌不分，并取得了普通话水平测试的合格证，还被评为“优秀推普员”。我终于可以说一口流利的普通话了，再也不会在跟别人交流时紧张得满脸发红了，可以自信地面对我的学生和家长了。

师范毕业后，我毅然回到了生我养我的家乡，在我的母亲奋斗了一辈子的那所农村小学上班，我想尽最大的力量为家乡的教育事业做贡献。面对这一群“放牛娃”，课内，我坚持用普通话教学；课外，我提倡礼貌用语进校园。利用课余时间开办普通话培训班，带领同事们一起学习普通话；在家长会上，号召家长们在家和孩子一起说普通话。一段时间后，我很高兴地看到，学校里同学们主动地使用普通话，普通话已经成为课堂语言、校园语言。同学们形成了坚持说普通话的良好习惯，“请、谢谢、对不起”等礼貌用语在校园里广泛使用。在校园里普及、使用普通话，既可以提高交流效率，规范师生言行，又可以增强师生文明意识，美化校园育人环境。同学们的文明举止，促进了相互之间的团结友爱，班风变好了，学风变浓了，我所带班级年年被评为“优秀班集体”，我个人也被授予“优秀教师”称号。因为工作表现出色，后来被选派到湖北师范学院继续学习，进行四年的脱产进修。

现在我是富川中学的一名英语老师。扎实的普通话基本功，更有助于我教好英语。

弹指一挥间，我已经在三尺讲台上辛勤耕耘了20个春夏秋冬，在日常教学中，我引导学生们学习西方语言文化的同时，也鼓励他们学好自己的母语、练好普通话，并开展了一系列的双语经典诵读活动，取得了非常好的教学效果。我也有了自己的家庭和两个可爱的孩子。最先给孩子教的不是方言，也不是英语，而是标准的普通话。在我家，普通话已经成为家庭语言。我将坚持在社会生活中使用普通话，为城市形象的塑造、城市文明程度的提高尽一份力。

（作者单位：阳新县富川中学）

使命的接力

唐金霞

我出生在湖北枣阳一个小乡镇，从小学到高中，学校里除了少数老师讲课用普通话，班上同学几乎都不说普通话。那时的我们，环境比较闭塞，仿佛谁说了普通话，就显得与环境格格不入，同学之间都会觉得做作、煽情。

2007 年 9 月，18 岁的我有幸考上了湖北第二师范学院英语教育系，从一个小县城来到了我们的省会武汉市。班上的同学们来自五湖四海，为了不产生隔阂和误会，我也会学着用普通话与其他人交流。好在高中之前自己的语文成绩不错，再加上确实口齿伶俐，我的普通话竟也能得到同学们的好评，我不禁为自己的灵活应变能力点赞。

大一的时候，系里开了普通话课。作为师范专业的我们，不管将来任教哪一门课，普通话必须要过关。我琢磨着，普通话这么简单，简直太适合我了，还需要用功去学吗？而后来的学习历程，让我的这种小骄傲的心态被击得粉碎。

教我们普通话的老师，虽然我早已忘记了她的名字，可她是大学里我印象最深的老师之一。她淡黄色的头发，短短的波浪卷，端庄的姿态，一举一动都流露出作为语言文字老师的气质。老师的普通话说得优雅得体，字字珠玑，让人如沐春风。我们听她讲唐诗宋词，听她讲外国文学，听她讲育儿理念，更崇拜她那丰富的阅历。她也是来自枣阳的一个小乡镇，一路求学一路拼搏，那时的她不仅是一名优秀的大学教师、一名语言文字工作者，而且普通话水平是一级甲等，还是湖北省普通话水平测试员，我对她的崇拜之情更是犹如黄河之水，滔滔不绝。

崇拜归崇拜，学习还得继续，而真正让我感觉到挫败感的是那一次上课。那天，老师让班上的同学们依次到讲台上朗读课文，对自己充满自信的我，第一个举手到讲台上朗读了一篇我比较熟悉的文章。本以为会得到老师的赞许，谁知老师却说：如果是100分的满分，你只能得到70分。老师说：“你有湖北人的通病，鼻音和边音分不清楚。n和l不分，自己感觉不到，可是懂的人一下子就能听出来。”这样的评价给了我当头一棒，心里难受极了。老师的点评应验了我的实力，因为接下来有一场全省的普通话水平测试。在老师鼓励下，我也积极报名，想测验一下自己的真实水平。第一次考试，结果确实不尽如人意，二级乙等。虽然这个成绩符合毕业的要求，但不符合自己的要求。

从那以后，我严格要求自己，认真听讲，认真总结，认真练习。我私底下找到老师，请老师指出我的问题所在。老师说：“你有湖北人的通病，鼻音和边音不分的问题，你需要努力练习。同时，你的情感不够，你的语音语调也要加强。”伴着老师的鼓励，每天早读，我一定会精读书里面的一篇文章，咬文嚼字，抑扬顿挫，平仄韵律争取做到不出错。紧接着是第二次普通话考试，我再次报名参加。成绩出来了，比第一次有所进步，但还是二级乙等，我仍然不满意。我要向我的老师看齐，更要向曾经那个傲慢的自己证明，我可以，我的目标是一级乙等。

在别人看来，这么简单的普通话考试，为何要考这么多次，那是因为我知道自己要的是什么。为了备战第三次考试，我更加刻苦练习。除了认真读熟、练熟普通话用书，我每天都会听《新闻联播》和收音机里主播的发声。由于那时候条件有限，网络不发达，我每天中午和傍晚就守在学校食堂的电视机面前，只为学习主持人的普通话。晚上下了晚自习，我找到班上普通话说得好的同学，在她面前认真读几篇文章，让她帮我听听哪里有问题。生活中，我也时刻要求自己与他人说话的时候，注意鼻音和边音的区别，力求做到理论和实践相结合。

说让人听懂的普通话简单，可说标准的普通话很难。我的缺点总是让我稍不留神就丢分。除了练习，没有捷径可走。那时，我才发现我的老师，水平能达到一级甲等，该有多么不容易。

经过几个月的刻苦练习，第三次普通话考试中我终于突破了90分，取得了一级乙等的好成绩。我非常开心，付出的努力有了收获，而这种收获的快乐，是任何事物无法比拟的。大学里我更加自信了，曾经那个以为自己天生能说一口漂亮普通话的我，经历了挫败，经过了努力，可以真正地说一口流利标准的普通话了。

时光荏苒，大学四年转眼即逝，毕业后的我几经周折，终于如愿以偿地成了一名光荣的人民教师。

2013 年，我作为一名省招老师来到襄阳市襄州区的一个农村小学任教。由于学校偏远，师资力量紧缺，我只好放弃我的英语专业，担任小学四年级一个班的语文老师。农村的孩子们知识面窄，没有环境的熏陶，普通话都很少说，有时候孩子们用方言交流，作为老师的我居然听不懂。汉语作为我们的母语，甚至是国际通用语言，普通话都说不好，怎能学得好语文呢？

一节课下来，听着孩子们读的课文，我真是哭笑不得：读书拖腔带调，鼻音、边音不分，平舌、卷舌不分，前鼻音、后鼻音更是乱七八糟。为了提高孩子们的语文成绩，我决定先从教普通话开始。

每天语文早读时间，我带领孩子们大声读课文，从简单的句子到复杂的句子，语速从慢到快。我选出班上普通话好的学生，以小组合作的形式，让读得好的同学带领其他同学读。作为班主任，我要求孩子们在学校必须用普通话来沟通。对那些实在不知道怎么发音的孩子，我会教他们发音技巧，让他们一点点地产生自信。课堂上，我更是声情并茂地朗读，用优美的语言带孩子们进入语文的天地。同时，以各种方法激励孩子们朗读出来。

普通话有了进步的孩子们，对语文的阅读课更是充满了兴趣。为了让同学们对课文中的人物和场景产生情感共鸣，我经常让他们进行角色扮演，排演话剧。他们自导自演的故事剧《狼和七只小羊》在学校的元旦晚会上，获得了老师和同学们的一致好评。

从小喜欢语文课的我就知道，阅读是学习语文的关键，朗读是语文学习的前提，感情是语文学习的灵魂。就这样，经过一年的学习，孩子们的语文成绩有了大幅的提高，不仅如此，他们也变得活泼开朗了许多，脸上经常洋溢着自信的笑容。更重要的是，他们接纳了我，愿意让我走进他们的内心。与他们谈心的时候，有好几个学生说，长大了想成为像我一样的老师。曾经那个不愿意教语文的我，慢慢地也享受起这份语文教学工作了，自此也想这样长长久久地教下去。

作为一名年轻教师，我经常参加学校和区里组织的各种活动，演讲比赛、讲课比赛、主持人大赛……各种活动，让我一次次展示自己的风采，展现自己的普通话水平，从而一点点地去感染身边的人。如今的我，作为一名小学教师，作为一名语言文字工作者，内心也一次次地感谢我的大学老师，感谢她对我的严格要求和无私的指导，才让我有了自信的基石，让我对以后的路更加坚定。今后我也会努力在自己的岗位上发光发热，像我的老师一样，用自己的光芒去影响更多的学生，让学生们用标准的普通话为人生增加无限的可能。

（作者单位：襄阳市襄州区实验小学）

儿时的梦想

田春虹

我是农村出生的孩子，在读小学至高中的时候，老师讲课一直用的是方言，同学之间的交流也是用方言。自小耳濡目染的也是地地道道的方言。偶尔去邻居家里看电视，每每听到电视里面的人那字正腔圆、悦耳动听的声音，我就羡慕不已，有时也会情不自禁地跟着他们说。可是每次看到我东施效颦的样子，小伙伴们都会捧腹大笑。在小伙伴们的嘲笑中我的声音也会戛然而止。直到有一天，城里来的表妹用一口流利又标准的普通话跟我交流，我才惊觉普通话离我竟是如此之近。可是怎样学说普通话呢？我不知道。此时的我很想将心中的疑问告诉表妹，可是害羞又胆小的我怕表妹笑话我的异想天开，话到嘴边又咽下了。

后来，我考上了师范大学，来到城里读书。报到的第一天，走在偌大的校园里，听着来自全国各地的同学说着自己的家乡话，可谓是“百花盛开，争奇斗艳”，但是他们说的什么，我一句也听不懂。偶尔也会有普通话的声音从耳畔飘过，我想这一定是在城里长大的孩子吧！

新学期的第一节课是语文基础知识课。这门课的向老师操着流利的普通话对我们说：“语言是人与人之间交往的纽带，是人与人之间沟通的桥梁，它能体现一个人的修养。作为一名中国人，我们要说好普通话。你们是未来的老师，肩负着教书育人的责任，是普通话的推行者，更要学好普通话。”说完之后，向老师就开始给我们上课。那一节课，我听得如痴如醉，真希望时间过慢一点，能让我多听听这世上最优美的语言。

课后我很想和同学们交流听课的感受，可是我一开口，他们就茫然地看着我，不知道我在说什么，幸好同寝室的同学都跟我来自同一个地方，我们交流起来没有障碍。那时，我想学说普通话的念头再次强烈地浮现在脑海里。

于是，我给自己树立了一个目标：在大学里，一定要学会说一口标准又流利的普通话，然后回到自己的家乡当老师，让家乡的孩子能说一口标准又流利的普通话，不要像如今的我这么尴尬。有了目标，上课的时候我就仔细聆听老师的每一句话；课下就找一个无人的僻静角落，学着老师的样子练习说普通话，每天早上也早早起床读文学作品。过了一段时间，我自认为学会了说普通话。当我再次大胆地和别的地方的同学交流时，他们竟然只能听懂我说的一部分内容，甚至有一次还闹了个笑话。记得那天，我看见隔壁寝室的女孩穿的鞋子很漂亮，我就对她说："你的孩子（我们家乡发音把'鞋子'叫'hái zi'）好美呀!"她听后生气地说："我还没结婚，哪里来的孩子?"看着她生气的样子，我一头雾水，不知道自己说错了什么，急忙解释道："你的孩子就是美嘛!"她没有再理我，就径直地走进了寝室。我尴尬地回到寝室，心想：我的普通话难道说错了吗?带着心中的疑问，我来到了向老师的办公室，把我跟隔壁室友的对话向他倾诉，同时也向他请教说好普通话的诀窍。他听后语重心长地对我说："要想说一口流利的普通话，首先要坚持每天说，同时在说的时候注意发现自己的问题并及时改正；其次要注意方言问题，避免方言与普通话混合发音，不要说方言普通话。像你跟隔壁室友说的夹着方言的普通话，别人哪能听得懂?你不仅要找到正确的训练方法，还要有针对性地练习；最后，每天应进行一些跟读训练，比如古诗词、诗歌、散文等练习。"听完老师的话，我才知道，说好普通话不是一件容易的事，不是随口说说就能把普通话说好的，也不是简简单单的读读就能有进步的，而是要讲究学习方法。

寒假过后，新的学期来到了。学校要求我们必须随时随地说普通话，而且还要参加普通话水平等级考试，考试不合格的就拿不到毕业证。之所以这么严格要求，是因为我们是未来的中小学教师，只有自己学好普通话，才能为学生起到示范作用。在这样的一个氛围中，再加上我刻苦训练，我的普通话水平进步很大，最终顺利地拿到了资格证书，达到了学校的要求。

毕业之后，我回到了家乡，成了一名小学语文教师。第一天上课，我就告诉孩子们，普通话是我们国家的共同语，是目前能在全国不同方言区域或不同民族之间起沟通作用的通用语言。作为中国娃，你们一定要学会普通话，说好普通话。在我的强烈要求下，孩子们认真地按照我教的方法去学习，刻苦地训练。功夫不负有心人，孩子们最后都能说一口标准又流利的普通话了。他们回到家里还耐心地教家人说普通话，真的是做到了学以致用。

时间过得可真快，一晃我已从教二十余载。在这二十多年里，我一直不忘初心，积极地向孩子们推广普通话，向周围的人宣传说普通话的好处，为我国普通话的普及事业贡献着自己的一份微薄之力。在时间的流逝中，我愈发地觉得说好普通话不仅仅是我的职业要求，更是对中国传统文化的一种继承和发扬。于是，不满足于现有水平的我，再次报名参加了普通话等级测试，并且拿到了一级乙等的证书。看着这本来之不易的证书，我由衷地感到高兴，因为我不仅提升了自己的普通话水平，而且圆满地实现了儿时的梦想。

（作者单位：孝感市孝南区杨店镇桃花驿小学）

开启我的普通话人生

万 淼

曾几何时，我作为一名武汉伢，在日常生活中坚决不说武汉话，却要一板一眼地咬着词儿，努力学说成人腔的普通话，成为我的家人、老师们津津乐道的趣事。虽然我的语音有着典型的南方语系，尤其是武汉方言的痕迹，祖传的大舌头更令我在“z、zh，c、ch，s、sh”这些拦路虎上屡屡败阵，但那时的我对说普通话，尤其是用普通话说出那些小孩儿们不懂的成语，有着莫名的执着。对于那颗幼小的心灵来说，普通话就是中国话。作为一名顶顶自豪的中国小朋友，怎么会有不说中国话这么可怕的事儿！

那个时候的我，有着充分的热情和自信，却没有足够的理论见识。随着年岁增长，我对普通话的认识，也就和一般人一样，停留在写写诗歌、朗诵名篇、参加辩论这些“有趣的”应用上了。学习、工作……有更多的目标、更多的执着，儿时的牙牙学语只是成长的微酸柠檬味儿，和其他许多人一样，我并没有想过这件事会有多么重要，直到我见识到了“飞龙在天”。

这是我任职于武汉交通职业学院时的事情。那个夏天，我们一帮学籍管理的同仁正热火朝天地交流着新生学籍业务，突然，一位同仁提出问题：“飞龙在天”是什么字？它读什么？它是不是规范字？为什么学生身份证上的姓名中有这个字，但它在各种官方数据库里，却是个方方正正的“□”，我们打字时也打不出来？

这是个有趣的小插曲。大家热烈探讨后，最终有老前辈告诉了我们：这个“龑”字读 yǎn，简体写法为“䶮”，是中国五代时南汉刘岩为自己名字造的字，字义就是“飞龙在天”。因为它寓意很好，所以在一些地方，仍然为孩子取这个名。由于那个时代，户籍登记所使用的计算机字库，并不是现在国内通用的标准，而是借用了其他地区的标准，所以上户籍可以使用这个字，但在如今升学、考级等应用了最新计算机字库的系统中，这个字无法识别，被定义为不匹配。当我们在工作中遇到这个字，一般面临的就是学生更改名字的业务了。

我仍记得，那个夏天，我是本着虚心学习的态度在一旁认真观摩的，却在那天下午清查本校学生数据时，遇到了我命运中的那条“龙”。我也记得，当我急着和相关同事反馈这个问题时，我们俩都觉得不可思议。这件事，让我对学生姓名中的生僻字，尤其是计算机识别不出来的，或已经停用的生僻字有了较大关注。这个时候，我也彻底明白，当初前辈们郑重推荐的工具网站“汉典”，它究竟有何等意义。作为一个专门用来查询字词解析的专业网站，一个从甲骨文到《说文解字》，再到《康熙字典》，旁征博引地把一个个字的前因后果、来龙去脉扒得透亮透亮的“神器”，它帮助我解决了一个又一个疑难杂“字”，也让我学习到了很多语言文字知识。而在工作中，我由衷地感觉到两点：其一是规范语言文字的重要性，它对于社会生活方方面面的基础性作用绝对不可忽视；其二就是国家语言文字的逐步规范及由此带动的语言文字规范尤其是计算机语言标准的确定，彰显了国家的长足发展，而我这个不起眼的为学生办理信息更改的工作，也在其中发挥着作用。这个认知鼓舞了我，我再次迸发了对学习普通话的强烈热情，报名参加了湖北省普通话水平测试员培训班。

那次封闭学习，对我来说意义重大。专家们深入浅出的讲解，从文化发展、文字变迁到发音技巧，令我大开眼界。在听老师们讲授时，我一直有一个“幻觉”，仿佛眼前有一条大河，它好像是黄河，又好像是长江，它扎根在我的血脉里，我能看到先辈们的历史，能听到文明的脉搏声。我仿佛像一只雏鸟，永远的雏鸟，贪婪地吸收着。即使是我那祖传的大舌头，令我最终没能通过普通话水平等级考核，从而与那一次测试员资格无缘，但那一个月，乃至之后的两年里，我的耳边一直回响着规范普通话的声音。我将培训光盘里的内容拷贝到随身听里，上下班、锻炼快走、出门游玩……任何合适的时间，我都在听着标准语音，同时嘴里跟着读出。我能听到标准读音的优美，能听到自己的读音在逐步标准，那优美的感觉仿佛旋律，让我如痴如醉。在听读中，在我的脑海里，身体各处血管、毛孔之中，那条河，还在演奏。

那段时光，美得我无法再想象。当时的我，能听到一点旁人的声音。“妈妈，叔叔在干什么?”“叔叔在练习普通话呢。”或许就是那个时候，我与推普结下了不解之缘。后来我到了学校普通话测试与语言文字工作的岗位，我甚至有些雀跃。我认真对待自己能够发挥作用的每一块阵地，精心书写推普周的活动倡议书，尽可能策划出有意思又有意义的推普活动方案；对于学校测试站更换独立机房配套的文化氛围改造，我实地学习，不断构思，悉心编辑内容，最终建了一条文化推普走廊……我既觉得广阔天地大有可为，所为大有意义，又觉得事关重大，不可草率行事。通过学习进步，让自己更具有专业性，这成为我在新岗位上最注意的一件事。

我迎来了机会。就在2021年夏天，我有幸被单位推荐参加湖北省语委干部语言文字能力提升班，这是我普通话人生当中另一个巨大的转折点。儿时的我，只是一个中华传统文化的小迷，一名诗词、写作爱好者；工作中的我，是被普通话、传统文化折服，为了工作而鞭策自己学习的“学生”；这一次培训，则教会了我如何成为一名语言文字工作者、一名普通话的传播者，它为我打开了格局。七大主题讲座，新时代我省语言文字工作的任务、书法有法、推普助力乡村振兴的意义和策略、语言学与人工智能、汉字演变与中华文明、中国共产党百年奋斗历程与基本经验、普通话与语言能力现代化，我系统性地学习，收获很多。从中，我感受到了语言文字联系着我们的过去与未来，明白了语言文字关系着我们的发展与复兴，清楚了语言文字工作赋予我们的责任并从中获取动力。而正如董中锋教授在讲授中总结的，“普通话是语言能力的重要组成部分，是国家主权的象征，是公民身份的标志，是文化认同的基础，是语言能力的核心”。普通话与普通话相关工作，是我们走在这条道路的长度，亦会成为我们人生的高度。

在那之后，我对待工作，不能不以热情来形容。恰好推普周工作开启部署，在学习了各级文件后，岗位推普一词在我脑海之中出现多次。学习也可以是在岗位上，普通话测试可以推动学习，而推普学习能促进测试的成效，传统文化则赋予以上两者目标与意义。这个推普周，我比较忙碌。光是方案就修改了两三次，还搭配了几个分支活动方案。我丰富了内容，扩充了线下的推普走廊；搭建了专门的线上推普学习平台，开始搞课程推普；精选中华思想文化术语解析工程的专家讲座和解析成果，传播传统思想文化；为学生做各专业名词的溯源和字解，推送说文解字等方面的线上课程；精选并推送方言解析、方言文化的线上课程，尝试方言推普……我几乎痴迷于架设推普结构、创建推普内容、配备推普活动的过程之中。我心中的河流又活跃了起来，它把我推向了一个更为广阔的天地。这一次，我只是在架设，在开头。但是这次做好了，后面我就可以不断完善，不断填充，搭建一座文化之塔，它需要短期推普与长期学习的结合。所以，我把普通话水平测试的通知、操作培训、测试知识和语音资源加入其中，做了一个测试推普的模块。

被这种构想所激励，我心中的河流放声歌唱，那是一种不断填充的幸福感，一种不断积累和成长的喜悦感，一种赋予人生力量与欢乐的神奇变化，似乎有点像是看着小女长成的老父亲，又像是刚搭建好城堡的小孩子，迫不及待地要成长，更热烈地投入建设之中。我似乎没有变，还是那个喜欢学说普通话的小孩子。但我确实变了，因为和普通话的这份缘分，这一刻，我享受到了非常幸福的人生。

我很开心地看到，我们的普通话测试变得每场爆满；我也很开心地听到，学生之间在热烈讨论普通话水平等级证书的重要性；我更期待的是，学生在关注测试之余，开始热烈讨论传统语言文字与文化。虽然我在书写我的普通话人生，但我的人生还长着呢，还有无限的可能和惊喜在等待着自己。一想到这里，文字就如小溪向前流淌，而我只希望我的这条小流水能汇入更宽阔的河流之中，加入更壮阔的洪流之中。

（作者单位：武汉交通职业学院）

希望成为她的样子

谈 娟

从小我生活在盐矿区，那时的条件非常优越，只是给我们上课的多是年长的老师，他们都不会说普通话，要说也是说地方特色的普通话。在那时，不管是年长的老师还是学生，抑或是家长，会说普通话的寥寥无几。在我们的观念里，会不会说普通话并没那么重要。我们都说着一样的家乡方言，没有沟通的障碍。一年年过去，我也上初中了，学校的老师都是从省城来的，他们说的都是普通话。听他们给我们上课后，我才发现说普通话真的很好听，慢慢地模仿去说。只是受地区的影响，也受年长老师的影响，我们平翘舌不分，但总算是学会了地方特色的普通话。

中学毕业后，我考入了孝感师范学校，印象最深的是方老师，她是我的语文基础知识老师，普通话特别牛，而且年轻漂亮，是我们打心眼里喜欢的老师。当知道她是省级普通话测试员的时候，我更希望成为她的样子。在师范的三年中，我也想成为方老师那样的老师，但只有空想，没有行动。记得有一次在纠正各地方言读音的时候，方老师把我点起来，她知道我平翘舌不分。我慢吞吞地站起来，不知道怎么读才好，因为我知道一开口就错，站着像哑了似的，感觉脸红得像熟透的苹果，最后她叫我坐下，但倔强的我坐下去又站起来，读出来了。那是我很尴尬的经历，虽有很多错误，但赢得了方老师的掌声。那一刻，我知道一定要学好普通话，当一个合格的老师。从那刻起，我在课堂上认真地跟她学习普通话；在寝室里每天都练习说普通话。因为性格比较内向，我平时说话不多，尤其是在公众场合，但是为了练习普通话，我逼着自己张口。很感谢班主任每天给我上台的机会，久而久之，胆怯的感觉慢慢消失了。一晃三年快要毕业了，老师和同学们都说我像变了一个人似的，变得活泼开朗、自信乐观了。

毕业之后，我被分配到盐矿学校教书。那是我的母校，那里有我的老师，那里有关于我成长的所有记忆，这让我倍感亲切。学校那时候有很多民办老师，当然普通话都不过关。有一年，省里通知要求他们取得普通话证书，而那一年，我却成了我老师的普通话老师。为了让我的老师能顺利过关，我陪着他一起练，陪着他一起考试。很巧合，在考试地点遇到了我的方老师，她以普通话测试员的身份出现在我面前，一眼就认出了我，考完试后我们聊了很多，让我很感动。

在我的教学中，我说着两种语言——英语和汉语。同是语言，都要求标准。在课堂上，当我听到学生不标准的普通话，我就会立即纠错，让他们尽可能说标准；在课后，他们找我聊天、谈心，我也要求他们用普通话交流；在家中，我和女儿常说普通话，久而久之，她习惯了说普通话。还记得女儿上初中的时候，我带她去武汉大学看樱花，常碰到外籍人，那时的她学了一点英语，也想对他们表达，我鼓励她说两句。她上前招招手："Hello! How are you? Where are you from? What's your hobby?"他们热情地回答了。她还有好多想问的，结果词穷了，随后她就用普通话试着问他们："在你们国家，有什么好玩的地方吗？有什么标志性的建筑？"让她欣喜的是，他们居然听懂了，告诉了她想知道的事。我们顿时觉得，普通话真有用。

（作者单位：应城市开发区学校）

普通话学习：人生的一个激励点

程舒婷

第一次感受到学习普通话的系统性和普通话测试工作的严谨性是2016年的夏天。这年夏天，我很荣幸地被学校选派参加湖北省普通话测试员集中培训，培训地点是在华中师范大学。学校希望我们两名同志能顺利通过培训考核，取得湖北省普通话测试员证，既是希望也是要求。当时收到消息的我很开心，一是机会难得；二是想借此机会认识专业同行，有更多的专业交流；三是畅想便捷的休闲时光。似乎一切都很美好，然而报到的第一天，拿到课程安排表，提着沉重的教材课本，打破了我对课余时间的畅想。我们的培训课程从早上八点到晚上九点，没有周末，最后通过笔试和上机测试才能取得普通话测试员证，可以说，内容丰富，时间紧凑。

紧密的时间安排，充实的课程学习，几乎难得有空去欣赏华师校园的美景及早秋的芬芳了。难得的是在这次分配的小班里，遇到了大学同学。他标准的普通话，生动的语言表达，带有共鸣的发声，获得了大家的好感，被推选为我们班班长。这又一次验证了说好普通话的魅力。一次，吃完午饭，回教室的路上，我看见班长正坐在树下木椅上看书，走上前打招呼，得知是因为食堂人太多，他利用这个时间练发声，我打趣道："怕是上学那会都没这么刻苦过吧!"彼此相望一笑。我们心里都明白，过去是学生，是求知者，有老师督促指导，不懂便问。如今身份转变，我们是传道、授业、解惑者，责任更大，对待知识必须精益求精，对普通话测试的扣分点必须严谨，对这次全面而系统的学习必须认真努力。这次参加培训的人员是从全省各个单位选拔来的青年，都带着希望和任务，每个学员都非常勤奋，早上八点上课，七点多教室里就响起了琅琅的练习声，晚上九点下自习后，依旧有学员在讨论问题，让我感受到了这个时代青年人身上积极向上的奋斗精神。虽然这段时间的学习很累，但是我们小班每一个学员都收获满满。在培训毕业会上，当我上台领取普通话测试员证书时，那种奋斗的力量感、充实的满足感、收获的喜悦感，全部交织在一起，无比激动。

人生在某个节点或是某个时刻，需要有一段刻骨铭心的奋斗历程来激励自己不断向前。而这次是我人生道路上的一个激励点，让我明白青春奋斗不止，努力才有收获。回忆读书时期，在第一堂普通话发声课上，我们用普通话做自我介绍，并说一句有趣的家乡话。印象深刻的是，有一位黄冈的同学用家乡话说了一句“有一只苍蝇爬在窗户外面”，全班没有一个同学听懂，而各种有趣的家乡话引得同学们哈哈大笑，课堂氛围一下子活跃起来了。异地他乡，不同的乡音，带有各地的特色，增添了辨识度，也加深了彼此的了解。然而在学习普通话的过程中，方言与普通话究竟是一种什么样的关系呢？曾经有学生专门就此问题找我讨论，我告诉他们：首先方言和普通话都是思想情感表达与交流的工具，都是由现代汉字组成的。不同的是，首先，各地方言对同一个词表达的意思千差万别，而普通话是官方语言，是国家共同语，一个词有固定的含义；其次，普通话有着规范的语调规则，而方言的语调就各具特色。所以，两者之间不存在矛盾。

在未来的普通话学习和教学中，还会有很多让我难以忘记的事情，我依旧会用文字来记录我与普通话的点滴故事。

（作者单位：江汉大学）

圆　梦

古丽孜娜

新疆生产建设兵团的职工来自五湖四海，多个方言区的人们在长期的工作生活中，逐渐形成了“兵团味的普通话”。我父亲工作的农九师，职工多数来自甘肃、四川、河南、湖北、江苏等地。父亲从事翻译和群众组织工作，群众组织工作有两项内容：一是组织兵团职工开展丰富多彩的文化体育活动；二是联系地方群众开展联谊活动。由于父亲的工作性质，父母直接让我在兵团学校上学，这样，我就开始了汉语言文化知识的学习。

羊老师是我小学一、二、三年级的班主任，也是我们的语文老师。学习方面，羊老师严格要求我们，铅笔字、钢笔字、毛笔字的“三字”练习，写字姿势、握笔姿势必须正确，字迹必须工整；说话必须有礼貌，必须说完整句。尤其是汉语拼音的学习，我更是获益匪浅。生活方面，她无微不至的关心，让我们体会到“老师像妈妈”。原来，我的理想是像妈妈一样做一名白衣天使，但在羊老师的感召下，我的理想变成了做一名教师。后来，这个理想终于实现。

1990 年，我从北京师范大学教育系毕业，来到湖北襄樊教育学院任教，承担“教育学”和“心理学”教学工作。襄樊教育学院当时是一所接受了日元贷款的学校，1992 年年底，教育部师范司领导来学校检查贷款使用情况，我被推荐为解说员。活动结束时，孟司长说：“小姑娘解说得很好，普通话也很棒！”1993 年初，学校获得一个第十八期中央高级普通话进修班学习的名额，我有幸获得了这个宝贵的学习机会。

在第十八期中央高级普通话进修班学习的三个月，是我与普通话再续前缘的三个月，也是开启普通话人生的三个月。这三个月里，我跟着刘照雄老师系统地学习了国际音标的发音原理和方法。刘老师教的方法很好，我能快速准确领悟要领，并正确发音。为此，刘老师经常点名让我为同学们做语音示范，并且分享发音感受。还跟着姚喜双老师学习普通话语音发音。姚老师教的方法很有效，我能快速准确找到发音部位，并聆听他的播音方法与技巧。再就是跟着宋欣桥老师学习方言调查和研究……这之后，我的普通话人生由此“开挂”。

普通话学习归来，我除了担任原有课程外，又承担了师范专业的“普通话”课程。教学中，我既能听准学生们的方音，又能帮助他们快速准确找到普通话语音的发音部位和发音方法，并且严格要求。而在生活上，我体贴关心他们，学生中间流传这样一句话：古丽姐姐，鼓励鼓励，我们就愿意好好学习。

2001 年 4 月，学校组织教职工普通话水平测试，我获得 94.3 分的成绩。暑期，我被学校语委办推荐参加湖北省第十一期普通话测试员资格培训班学习。普通话测试员资格培训班的学习是辛苦的，但也是快乐的。说它辛苦，语音训练确实辛苦。普通话测试员资格考试，有它自身的要求：必须再次参加普通话考试，成绩要达到“一乙”。此外，还有一个要求，就是第一题失分不能超过 1 分，否则不能达到“一乙”成绩。短短半个月，我上课认真听专家老师讲解，课下自己再听录音，学员相互倾听训练。说它快乐，我担任十一期一班班长，除了自己学习之外，每天早晨还要提前 1 小时提着录音机，扛着成卷的电线到教室，为学员们播放学习内容，中午扛回去，下午再扛过来，晚自习再提前半小时扛到教室，晚自习结束后再扛回寝室，我乐此不疲。我的语音基础还算不错，听辨音能力也还准确，许多同学都来问我，我利用自己的休息时间，耐心细致地为他们听音辨音，答疑解惑，把自己的语言学习方法和体会坦诚地跟大家分享。能帮助到大家，我是真快乐。

从 2001 年起，培训、测试，再培训、再测试。这一测，整整 20 年。从古丽姐姐测成了“古丽妈妈”，从一般测试员测成了省级骨干测试员，从省级测试员测成了国家级测试员，从 94.3 分的“一乙”成绩测成了 97.1 分的“一甲”成绩。普通话圆了我的人生梦。

（作者单位：湖北文理学院）

我爱“双语”

张　庆

从我呱呱落地的那一刻，周围所有的声音都是让人惫感亲切的应城话。我甚至觉得窗外鸣叫的小鸟也说的是应城话。从我牙牙学语的那天起，家人也是用应城话教我说话。因此，我觉得自己说的话不但没有任何问题，相反还十分好听。可是当我走进大学的那天，一切都发生了变化，从小到大说的应城话，竟让我不敢开口说话了。

来到大学，我认识了同寝室的几个室友。我们六个都来自不同的地方，第一次见面大家都进行了自我介绍。我惊讶地发现，我们几个说话都不一样，我听不懂他们说的，他们也听不懂我说的。只有一个人，我喊她小影子，她说的话我们都听得懂。没错，她说的是普通话。“普通话”这个名词其实我并不是第一次听到，在家乡上学那会儿，学校楼道上都贴有标语“请讲普通话”，不过我们对它都视若无睹，因为周围的人都说的是应城话。哪怕是课堂上老师用普通话讲课，也是应城普通话，我们称为“应普”。那时候的我们对讲普通话没有那么高的热情和觉悟，因为周围的人都讲应城话，你讲普通话就会显得格格不入。可是来到大学，周围的同学全部讲普通话，加之我的专业因素，让我不得不改变自己的认知，必须要讲一口流利的普通话。

让我下此决心的是我大学的口语老师。记得那天她让我们上台做自我介绍，我站在讲台上胆战心惊，心都快提到嗓子眼了。本来在座位上酝酿好的台词一股脑全部被吓跑了。看着台下同学们催促的眼神，我惊慌失措地从嘴里蹦出来一些词，说完只见台下的同学掩面发笑，窃窃私语。老师让我回去，我低着头像一个犯了错的孩子拖着两条灌了铅的腿缓缓地回到座位上。我尴尬地问室友：我说错了什么？室友说我说得没问题，只是我用的是家乡话做了自我介绍。顿时，我感觉脸红到了耳根子，觉得自己就是一个土包子。下课后，老师把我喊到面前跟我说："你以后是要当老师的，必须要会讲普通话!"我羞愧地点了点头。从那一刻起，我在心里暗暗发誓，一定要讲好普通话。

从那以后，我就开始疯狂练习普通话。每天早上五点钟，室友们还在呼呼大睡，我一个人从暖乎乎的被子里钻出来，拿着书来到操场，大声地练习普通话。每次操场上总有人投来异样的眼光，我都会在心里给自己打气：没事的，胜利在向我招手，不用理会别人。发音不标准，我就从一个个字开始，每个字我先拼读，然后再读。字的音读好了，我就开始读词，词读好了就读句子，句子读好了就读文章，就这样一遍一遍不断地练习，书本里面的40篇文章，我都可以一字不落地背下来。操场上寒风像刀子一样刮着我的脸和手，好几次我都想冲回宿舍钻进被窝，可想着台上的尴尬场面，顿时又热血沸腾地练习。平时和同学们一起聊天，我都会特别注意，生怕自己哪个字的音没有咬准。每次上完课，我就会请口语老师帮我纠正读音，就像一个刚会讲话的孩子，如饥似渴地学着如何讲普通话。那段时间为了不被家里人影响，我很少往家里打电话，甚至回到家里我也会时不时用普通话跟家里人交流。经过不懈努力，第一次普通话测试，我就获得了二级甲等的成绩。从只会讲应城话，到现在可以用普通话跟人交流，这中间的努力或许只有我自己知道。

在外面工作的几年，一直以来我都是用普通话与人交流，能说一口流利的普通话，我内心是非常骄傲的。现在回到家乡工作，一切仿佛又要回到起点。工作的地方，本地的同事全部都是用应城话沟通，而我却讲普通话。甚至有一个同事跟我开玩笑说："我留在这就是要等你说应城话。"我不知道说什么，只能莞尔一笑。我始终记得大学口语老师说的那句话："你以后是要当老师的，必须要会讲普通话!"作为应城人，讲家乡话没有任何问题，可是我们是老师呀！我要求班上的孩子们，在学校必须讲普通话。刚开始，孩子们还不习惯，每次回答问题也好，跟我讲话也好，总是小心翼翼，唯恐自己讲应城话被我批评。每次我都会认真纠正他们的发音，让他们大胆开口说。随着时间的推移，很多孩子现在回答问题都能讲普通话，课下跟我交流也用普通话。

时间如白驹过隙，可是我的普通话人生好似并没有经历几年。在未来的职业生涯中，我会让普通话传遍校园的每一个角落，带领我的孩子们爱普通话，讲普通话，让他们的普通话人生早点扬帆起航。最后我想说，我爱应城话，同时我也爱普通话。

（作者单位：应城市三合镇中心小学）

从“学”到“教”

朱 杏

从小，出生在农村的我只会说一口流利的湖北应城方言。应城方言的典型特征是平舌音、翘舌音不分，前鼻音、后鼻音不分，边音 l、鼻音 n 不分。哪怕是同一个市里的人，不同乡镇之间，人们的方言也是有区别的。这给我们的生活带来了很多的不便之处，尤其是在日常生活交流的时候更为明显。

当我 6 岁正式迈入学堂后，我才知道，世界上有一种语言叫普通话。我的第一位语文老师是一位年近退休的老太太，微胖，很慈祥。她的亲切模样至今仍深深地印在我的脑海里。开学第一课，她指着黑板上的拼音教我们念“ɑ，o，e，i，u……”，作为小孩子的我们学得非常起劲，小脸涨得通红，扯着喉咙跟着老师学拼音。后来才知道，那是我们学普通话的入门阶段。尽管在考试的时候，我们很容易区分各种拼音的用法和写法，但在实际运用的过程中，还是感到有些吃力。因为我们生活在农村，周围的人都是说方言，如果谁说普通话，别人就会笑话他“掉腰”（即显摆的意思），以至于我们在日常生活中，基本上都是说方言，没有谁会刻意说普通话。一些年纪大的老师跟我们上课也是说方言，我们都习以为常，觉得普通话无非是考试的时候考汉语拼音才用得着的，不必放在心上。

直到我上了大学后，才渐渐意识到普通话学习的重要性。2008 年 9 月，我被海南师范大学录取。刚入大学时，我是多么开心与兴奋，来到了一个新的环境，一切都是崭新的。可是入学一段时间后，我渐渐有些自卑了。首先，我不会说一口流利的普通话。在大学里，我们班 43 名同学，来自五湖四海，光我们宿舍 6 名室友，就来自五个不同的省份。室友里一个是江苏的，一个是四川的，一个是重庆的，一个是海南的，还有我和另外一个女生是湖北的。这个湖北女生是黄石的，大学四年期间，她跟家里人打电话，我从来都没有听懂过，感觉她说的是另一种语言。因为我普通话说不好，经常让室友们听不懂，闹了很多笑话，我都不敢轻易开口说话。由于我读的是学前教育专业，未来多半是要成为一名人民教师的。作为新时代的教师，可不能再像我小时候的老师那样，用方言跟学生们讲课呀。于是，我暗下决心，一定要把普通话练好。之后，我买了一本练习普通话的书，每天在书包里揣着，跟我一起上学放学。找没人的地方练习字、词、句的发音。回宿舍后，请室友帮忙纠错。坚持了两个多月，明显地感觉自己的语音、语调有了很大的改变，普通话考试也顺利地考到了“二甲”水平。虽然不是“一乙”的成绩，但是对于一个从小说方言的人来说，我还是比较满意的。我最喜欢听学弟学妹们说不知道我是哪里人，因为这表明我的普通话没有地方口音，比较字正腔圆。每当听到类似的话，我都会喜滋滋的。

大学毕业后，为了响应家乡的号召，我参加了湖北省新机制教师招聘考试。考试通过后，如愿被分配到家乡的一所乡村学校任教，成为一名光荣的语文教师。初登讲台时，孩子们都很好奇：这个年轻老师上课时都是讲普通话。因为学生们跟我小时候一样，已经习惯了用方言上课的老师，突然来一位讲普通话的老师，他们觉得很新奇。同时他们也很期待我的课，我也很享受跟他们在一起的每一天。一下课，孩子们就叽叽喳喳地围拢过来，跟我聊天。刚开始，在课后我也是用方言跟他们交流，觉得这样更亲切一些。可是时间长了，我发现孩子们在课堂上也喜欢用方言回答问题，他们虽然喜欢听老师用普通话讲课，但自己不喜欢说普通话，认为在同学们面前说普通话是一件很丢脸的事。哪怕我再三强调说普通话，他们也做不到，憋红了小脸，干脆最后不作声了。我知道，作为一名语文老师，我必须做点什么。

从那以后，不管是上课时间还是下课时间，我都会用普通话跟孩子们交流，当孩子们用方言跟我说话时，我会故意问他：“你说的什么？我听不清，麻烦你再说一次好吗？”这样次数多了，孩子们也会努力用普通话跟我对话，当有了一个孩子带头后，其他孩子也会模仿老师的普通话发音。人人都讲普通话，孩子们就不觉得有什么丢脸的了。当然，这个过程至少持续了一个学期，才让大家克服了说普通话的心理障碍，也是很不容易的。

光愿意说普通话不行啊，把普通话说好、说得清楚明了才是重要的。尽管孩子们愿意开口说普通话了，但我发现大家的普通话说得并不标准流利，主要原因还是我们这边的老毛病：平舌音、翘舌音不分，前鼻音、后鼻音不分，边音 l、鼻音 n 不分。甚至我自己在上课时有时候也会说错，惹得孩子们哂笑。比如我不自觉地喜欢把“方式（shì）方法”说成“方式（sì）方法”，把“钱（qián）包”说成“钱（qín）包”，把“挪（nuó）动”说成“挪（luó）动”。每次说错了都会惹来学生们一阵笑，然后我会不好意思地说希望大家多多包涵。但是作为一名语文教师，总是让学生去包涵自己的错误也不是长久之计，如果不努力提高业务水平，既不利于自己的教学，也不利于学生的学习。俗话说，身正为师，德高为范。老师一定要给学生树立正确的标杆，严格要求自己，否则就是误人子弟呀！想到这里，我决定把自己的普通话再练一练，以后尽量说出一口正确、流利、自然的普通话，争取给孩子们树立一个好的榜样。

于是，我又找来大学练习普通话的教材，每天在办公室、宿舍练习发音，也请同事们帮忙纠错。这次，我不仅在读音上严格要求自己，还在语音、语调上严格要求自己。同时，我在手机上下载了《普通话测试》《我是主持人》这两个 App，每天用它们来加强自己普通话的学习，还努力模仿央视节目主持人字正腔圆的说话腔调，经常找央视节目主持人的播稿视频和学生们一起观看讨论，一起磨练。这样坚持了一段时间后，我发现我们办公室里的几个年纪大的老师居然也学着用普通话给学生们上课了。虽然刚开始有点蹩脚，但这个改变相对于以前，已经是非常大的进步了。在以往，老教师们总是以“自己年龄大了”这样的理由来拒绝说普通话，总是用一口地道的应城土话来给学生们上课。看到老教师们的改变，我知道我的坚持没有白费，也从心底里开心。

学生们在我的带动下，普通话也说得越来越好了，脸上更多的是自信和大方。每次的公开课上，孩子们标准、流利的回答，经常能得到听课老师们的赞许。另外，我还跟校长提出申请，在学校组织开办了“小雏鹰广播站”，在各班选两名普通话说得好的孩子当播音员。每天下午放学，广播里就会响起小播音员们的播报声。稚嫩的腔调传得很远很远，一直传到了田野的那一头。

立志欲坚不欲锐，成功在久不在速。普通话的学习不是一朝一夕就能立竿见影的，它需要长期坚持。人人都说普通话，给周围的每个人提供说普通话的大环境，这就需要我们平时多用心、多努力去践行。作为老师的我，需要用爱去唤醒、萌发孩子们的人生梦。我很庆幸自己选择了教师这个职业，它将促使我不断成为更好的自己，让自己发光发热，去照耀农村孩子们的人生路。普通话的学习，让我不断地去挖掘自己的潜能，带领孩子们一路向前，去追寻远空中最美的一抹云霞。

（作者单位：应城市义和镇中心学校）

追　求

齐　心

自打记事起，推普就时刻萦绕在我们周围。不过，年少的我当时并不知道“普通话”这三个字的分量，更不知道其背后隐含着国家富强、民族文化的深意。也不知是印刷的字体所致，还是自己的字词库储备不足，曾在小学的头两年闹出过将教室门上书写着的“请讲普通话”，误认成了“请讲音通话”的白字笑话。现在忆起，兴许正是这段白字笑话的经历，促使我和普通话较上了劲，也让我在整个成长的生涯中，成为“国旗下讲话”的“常客”、各类播音主持活动的主角。细细回想，年幼时我的普通话势必是存在语音缺陷的，如果按现行的标准来衡量，大概率是二级甲等或者更低的水平，但在 20 世纪 90 年代的大背景下，幼时的字正腔圆为我争取到了不少与普通话结缘的机会。彼时的我更不会想到，童年时期的这一粒粟，会为我日后的道路撒下万颗子。

升入初中后，学业日渐繁忙，很难再像过往一样，钟情于兴趣爱好，但身上的标签犹在，我成为校园广播台的一员，也是各类活动的积极参与者。虽然如此，但我一直停留在声音条件不错、普通话标准的层面，没有进一步深入学习。

到了高中，在分文理方向时，基于对计算机的兴趣，我毅然决然地选择了理科，梦想成为一名 IT 行业从业者，可是骨感的现实最终还是击溃了丰满的理想，文化课成绩的薄弱让我望而却步。峰回路转，高三时被学校的老师挑中，全力说服我和家人，选择传媒类方向。为了在千军万马过独木桥的竞争中充分发挥自身现有的优势，我开启了为期一年的播音主持训练。于此，我与普通话更为紧密的关联从此刻开始了。

回忆起我的普通话专业训练之路，从高中时期备考的集训，到大学时期的系统化学习，于我而言，进步最快的时光当属高中备考时期。每天清晨的练声雷打不动，全情投入，我能明显感觉到普通话语音的归正，语音面貌的改善。每天的进步让我感到安心踏实。进入大学后，授课教师字正腔圆的普通话发音、帅气俊朗的外形、涉猎广泛的知识储备，在那一刻击中了我，曾经对于无数行业的憧憬和幻想尽数奔向播音员、主持人这份职业。也许是老天眷顾，大学毕业的头些年，对语言文字的热爱和对播音主持的憧憬，真的让我在工作中得到了完全施展，电视新闻主播成了我职业生涯的开端，我将这些年的积淀和学习全部倾注于新的工作之中。在新闻主播的职业生涯中，虽没有站在培训教学的一线，但作为当地宣传信息的传递者，身体力行地用标准的普通话播讲新闻，潜移默化地感染受众，时至今日我依旧无比怀念及感谢那段日子。它让我数年的学习得以实践，也在普通话推广普及的示范岗位上做出了应有的贡献，更让我对职业规划有了全新的理解与认识。为了对传媒行业有更深入的探索，我选择从台前转型到了幕后，不过仍旧保留着那份对普通话的敬畏和憧憬，这也直接促成了我回归普通话教学培训一线，走上讲台，成为一名普通话课程的专任教师，宜昌市普通话培训测试中心的一员。

2019 年中旬，我职业生涯的脚步正式迈入普通话测试站。过去只在“人测”时期的考场内扮演过坐立不安、紧张难耐的考生角色的我，初次以管理员、监考员的身份踏入考场时，被如今的“机测”实实在在地震撼了。单一测试站的日均测试量能达 400 人次，这在过去是不曾奢求的效率，测试流程的相对简化、监考效率的逐步提升、报名方式的日新月异，无一例外地都是为了提高考生的满意度，尽可能高效率、多频次地为考生提供服务。而我所供职的宜昌市普通话水平测试站，有 20 机位的测试机房，率先开通了网络报名系统，这是对先进技术和理念的探索，更是在国家及省级测试中心的领导下开创的全新局面。

随着时间的流逝，于我而言，普通话测试员的身份也在一步步走向专业和严谨。2019 年，我拿到普通话测试系统管理员资格证，2020 年又顺利通过了省测试中心的考核，拿到了省级测试员资格证书，这对我的职业生涯来说，是一个新的起点。接下来的日子，普通话将成为我工作的主要内容，进入我的整个职业生涯。

（作者单位：宜昌市普通话培训测试中心）

我与普通话的情缘

朱小英

提起普通话，我很感慨。因为从小生长在农村，没有说普通话的环境和氛围，老师上课大多也使用方言，能用普通话讲课的老师很少。现在我还依稀记得，每天早上我们用地道的家乡话朗读课文的情景。直到三年级时，我们学校来了两位实习老师，他们讲话，声音是那样柔和悦耳，美妙动听，像一首优美的乐曲。当时教我们的是美丽优雅的王老师，她虽身体单薄，但能量巨大，上课时，教室里静悄悄的，一点儿杂音也没有，只有她那充满青春气息的声音在回荡。她的一举一动、一言一行，总像磁铁一样紧紧地吸引着我们。她特别善于朗读课文，甜美流利、抑扬顿挫的普通话，那么富有感染力，仿佛能把人带入诗的境界。我们都特别喜爱听她朗读，时常模仿她的腔调和姿态练习朗读。小小的我们对王老师充满了无限的敬佩。就在这时，梦想的种子在我内心深处发芽——长大后一定要像王老师一样，用标准的普通话传授知识，播撒希望。

接着，紧张充实的初中三年悄然而至，我也接触了许多像王老师一样优秀的老师。我一直坚守着讲好普通话的信念。朗读课文时，我力求读出文字背后蕴含的感情，读出作者的深情。我也积极参加与普通话有关的活动，珍惜每一次锻炼的机会，争取每一次细微的进步。

真正与普通话亲密接触是在上师范时，学校要求人人都说普通话，时时处处都说普通话。我也努力尝试说普通话，可是根深蒂固的家乡话时不时地冒出一两句，让我尴尬不已。于是，接下来的日子，翻查字典、看《新闻联播》便成了我每天必须完成的功课。朗读大量的作品，常常令我口焦唇燥。每天清晨，我早早来到教室大声朗读课文，每天的《新闻联播》，我一边听，一边看播音员口型，琢磨播音员的发音部位及发音技巧，认真看播音员说话时舌尖是怎样变化的，嘴唇是怎样移动的。有时候，我一个人对着镜子一遍又一遍地练着。曾经为了发准一个声母，我花费了四个星期的时间；为了分清平翘舌音，我特地绘制了平舌音字和翘舌音字一览表，经常让同学当听众，边听边指出我的错误，后来连同学都听得不耐烦了，可我还是乐此不疲。我还买来许多朗诵作品的磁带，反复琢磨，悉心领会。渐渐地，我摆脱了方言的束缚，普通话水平得到了极大的提高。因普通话，我的识字量得到大大提高；因普通话，我越来越阳光、自信。

如今，我走上了神圣的三尺讲台，普通话更是成了我教学中坚实而不可或缺的臂膀。在教学中，我摸索出了一套利用普通话朗读来提高教学效果的方法。正是由于普通话说得好，再加上积极进行教学创新，我不仅在学生心目中树立了极高的威信，而且屡次在参加区里的说课、赛教等活动中获奖。因流利的普通话，我的课深受学生欢迎，而我班学生的普通话水平也得到了很大提高，语文学习的热情也空前高涨。我多次被评为襄阳市学生最喜爱的教师、襄州区优质课教师、襄州区优秀教师、襄州名师等。每每这时，我总是欣喜异常，是普通话领我走向了优秀。

随着年岁的增长，我对普通话的情愫也不断加深。中国国力不断提升，国际地位日益重要，普通话就显得越来越重要了。因此，我主动承担起学校推广普通话的责任，使全校师生充分认识推广普通话的重要性，构建和谐语言生活，营造精神文明家园，倡导全校师生利用“红领巾”广播站、宣传栏、黑板报、主题班会等多种形式全面推广普通话，增强全体师生的语言规范意识和参与意识，构建和谐校园。在推普工作上，我们开展了丰富多彩的活动，真正使推普工作深入人心。例如，一次国旗下讲话、一份倡议书、一档推普特别节目、一次班级展板宣传、一次主题班队活动等，以年级为单位，针对学生不同年龄阶段的特点开展各年级推普活动。“红领巾”广播站认真组织早晨十分钟集中诵读活动，在琅琅书声中将语言的魅力彰显得淋漓尽致。要求同学们积极向家长宣传讲普通话的意义，并纠正家长一些不正确的发音，激发他们学习普通话的热情。

经过全体教师的共同努力，一个空前的推普氛围已经形成，所有在校人员逐步感受到普通话说得好是有文化、有修养、有气质的标志。全体师生把学习和使用普通话看作充实自我、完善自我和对美的追求，使推广普通话上升到了一个新的境界。利用小学全体学生这个庞大群体，我们将推普工作由校内延伸到校外、家庭、社会，使每一位学生自觉成为一名小小推普员。

一分耕耘，一分收获。我虽然在学习普通话上取得了一定的成绩，但我知道要做的远不止这些，更要承担起为人师者肩上的责任：使用普通话，推广普通话，必须从我们做起，必须从孩子抓起。

“雄关漫道真如铁，而今迈步从头越。”让我们相伴普通话，一路前行。

（作者单位：襄阳市襄州区双沟镇民族小学）

让说普通话成为习惯

王明艳

生在乡村，从最初接触一些书籍的启蒙，受电视文化的影响，加上对未来生活的憧憬，我在潜意识里有了一个似乎挺遥远的小小梦想——学会说普通话。而今这个梦想已实现，回首这段追梦的人生，我的思绪一下飞到了以前。

我的普通话追梦人生自 1994 年始。那年，我考入襄阳师范专科学校，从农村进入城市，就在这所学校里，我接触了普通话。在学校推广普通话的活动中，那些推广员们流利的普通话给我打开了新的认知大门，使我颇为羡慕。于是，自幼萌发的学会说普通话的梦想愈发强烈，期冀自己也能学会流利的普通话。小学和初中，我接触的说普通话的人较少；到了高中，接触了较多说普通话的老师和同学，自己也曾尝试过学说普通话，却因为难为情和说不准而放弃，想过好好学习又不知具体怎么做。现在学校有了普通话推广，并且可以报名考试，合格的还可获得普通话等级证书，我有了新的动力。我暗暗告诫自己，要坚持认真学下去，并力争通过考试取得证书。经过了开始的生涩、别扭和难为情，在寝室、班级、校园说普通话的环境中，我能坚持和室友、班级同学、校园里的师生用普通话交流了。

决定报名考普通话后，我更用心了。由于从小没怎么接触普通话，很多字、词的声调都把握不准，于是我就拿着普通话有声教材，一有时间就读，不断纠正自己的错误音调。当时很羡慕那些说一口流利普通话的同学，自己也想达到那样的效果，为此，我在生活中、学习中，特别留心自己念不准声调的字词，专门记在本子上，经常拿出来读，以纠正、巩固自己的读音。我也留心听电视上播音员、主持人的普通话，跟着学自己不会的字词读音，积累多了，慢慢也能说得准一些、流利一些了。在普通话考试时，自然轻松地考过了。感谢自己曾经的努力，我学会了说普通话，考取了二级甲等证书。及至参加工作，我已能自如地用普通话为学生传道、授业和解惑。正是因为有梦想、有努力、有坚持，我的小小梦想才得以实现。

有了孩子后，虽然我周围的亲人们都没有说普通话的，但我决定在家里、在生活中也要坚持说普通话，给我的孩子从小创造一个说普通话的环境，等她能开口说话时，直接说普通话，而不要像我一样，由方言再过渡到普通话。于是，在日常生活中，我一直坚持说普通话，孩子在普通话环境的熏陶下，自然而然习得了普通话，上学说普通话时没有语言障碍。孩子开口就说普通话的语言习惯，达到了我的预期。

这段普通话的追梦人生，让青春时期的我通过努力实现了自己的梦想，启迪了人生，改变了许多认知。凡事从接触、开始、坚持和努力，到取得成功，都离不开个人的投入和付出。我的人生我做主，只要有追梦的动力和努力，一定可以实现梦想。

我工作多年，说普通话已经成为一种习惯，渗透在日常的学习、工作和生活中。作为一名教师，用流利的普通话上课，不仅可以给学生积极的引导，而且能促进学生使用普通话，使其素质得到全面的提高。我会永远坚持说普通话，从我做起，让普通话成为我们城市中一道亮丽的风景。

（作者单位：襄阳市樊城区诸葛亮中学）

人生的“雅言”

魏　娟

“雅言传承文明，经典浸润人生。”普通话就是我人生的“雅言”，它帮助我学习知识、增长见识，引领我走出小村庄，也帮助我实现梦想。

我在一个小山村里长大，村里的人都说方言，说普通话的只有学校的老师和电视机里的人物，而且我看电视的机会比较少。

小学时，在村庄里的小学读书，语文老师都是说着带乡味儿的普通话，当时年纪还小，并没有感觉老师说的与我们所说的话有什么不同。

到了初中，老师们上课使用标准的普通话，也要求我们回答问题时用普通话，我第一次有了说普通话的意识，也进行了尝试，但很笨拙。

高中的时候，学校里大多数人仍然是用方言交流。这时，我们面临着来自升学的压力，没有将太多精力放在学说普通话这件事情上，普通话水平也并没有提高多少。

到了大学，离开了那个小县城，来到了一个我从未到过的大城市，我发现我与周围人的不同，我的口音问题特别严重，说出的话家乡味儿很明显，并且总是平翘舌音不分，轻声、儿化音乱用，前鼻韵母和后鼻韵母不分，而同学们则普通话流利，字正腔圆。在班里进行自我介绍时，我的口音夹杂在同学们标准的普通话中显得特别奇怪，虽然同学们和老师并没有因为我与众不同的口音嘲笑或讽刺我，但我仍然觉得特别尴尬。从那以后，我下定决心要提高普通话水平。在大学期间，我跟着老师一起学习普通话发音。课余时间，我选择阅读各种文章，比如一些优美的散文、押韵的诗词，在读的过程中，我的普通话逐渐标准起来，也从散文、诗词中体会到了丰富的情感，学习了更多的写作知识。在学校学习期间，我有意识地改正口音问题，尝试用标准的普通话与人交流，进行普通话练习。我本来是一个内向甚至有点胆小的人，在学习普通话的过程中，逐渐变得敢于表达了，普通话水平也得到了提高，在实习时还获得了优秀实习生称号。

后来，我考取了教师资格证，毕业后成为一名小学语文老师。当年我觉得遥不可及的梦想，在我一步一步的努力下实现了。

工作以后，我一直使用普通话，成为我小时候崇拜的人。在工作过程中，我逐渐发现，普通话的学习是永无止境的，是一个坚持的过程；用标准流利的普通话与人交流，能让人充分感受到它的魅力。遇到一些和我当年一样说不好普通话的孩子，我会用自己的经历告诉他们，一切皆有可能，只要敢于尝试，敢于努力，普通话水平一定会有所提高。为了在班级内激发同学们学习普通话的热情，我在日常教学中总是有意无意地强调“说普通话”。每天的语文课堂都是学生展示普通话的舞台，我和学生玩起了“角色翻转”的游戏，同学们当小老师，如果听到我在课堂上有发音错误，就可以立即举手，纠正我的错误。在每一次小老师们的指正后，我会更加注重提升普通话水平，不断学习。在这个过程中，我们双方的普通话水平都得到了提高。我班的同学积极参加校级演讲比赛、镇级比赛以及县级比赛，并且成绩还不错。我个人也在工作中不断进取，同学生一样，积极参加校、镇、县的比赛。作为一名小学老师，我的职业理想就是帮助学生们更好地学习语文知识，提升语文素养，提高语文运用能力，激励他们成为对国家、对社会有用的人才。

在接下来的人生中，我将坚持学习普通话，充分利用普通话，让普通话发挥更大的作用，让更多的人感受到普通话的精彩。

（作者单位：阳新县三溪镇中心小学）

爱无止境

刘丽佳

普通话就像一个紧紧缠绕的中国结，把 56 个民族紧紧地联系在一起，让大家的沟通没有障碍。对我来说，正因为有了普通话，我才从一个农村腼腆的小姑娘，到师范优秀毕业生，再到 25 年前第一次走向三尺讲台，到如今成为主抓教学的副校长。这一路走来，我禁不住对普通话说："爱你永无止境。"

记得 2018 年 6 月，在镇政府的那次演讲，有幸被我人生的第一任老师刘尚凤听到。当时的她已经退休，看见我面对一群观众，在舞台上字正腔圆、抑扬顿挫、激情飞扬地演讲，忍不住站在舞台楼梯口等着我。她拉着刚踏出楼梯的我，眼神浑浊但透露出欣喜，嘴里不停地说："小佳变化真大，想当初课堂上喊你回答问题，你可是只会用双手蒙着脸哭……"看着满头银发的老师，我只是报以甜蜜的微笑，而我内心却在告诉她："刘老师，为人类灵魂的工程师这一职业，为了适应社会发展的需求，也为了今天能站上更为广阔的舞台，我刻苦练习普通话 28 载。"

儿时，因为哥哥是村里戏班子的一位成员，我养成了自幼爱唱爱跳的习惯。也许就是这个原因，在 1993 年 9 月师范生涯的第一次班会上，班主任让大家进行自我介绍，不仅要介绍自己的特长，还要自荐担任班级什么职务以让特长得到发挥。在介绍中，我的一曲《晚秋》征服了所有的师生，成为当之无愧的文艺委员。直到所有人介绍完毕，推普委员还名花无主，班主任见我大方、爱笑，就把这个推普委员的"官衔"安在了我头上。这着实让我这个农村丫头在新天地里乐开了花。

说老实话，每晚主持自习前的文艺活动，我是信手拈来。我的一副好嗓子加上灵活多样的呈现形式，总能得到来自四面八方的师范生们青睐，他们专注的学唱、热烈的掌声足以说明了这一点。对于推普活动我更是用心策划，活动的内容、方式我都提前准备好，以为我的用心会像文艺活动一样得到大家的喜爱，但第一次活动就有男生吆喝捣乱，我故意装作生气制止，却听到一位来自河南的女生小声说："这么蹩脚的普通话还敢搞推普活动！"这声音细如蚊呐，可灌入我耳朵里时却如五雷轰顶。我愣神地站在讲台上不知该说什么，感觉脸红透了，身上都是汗。不知过去了几分钟，我才缓过神来。那一晚，我觉得是我一生中最漫长的煎熬、最尴尬的经历了。班主任知道这件事后，找我谈话，我知道他是担心我刚"任职"就被"伤得体无完肤"而没了自信。他的一席话使我深刻认识到，普通话对将来走上三尺讲台的师范生们意味着什么。从此，我暗下决心：一定要学好普通话，重新找回自信。我开始天天看新闻，听那字正腔圆的播报，然后跟着学。课余时间，我选读各种文章，特别是优美的散文、押韵的诗歌。但要说一口字正腔圆的普通话，那可不是件容易的事。虽然我每天都很认真地练习，但一段时间后还是有口音，前鼻音、后鼻音、平舌音、翘舌音对我来说是道过不去的坎。我沮丧地向汉语老师求助，老师耐心地告诉我，学习语言不仅需要每天练习，还需要一个良好的语言环境；如果你周边的人都说方言，那你的口音就很难改正。老师的话点醒了梦中人，我恍然大悟。于是我和大家约法三章，以后任何时候都要说普通话。

1996 年 8 月，我开始了教书生涯，从事语文教学。面对不断变革的语文教学，我时刻都有危机感。在从教 5 年后，我再一次购买了普通话培训书本，利用暑假好好充电。8 月中旬，冒着酷暑，我被安排在下午 2:30 第一个考试，不知是不是因为快到预产期了（儿子是 9 月 2 号出生的），坐在考官面前，我上气不接下气，大汗淋漓，后背全部湿透。这一次的成绩我觉得不理想。

2005 年 8 月，通过讲公开课竞赛，我从农村小学调到镇中心小学，继续我的语文教学。面对洋气的街道孩子，我这个土生土长的"土包子"让他们充满了不信任。我决定用激情奔放的课堂教学风格征服这些"洋娃娃"。课堂上，我那流畅、生动的语言，总会将孩子们带入多样的意境。没多久，我的语文课就成了孩子们的一种期盼，他们爱上了我的语文课，更爱上了我。我知道，是较为标准的普通话让我获得了孩子们的心。

2007 年 8 月，由于我在省级专家讲的习作课上大胆且独特的互动，我担任了镇中心小学的文科教研组长。从此，所有的师德演讲活动我都被罗校长

“钦点”，她说：“你代表学校去，还必须是第一名。”我也从没辜负她对我的信任，每次代表全镇参加全区竞赛时都是第一。2017 年暑假，在全省农村教师普通话竞赛中我只获得了三等奖。在专家的评价中，我清楚不是自己的普通话不行，是对《海燕》这篇文章中各种角色解读不到位。2009 年 8 月，我在竞聘演讲中取得好成绩，成为学校的教导主任。在担任教导主任时，我要求所有的老师进课堂必须讲普通话。有时听到年迈的老教师用蹩脚的普通话讲教研课，我为他们的敬业精神点赞。

多年来我一直坚持走自学之路，给自己不断充电。在镇中心小学担任三年语文教研组长和九年教导主任时，我一方面痴情于各个知识门类的讲座，借阅了一摞又一摞书籍，做了一本又一本读书笔记；另一方面更是反复锤炼自己的普通话。特别是 2016 年担任学校的副校长以来，更加深知“业精方可引人”。如今，我已担任学校副书记、副校长五年，看着每年新进的大学生，面对他们较高的专业素养，听着他们一口流利的普通话，我时时告诫自己：只有对普通话爱无止境，才能有底气坐在会议室的正前方，引领教职员工们一路向课改前进。

（作者单位：襄阳市襄州区双沟镇中心小学）

永远在路上

樊文正

我出生于农村，从小与方言为伍。大约两三岁时，家里来了一位漂亮阿姨，说话悦耳动听，我煞是羡慕。听妈妈说，她是从武汉下放的知青，在这里成家了，就没有返城。

从此，那个声音常常出现在我家。有一天，我斗胆凑到阿姨身边说："阿姨，你说话真好听，我想学你说话，你教我，好吗?""这叫普通话，阿姨可以教你。"这是我第一次知道"普通话"这个词。此后，我就常常缠着阿姨，学她说话，心里美滋滋的。

四岁，进了村里的"育红班"（现在的学前教育），老师是高中毕业的同村姑娘，普通话很蹩脚，而我常常按跟阿姨学的发音来读，惹来了小伙伴们"啧啧"的羡慕，得意之色溢于言表。

六岁，我到镇小学上了一年级，已认识了所有的声母、韵母，能够读带拼音的书了，发音已很标准了（当时的感觉）。记得那年我爸爸教毕业班，有很多同学竟然不会拼音，我每天放学后要到爸爸的教室等他回家，听到大哥哥大姐姐南腔北调的发音，我忍不住充当起了"小老师"。此后，每天教那些"后进生"拼音识字成了我的必修课，我甚至一度特别期盼放学，去"拯救"那些发音不准的大哥哥大姐姐们。幼小的我让爸爸买了很多书，我每天对着拼音一遍遍地读，力求发音更准确。慢慢地，我的"老师"身份很快就像长了翅膀飞遍校园的每个角落。"樊老师家的女儿读书可标准，可好听了。"大家都如是说。

读初中时，我们镇小毕业的孩子远比村小的发音标准，我备受老师们的青睐，因此曾多次担任班级活动的小主持人。这时，我遇到了影响我一生的语文老师潘金翠。潘老师当时只有 20 岁的样子，从遇到她的那一刻起，我就被她的气质深深吸引，我想那一定是被文字浸润的，于是更加热爱语言文字，立志成为一名优秀的初中语文老师。

初中毕业，我进了老河口师范学校读书，班上有45位同学，除了襄阳的几个同学，其他都来自各个乡镇。在交往过程中，我意识到了我们方言的“劣根性”，前后鼻音不分，尽管我从小就刻意分得很清楚，但依然有同学说我的口音土气。最受刺激的当属那次读报。当时我们每周有“普通话”课，班级设有推普委员，每天晚自习前会有读报或讲故事等五分钟的展示时间。大约开学半月，刚刚军训结束，轮到我读报了，免不了一番精心准备，一字一字地读正确，一句一句地读流畅，一段一段地品情感，可还是引来了个别同学的讥笑。脸霎时红了个遍，恨不得找个地缝钻进去。当时我就暗暗发誓：一定要克服方言中的问题，多读多练，争取拥有一口纯正的普通话。很长一段日子，我见过每个凌晨的模样，和每个夜晚的灯火阑珊，只是为了遇到那个更好的自己。其实，我也并没有多么累，却比很多人拥有了更多的时光。可谓是星光夜空，悬梁苦读。功夫不负苦心人，我的普通话水平日益精进。

后来，我走上了工作岗位，成了一名乡村小学老师。四年后，我参加市教育局组织的演讲比赛，取得了第一名的好成绩，在全市巡回演讲。我想，这与我的普通话密不可分。因为我来自偏远的农村学校，很多领导、评委都赞叹不已，称我为“深山里的俊鸟”。那年，我调到了初中任教。多年以后，与学生小聚，很多事情早已忘却，但有一点大家都记忆犹新，那就是范读课文时的我，特别投入，特别打动人，使他们爱上了语文，也喜欢上了说普通话很有感染力的老师。

说到这儿，还有一个笑话，有一年期中考试，第二题是给“氛围”的“氛”注音，很多孩子都注成了第四声，我觉得不可思议，就质问他们：“我常常读这个字，是第几声？”他们异口同声地回答“第一声”。这不是明知故犯吗？谁知反转来了，他们说：“我们还以为你读错了，没好意思提醒你。”“好！老师我今天在班里放话，我可是极少读错字的，欢迎大家监督，批评指正。”一个学期过去了，他们没有找出我的什么错。多年以后，我用纯正的普通话读课文时的状态仍然深深地刻在他们的脑海里。

这些年，我在省级优质课、省级说课中都取得了可喜的成绩。我一直固执地认为，这与儿时对普通话的执着是密不可分的。我想，没有谁天生就有一双神奇的翅膀，生命的每一片彩虹都是风雨换来的。学习普通话，我永远在路上。

（作者单位：老河口市洪山嘴中学）

我与普通话同行

邵 宇

上幼儿园时，我刚从洪湖老家来到武汉，说着一口家乡话，回家后就跟妈妈哭诉，小朋友听不懂我说的话，都不和我玩了。好在幼儿时期语言习得能力很强，不多久就适应了和小朋友用普通话进行交流。

后来，我上了小学、初中、高中，校园里、楼梯间随处可见“请讲普通话”的公告牌和标语，调皮的学生们在课间还会模仿老师们普通话里偶尔蹦出的家乡音。每周一的固定环节是“国旗下讲话”，学生代表昂着头，面带微笑，发言总是那么字正腔圆，声音响彻整个校园，让站在台下的我羡慕不已。

大学时期的校广播台招新，我有幸成为其中一员，成为一档英文节目的播音员。广播台里设置了丰富的中文类节目，这就给了我和台里的一大群普通话达人们交流的机会。他们中有活跃在各种系级、校级大赛的主持人，也有辩论赛的主力队员，我非常喜欢与他们交流，自信、青春、富有活力是他们的代名词，这也让我意识到了一口标准、流利的普通话对于塑造人的气质和个人形象是非常有帮助的。

真正和普通话相熟还是在工作之后。2016 年，我工作的学校筹备建设普通话测试站，需要一定数量的省级普通话水平测试员，只要普通话达到一级乙等及以上的都能参与学校层面的推选，最终包括我在内的五人成功入选，参加了湖北省第 32 期普通话水平测试员资格考核培训班。在通过了拼音测试、普通话水平复测和测评能力终极考核后，我们顺利地拿到了省级普通话测试员资格证书。当天，兴奋的我还发了微信朋友圈，来记录这个难忘的时刻。我知道，新的使命就要开始了。

到 2021 年，已经是我成为普通话测试员的第五年了。现在的普通话测试都是机辅测试，有了机器的帮助，我们用以打分的媒介和方式都有了很大变化，只需要打开平台，点击音频并进行第四题命题说话部分的判定，其他部分都是电脑自动评分，的确方便了许多。但是这也有弊端，就是互动性和之前的面对面测试相比会弱一些，也不太能和其他测试员进行及时的交流。

在做测评的时候，我经历了从紧张、兴奋到逐渐习惯、熟练的过程。2019 年，因为学生报考普通话测试的数量激增，测评工作量一下子提升了好多倍。那时，我的教学压力也很大，只能抽备课之余的时间进行普通话测评工作。对着电脑，看着一个个数字编码的列表和页码数，内心很是焦虑，我知道如果不及时调整心态，测试的无效率肯定会增高，还有可能没法按时完成测评任务。在这种情况下，我采用的方式是把测评任务当成一个个等待谈心的朋友而不只是任务。这种心态的转变，成功地让我的焦虑情绪有了很大缓解，我突然意识到，一个个等待测评的音频背后都是一个个故事，都有一小段人生。虽然我们和这些测试的学生、上班族们未曾谋面，但他们都在非常认真地分享着自己的感受、经历和对事物的看法。这种听故事的心态激起了我的测评兴趣，我甚至还一边测试，一边做了一些笔记，记录考生们分享的美食打卡地、热门景点和推荐的课外书目。他们分享小时候的趣闻也让我忍俊不禁；他们讲述自己的宠物丢失时的难过、失去亲人的痛苦、和爸爸妈妈吵架后的伤心都让我印象深刻，有时真有落泪的冲动。测评突然变得有趣起来，这是我之前完全没有想到的。在测评的同时，我也在接受着新知识、新体验。

从相识到相熟，普通话陪伴我走过了稚嫩、青春的年华，它与我的经历和成长交织在一起，就像一位亲密的老友，常伴身边；又像是一扇窗口，透过它，我看到了大千世界、万般人生。

（作者单位：武汉晴川学院）

普通话浸润我的人生

牟莉莉

小学时期，老师时常表扬我念课文很有感情，那时我自认为说普通话属于班级中的佼佼者。中学时代，我被选中成为校广播站的一员，负责播报各班的小故事，普通话一直都是我的强项。可到了高中，课业繁忙，播音离我越来越远，普通话里夹杂着乡音，被我越丢越远。

在追逐打闹中，我来到大学。陌生的校园，面带微笑的老师、同学，各式各类的社团活动，让人目不暇接。直到我站在校广播电视台的招新牌前，那一刻，其他的社团仿佛都失去了颜色，我竟毫不犹豫地报了名。留下自己的信息，回去忐忑了两天，直到一个通知面试的短信躺在我手机信箱里，我又开心又害怕，开心的是我引以为傲的普通话终于有用武之地了，害怕的是我的普通话真的好吗。矛盾的心情啊，至今记忆犹新。

这种心情持续到面试。我早早地来到校广播电视台，参加面试的同学排到走廊里，我在一番询问中了解到，他们大多是编导播音专业类的同学，而我一个设计类的学生显得有些格格不入。经过漫长的叫号，终于轮到我了。进入广播电视台里面，迎面是一条长长的铁架长廊，长廊呈长方形分布，下面有三层楼的高度，中间是空旷的空间，下面竟然是舞台。原来每当学校有表演时就会在下面的舞台演出；广播电视台建在舞台上面，不仅方便操作，而且能充分利用空间。这栋楼还有一个好听的名字——霓裳宫。转眼就到了面试室，在场的评委让我念了一段顺口溜。我迅速地念完了，心里还觉得这个顺口溜很简单，特别自信，却听到两个评委小声讨论说我 n、l 不分，而我自己是完全听不出来的。悻悻地从霓裳宫出来，没想到过了一周，又是一个短信到来：××同学你好！恭喜你通过广播电视台招新，请于周一晚上 6：00 至霓裳宫实习。

喜悦好像冲上头顶，我竟然又走向播音之路了。一想到我的声音将通过话筒传向校园的每一个角落，我开心地蹦了起来。时间飞快，又是新的一周，还没到规定的时间，我就早早来到霓裳宫。跟着学长学姐来到播音室，同样走过长长的铁架走廊，望着下面空荡的舞台，仿佛我即将上场，心里激动不已。接着来到一个有一扇透明窗户的房间，窗户后面是正在播音的学长学姐，他们的声音通过话筒清晰地传递出来，这才是真正的播音室。而外面是操作室，另一组学长学姐可以听到播音员的声音，并能及时提醒播音员调整声音的大小。操作室里还有电话，这是为校园里的学生们准备的，他们能通过电话点播想听的歌曲，操作室的操作员再将信息通过 QQ 传进播音室的电脑里，这样学生在校园里就可以听到自己点的歌曲了。我们实习生就坐在外面观察并记录播音员是如何播音的。

学习的日子很枯燥，不知不觉一个月过去了。这天播音完毕，学姐让我们留下，带我们学习播音室里面的操作。我们终于可以走进真正的播音室，摸一摸播音仪器了。播音室里有一台电脑、一台仪器、两张座椅、两个话筒。在学姐的指导下，我们学会了使用仪器，通过各种按钮调节声音大小，操作电脑连接音乐，调试话筒、耳机……新鲜的知识一点一点进入我的脑海中。在学习的同时，我不禁感到困惑，我的普通话真的标准吗？会不会太差，把我劝退呢？于是，课余时我总是有时间就练习，每天给学姐发送我的语音录音，但边音 l 和鼻音 n 还是分不清楚，根本听不出区别。学姐知道了我的问题，每天都帮我纠正。在她的帮助下，我这才发现，自己学习普通话的这些年，竟然一直是错误的。

通过练习，我的普通话进步神速，慢慢地我能听出边音 l 和鼻音 n 的区别了。后来我成为校广播电视台《代言人》节目的负责人，带领新的播音员，帮助他们改正发音，在普通话的道路上越走越好。毕业前夕，为取得教师资格证，我报考了普通话水平测试，一直以为会取得很好的成绩，但最终只获得了“二甲”。

参加工作后，普通话学习被搁置一旁，只有每次上课时我才用普通话进行教学。2021 年上半年，学校组织校园讲堂活动，邀请我为美术学科传递美的知识。临阵磨枪，讲堂课件虽然准备好了，但又觉得心虚，因为普通话已经退步很多，有时说话还会弄错 n、l 的发音，但我想只要基础还在，普通话是可以练习的，于是，我在那段时间总是拿着稿子练习，直到发音正确。果然，功夫不负有心人，在领导的支持下，我讲述了一幅古画中的秘密。在传承中国文化、感受艺术之美时，不少同事纷纷向我投来欣赏的目光，并且夸赞我的声音很有特色，普通话也说得好，我竟有些飘飘然，心想大学时期的基础打好了，到工作中也能好好利用。紧接着，校园里开展师德师风演讲比赛，我也报了名，最终以第一名的成绩参加区级比赛。区级比赛高手如云，都是来自各个学校的佼佼者，区级比赛我只得了第八名。这让我深深意识到自己的不足，但在比赛中我有幸获得了各位前辈及同事的热心帮助和指导。从语言到习惯性的口头禅和小动作，老师们都提出了很多宝贵的意见和建议，为我今后进一步改进指明了方向。

普通话让我从小到大都非常自信，我敢于在人群中大声朗诵，大声地表达自己的想法，但讲好它实属不易。回想起参加普通话考试时取得的“二甲”成绩，当时我确实只能得到这个成绩。现在对我来说，成绩已不重要，重要的是我要不断发现自己的不足，在不足中改进自己的普通话。我的普通话人生还在继续，我也会继续将普通话浸润在生活的每一个时刻。

（作者单位：随州市曾都区实验小学）

普通话成就了我的教师梦

陈丽霞

热爱教育事业，喜欢做孩子王，看着孩子们在学习中快乐成长，是我最大的快乐源泉。现在回想起来，这份快乐源于普通话学习，是普通话助力我实现了儿时的教师梦，让我有机会用自己的知识、智慧和爱心，潜心耕耘在家乡母校的讲台上，真正体会教师自我成长的快乐。

从上小学开始，听到电视里好听且有感染力的普通话，看到老师们富有爱心、和蔼可亲的面容，喜欢和孩子们相处的我就立志要成为一名教师。可事不遂人愿，我没有考入心仪的师范院校，去上了一所护理专科大学，但一直没有放弃从事教育事业的梦想。在大学期间，我听说非师范专业也可以考教师资格证，心中那团渴望从教的火苗又被重新点燃。可是我碰到了大难题：普通话不标准。对于从小在农村听着方言长大的我，一口方言版蹩脚普通话经常遭到室友的嘲笑，连从小一起长大的最好的闺蜜都劝我："别瞎折腾了，你这样去考普通话实在是拿不出手，肯定无法过关，你拿不到普通话等级证书，就根本没有资格去报考教师资格证，那你是不可能当上老师的。"这可怎么办？当时我真是愁得几天都没有吃好睡好，感觉没有希望了。幸亏我找到我们大学教语文的夏老师聊了一下，她知道我想考普通话等级证，当即就鼓励我说："普通话说得好不是天生的，你的声音音色很好，通过不断训练，也可以说一口漂亮的普通话。"借着夏老师的鼓励，奔着儿时的教育梦想，我下定决心挑战一下自己。在夏老师的指导下，我制订了有针对性的普通话提升计划，并严格要求自己一步一步地练起来。

因为之前一直说的是方言，上大学才开始憋一口不标准的普通话，刚开始学习，我发现多年的发音习惯对我造成很大的阻碍。于是，我首先调整好学习状态，把自己当成一个刚学说话的孩子，重新开始学"说话"，摒弃那种想在短期内完全纠正错误的心态。我根据自身的情况，做好坚持用三年来学习的心理准备。我买了一本《普通话培训测试指要》（修订版），对着书本，配合里面的光碟，开始了每天一小时的听读训练。首先是基本的字音练习，从最基础的声母、韵母发音和拼读发音练习，再到弱读、儿化音、句子朗读等，一步一个台阶，慢慢地从零开始逐步提升。语言学习不能急于求成，它不是几天的突击训练就能彻底改变的，而是一个长期学习和实践的过程，需要每天一点一点地慢慢纠正。那时候我自学普通话大都是利用课余时间进行，多少有一点急于求成的心理，而且需要很强的自控力，才能做到长时间专心练习。就这样日复一日，从不间断，大学三年，我把《普通话培训测试指要》这本书从头到尾足足认真练习了近 30 遍，我的普通话才变得越来越标准了。

语言来源于生活，并在生活中交流运用。在进行基础的课本听读练习的同时，我还联系生活实际进行刻意练习和模仿。我觉得刻意练习对学习普通话特别有帮助，尤其像翘舌音 zh、ch、sh 和平舌音 z、c、s，我就曾经利用一个月的时间来专门突破，每天不停地练习这几组发音，直到找到正确的发音感觉。此外，我还有意识地收听广播和看中央电视台的新闻节目，认真听播音员标准的发音和语调。在听、看的时候，我尽量模仿他们的口型以及语音语调，找找感觉。然后，每天念读绕口令和优美文章，这些内容至今都还牢记于心。

每当学会了一个新字或词的正确发音后，我就努力在平常生活中使用，比如找老师或同学聊天、讨论问题；上课积极举手发言和参加小组辩论赛；唱歌或演讲；早晚大声朗读美文等，并随时录音，完了之后将自己的录音和标准录音对比，逐个发现读得不好的地方并及时纠正。刚开始，感觉有点别扭和不习惯，但是慢慢练习多了，说多了就自然了，感觉口腔肌肉都被训练得有记忆功能了，到了要说那句话、用那个词的时候，就能很顺畅表达出来，而且特别能找到学习的成就感。

因为我的坚持和努力，终于在大学毕业前，学习普通话不到三年的时间，普通话测试取得了 90.8 分的好成绩，荣幸地拿到了二级甲等普通话等级证书，这也大大增强了我向教师梦奋进的自信心。之后，我也顺利通过了教师资格证的相关考试，并在 2003 年大学毕业那年顺利通过市里的教师公开招聘考试，如愿以偿地做了一名光荣的人民教师，站上了家乡母校的三尺讲台，自此开启了我人生命运的重要转折。

身为教师，我的职业离不开普通话，我的生活少不了普通话。普通话，改变了我，提升了我，塑造了我。感谢普通话成就了我的教师梦想，也助力了我的人生成长。

（作者单位：应城市长江埠街道办事处中心小学）

普通话，我人生的好朋友

舒金妮

人生就像是一条河流，有欢乐，有悲伤，有喜悦，有忧伤。在我的成长过程中，普通话就像是一个老朋友一样一直陪着我，在我的人生篇章中有着浓墨重彩的笔触。它在我心里就像一座桥梁，一根引线，一条绵延的河流，一艘帆船。它可以把中国各地的人民，甚至是世界的人们联系在一起。

我出生在湖北恩施的一个小山村，小时候咿呀学语，学的是地方方言，不知道什么叫作普通话。上学之后，才真正接触普通话。小时候，普通话带我了解了书中广阔的世界，认识了小山村外的世界，让我知道世界上还有很多多姿多彩的事物，还有很多我从未见过的东西，还有很多我从未去过的地方。我现在都还记得小学语文老师教授我们新字新词的时候，一个一个地认认真真地带读和纠正错误。

初中的时候，我第一次离开家乡到县城最好的初中读书。第一次进入新学校，看见了很多新同学，接触了很多新老师。班上很多同学都说着标准流利的普通话，而从小镇里来的我，一直觉得很自卑，也不会交新朋友。有一天上语文课的时候，语文周老师点我起来朗读课文。我很害羞，小声地朗读起来。语文老师走到我身边，认真地听我读完了课文。她点评说："普通话说得很标准，课文读得很好，但是需要大胆一点。"然后就让我坐下了。老师的这句话，让我有了一点点信心，开始敢于上课回答问题，积极和同学们交流。渐渐地，我敢在课堂上大声回答问题，敢于用普通话和同学们交流，敢于表达自己的看法和意见。后来，还认识了很多朋友，重拾了信心。

高中时期，大概是我人生最值得怀念的日子。高中生活，忙碌而充实，我的普通话也发生了一点变化。迟来的叛逆期，让我觉得普通话说得太有感情色彩就显得有点矫揉造作，用普通话朗读课文的时候，我都是平淡地无感情地读。后来，我才被语文老师慢慢纠正了这个朗读的坏习惯。现在想来，语文老师真是用心良苦。

到了大学，普通话开始变得更为重要。大学的同班同学来自五湖四海，有来自内蒙古的，有来自黑龙江的，也有来自广西等地的。大家说的方言彼此都听不懂，所以，说普通话和说好普通话就显得很迫切了。很多同学都有明显的地方口音，同学们就开始彼此注意和纠正发音。大学开设了普通话课程，普通话老师是一位和蔼可亲的女老师。有一次，普通话老师让我们练习“八百标兵奔北坡”。一位来自内蒙古的同学站了起来，很自信地读“八 bei 标兵奔 bai 坡”。全班同学都笑了，普通话老师哭笑不得，只好重新纠正发音。

到了工作的时候，普通话不只是改变了我，也改变了我对工作的看法。大学毕业之后，我选择了当老师，从事教学工作。我工作的地方，就是离我家乡不远的乡镇。这里的孩子，平时更多的是用方言来交流。第一次上课，我用普通话点学生回答问题。有个学生站起来说：“老 si，呐一题选 C（老师，这一题选 C）。”当时，我就问学生们：“他的普通话标准吗?”很多同学肯定地告诉我：“是标准的。”我第一次真实地感受到普通话学习的重要性，更让我坚定了用普通话讲课的决心。从事教学工作几年以后，我们班级的同学都能自觉做到上课说普通话，积极纠正自己的发音问题，可以说，在普通话方面有了很大的进步。

人生的时光，有时候可以说很漫长，有时候又可以说十分短暂，但不论时光如何变化，普通话就像是一个老朋友一般一直陪伴着我。普通话带我认识了未曾见过的世界，让我的生活更加丰富多彩。我的普通话人生还会一直走下去。

（作者单位：宣恩县沙道沟镇民族初级中学）

遇见普通话

喻俊容

我是一个“70后”教育工作者。小时候生活在农村，大家交流基本是用本地方言，说普通话的人少之又少。但我在上初中的时候就坚定了自己的目标，将来要做一个传播知识的人类灵魂工程师——教师。这对当时的我来说，教师是让我觉得光荣与自豪的职业。做好一名老师，就必须说一口标准的普通话，于是我有意识地去学习发音。初中毕业后，上了师范院校学习汉语言文学。作为一名未来的语文教师，普通话是基础也是必须。通过努力学习，我达到了“一乙”的普通话等级，毕业后成了一名合格的语文教师。由于我的普通话较标准，有幸参加了普通话测试员的培训，经过学习，再次测定，我的普通话等级为“一乙”，被正式聘用为普通话水平测试员。

作为21世纪的教师，需要具备说普通话的能力。近几年，我们的教育主管部门要求教师持普通话证上岗，每一位教师都应当达到普通话二级及以上水平，其中特别对语文教师提出了更高的要求，应达到“二甲”及以上水平。在教育教学工作中，我们作为教育的主导者，更应该发挥在普通话推广中的重要作用，不论是课堂上讲课还是课下交流，不论是在校园里还是在学校外，都应当积极主动地学好普通话，说好普通话。我们教师首先应该成为说普通话的楷模和榜样，对学生起到感染带动作用。

我们学校是一所位于城市边缘地带的乡镇中心小学，学生基本上是本乡镇的人，而教师则有一半来自外省（市、县），特别是随着近几年“60后”教师的退休，外地教师占比越来越多。这也是一个推广普通话的契机。外地教师由于不会讲当地方言，基本上是用普通话交流，而本地教师还是习惯于用方言沟通，甚至还有个别教师用方言授课。为了推广普通话，我们对广大师生提出了严格要求，在教学过程中，任何学科的教师都不许用地方话讲课；

在课堂上，师生必须使用普通话进行教育学习。课外时间，鼓励大家说普通话，养成说普通话的好习惯。尤其是教师，要起示范引领作用，由教师带动学生，由学生影响家长，由家长辐射社会。

学校的领导干部，是教育教学工作的组织者和领导者。为了进一步让师生们养成课内、课外说普通话的好习惯，我要从自身做起，以身作则，带头示范，在公共场合讲普通话，私底下也用普通话交流；并严格要求学校中层以上干部做到：授课、讲话、交流、发言使用普通话，与上级领导交谈工作时必须说普通话，与教师交谈、布置工作时必须讲普通话，否则对方可不予理会。在领导的带头作用下，广大师生也自觉坚持使用普通话。平时，同事之间也会互相监督、提醒，目的是督促大家把普通话说得更标准。

说好任何一门语言都需要良好的环境熏陶和感染。一个孩子生活在湖北，他会学会说湖北话；他若生活在广东，便会不自觉地学会说广东话；他要是生活在英国，也能说好英语……这就是环境对语言的重要性。在教室的墙壁上、走廊里，还有校园的展示牌上，我们贴上“请讲普通话”的标语，时刻提醒来往的师生说普通话。不仅如此，学校还举办了一系列的普通话活动，学生之间举办课文朗读比赛，教师之间举行演讲比赛，以此激励大家说好普通话；并鼓励教师去学普通话，考取更高等级的普通话证书。

普通话让我收获了很多，它助力我成为一名优秀的语文教师，也让我走上了施展自己理想与抱负的平台。作为一名中心小学的校长，讲话、发言的机会较多，一口标准的普通话给我增添了几分自信。外出学习交流时，也更能顺畅地同别人交谈，收获颇多。

（作者单位：云梦县沙河乡中心小学）

我和汉语拼音的故事

徐卫红

20 世纪 70 年代中期的湖北农村，没有学前教育机构，一村一所小学，我就是这样的一所普通村小的学生。

记得当时一年级语文课第一节是识字教学，语文老师用地方话告诉我们："今天老师教同学们认字。"也许，有人会问，你不学拼音怎么识字呢？不必诧异，那时我们的语文老师大都不会汉语拼音，更没有说普通话的习惯，所以语文课都是口口相传，老师用方言教读识字和课文。我对第一节语文课老师教读的几个字记忆犹新，就是"人、口、手、目、耳"五个字的读写。在这样的语言环境中，孩子们很快就唱起"望天歌"（指不看黑板不看书，随口附和）。

有一天，学校来了一群知识青年，他们中有男有女，能歌善舞，能写会画，此时的校园沸腾起来。就这样，他们成了我们的音乐、体育、美术等学科的老师了，孩子们别提有多高兴，个个心里美滋滋的，课余还比起了各自老师的本领。

在二年级时，我有幸成了周瑛老师的学生。她是武汉人，被下放到农村后考上我们地区的师范学校，与我村青年恋爱结婚，并分配到我们村小任教。周老师年轻漂亮，一头乌黑的秀发，大眼睛，讲一口标准的普通话，很是吸引我们这帮农村娃。每天语文课的上半节课，必学内容就是汉语拼音，她从单韵母"ɑ、o、e、i、u、ü"开始组织教学，很快大多数同学都掌握了拼读，至今还记得那些拼音儿歌，有口型训练儿歌、声母韵母训练儿歌、声调训练儿歌、标调儿歌、四线格儿歌……这些儿歌，读起来朗朗上口，形象生动，充满童趣。老师在教会我们学好汉语拼音的同时，要求我们养成课内外说普通话的习惯。这在那个年代，是很难得也是不易的事情。

最有趣的是，我们不约而同地向老师请教说武汉话。周老师喜欢诗歌，她用武汉话教会了我们诵读郭沫若的诗歌《天上的街市》，读着整齐响亮的武汉话诗歌，师生们会心地笑了。此时，周老师抓住有利时机，以诗歌为例，说明普通话与武汉话、普通话与孝感话的区别，特别讲到武汉话没有平舌音、翘舌音之分，如“街市”的“市”，武汉话读“si”，普通话读“shi”；孝感话没有前鼻音、后鼻音之分，如“新、星”不分；孝感话没有鼻音、边音之分，如“女、旅”“拿、拉”不分。还举例孝感的孝昌人说话时声母“f、h”“eng、ong”混淆不清，如“大风”说成“大 hong”。老师强调这些就是普通话与孝感方言的最大区别，提醒大家要读准这些字音。那时候还没有电视机，老师让我们有时间多听收音机里的节目，利用班会课汇报收听内容，强调用普通话表达。老师还让我们做笔记，积累最容易读错的字和词语，每天朝读都要领读、齐读、分组读，形成了朗读训练习惯。到了五年级，我们的拼音基础扎实了，也认识了好多字，读了好多文章。我想，我到现在保持的阅读习惯不仅仅因为我是语文老师，还应该与周老师的启蒙教育有很大关系。

周老师的汉语拼音教学对学校其他语文老师起到了很好的引领作用，老师们都主动地学习了《汉语拼音方案》和汉语拼音识字教学法，学校还趁热打铁地举办了一场诗歌朗读比赛。周老师一直教我们到小学毕业。临近毕业，师生之情是那样深，有些女同学还哭了呢，因为老师不仅教我们学会了汉语拼音，养成了说普通话的好习惯，还教了我们许多做人的道理。这样的老师谁不喜欢！今天想来，我后来选择教师职业，由喜欢语文到当语文老师，应该是受了周老师深深的影响。

从事语文教学工作，我经历过从学前班到九年级的循环教学。无论在小学或初中任教，我都没忘记自己的语文教师身份。学好汉语拼音是说好普通话的前提，我身体力行，不断充电，提升专业水平。我自费购买汉语拼音和朗诵技巧方面的专业书籍，一次性通过普通话合格考试和普通话等级考试。积极参加市区的朗诵或演讲比赛，1989 年，我到武汉参加楚天广播电台举办的全省“楚天杯”朗诵比赛。20 世纪 80 年代，没有先进的教学辅助工具，我自己动手制作拼读卡片，用红色、黑色标识声母、韵母和声调，想各种办法尽量让自己的课堂生动起来。90 年代，开始使用录音机、投影仪，我除了利用好学校发的磁带和胶片外，还结合实际制作了许多关于本地方言和普通话语音的知识磁带和胶片，在全校推广，做到资源共享。我多次组织学校、全镇的演讲比赛，是镇里“庆祝国庆60周年文艺晚会”的主持人之一。

2000年后，多媒体应用推广，我们语文老师更是如鱼得水，利用各种网络资源，结合班级实际，有效开展汉语拼音教学和普通话推广工作。在班上，我经常通过组织朗诵比赛，通过播放电影录音剪辑等途径进行语言训练，一时间，学生们渐渐喜欢上了一大批经典电影对白和一系列著名诗歌散文。耳濡目染，学生们的普通话越来越标准，听说读写能力明显提高。

2012年起，农村义务教育学校每年招聘一定数量的大学毕业生，他们来自祖国的四面八方，人人说一口标准的普通话，为学校增添了新的血液。受他们影响，普通话逐渐成为我们的生活语言，家长、学生都适应了良好的语言环境。

有像周老师这样的教师进行汉语拼音教学启蒙，有像我一样的教师进行汉语拼音教学接力，有新教师他们这样说普通话良好习惯的影响，可以说，现在我们中国广大农村地区学校的孩子和城里的孩子都享受着同样的教学资源，孩子们是快乐和幸福的。

（作者单位：孝感市孝南区陡岗学区）

无形的力量

章东方

我是一名来自农村的普通女孩，从小到大总有一股无形的力量，让我与普通话的推广教育越走越近。

小时候常常听村里人说，父亲以前是名教师，在偏远的乡村，用并不标准的普通话传递着知识的种子。后来因为种种原因，不得不离开教师岗位，但父亲心中，仍然怀念着当年那艰苦条件下的三尺讲台。我也偶尔发现，面对放学路上那些欢快的学童们，父亲的眼光中有一种特别的慈祥。

慢慢地我长大了，上学了，发现父亲对我的要求好像比一般家长更为严格。懵懂的我偶尔还会对这“格外”的爱有一些抵触。可能是昔日的工作积累，父亲把握得很好，没让叛逆在我的心里成长起来。

再后来，我参加高考了。面对人生的第一个重要转折点，那股无形的力量又给我指引了方向，我义无反顾地选择了华中师范大学，想延续父亲“普通话教育”的梦想。然而由于考试时过于紧张，我没能如愿成为一名师范生，而是被调剂到了国际贸易专业。那种失落让我瞬间落入谷底，一下子失去了方向。这时，班主任老师告诉我，只要心中保留着那份梦想，还有很多机会。父亲也一样，支持我先进入师范院校，到学校后继续寻找自己的理想。就这样，我以非师范专业踏入了华中地区最好的师范院校。进校后，我经常跑到师范专业的教室去“偷听”人家的专业课，同时积极练习自己的普通话。每每看到教室内的其他学生，自己会有些羡慕，偶尔也会有些失落，但想到自己也在不断地充实知识，离梦想越来越近，一种会心的微笑便又浮上了我的脸庞。经过不断学习、练习与准备，我考取了普通话等级证书、教师资格证书，离自己的梦想、也离父亲的梦想又进了一步。

就这样坚持着，四年过去了，毕业季来临，许多湖北省内的名校来校招聘教师，我把精心制作的简历一份一份地投给他们，也对许多招聘现场的老师讲述了我是如何渴望成为一名人民教师，如何想通过普通话教育传递更多知识的种子，实现自己的梦想。然而，可能由于我的专业偏离，没有得到太多的肯定，最终无奈地选择了一家金融机构暂时工作。但是我没有放弃，因为那股无形的力量仍时常环绕着我，我也在继续提高自己的普通话水平，学习普通话知识。

2009 年夏天，我得知新一期的湖北省资教计划启动了，梦寐以求的机会到来，我激动不已。我立马积极报名，凭借一直以来的准备，我的普通话教育梦想终于成为现实，成为荆州市监利县荒湖中学的一名人民教师。

多年的梦想终于实现，兴奋的我第一时间向父亲汇报了这一喜讯。父亲也十分高兴，甚至一度有些哽咽。他老人家叮嘱我，一定要不负党和国家的期望，把普通话教育的神圣工作做好，为普通话知识的传播贡献自己的一份力量，不愧对“人民教师”这一光荣称号。

梦想就在前方，父亲的叮嘱萦绕在耳旁。到达荒湖中学之后，我快速地适应了当地的生活，同时严格要求自己，积极钻研普通话教育教学理论，努力向学校领导和经验丰富的教师学习，认真对待每一个学生，从各个方面努力把普通话教育工作做好，把学生的知识传播工作做好。慢慢地，我适应了教学工作，也越来越喜欢班上的每一个学生。是他们的微笑，是他们用普通话发出的一声声问候，让我感受到了教育的力量，感受到了梦想终于来到现实。

由于父母的年龄日渐增加，时常的相互牵挂让远在监利的我有些莫名的愧疚。我不想放弃教学的梦想，也想能为父母多做点什么。虽然父母总是告诉我，不要为他们操心，要先把工作做好，但那种思念还是在我的心中不断乱窜，让我几乎有些迷惘。就在这个时候，那股无形的力量又给了我新的方向，离家乡近一些的牛首镇一中，师资力量也亟待补充。为了兼顾父母和普通话教育的梦想，我选择到牛首一中。在牛首一中，我与广大师生一起，继续着普通话教育教学和推广的平凡工作，这里的学生说的方言与我小时候完全一样，因此我有着更多的经验来带领他们走向普通话的王国，也很高兴看到他们没有走弯路，快乐地翱翔在普通话的知识王国。

现在，我终于明白，那股伴我成长的无形力量就是梦想，是普通话教育的梦想，是我们全家对普通话教育的梦想，是我们国家对普通话教育和普及的梦想。有梦想才会启航，实现梦想就是幸福的远航。我会秉承对普通话教育的热爱与执着，扬起家国梦想的风帆，在人民教师的岗位上继续努力。

（作者单位：襄阳市樊城区牛首一中）

普通话让我追寻教师梦

万菲雪

在上大学之前，我从来没想过普通话将伴随我的一生。我的家乡在四川宜宾的一个小镇，那里老人、小孩都说四川话，四川方言的基因是刻在骨子里的，以至于云南、贵州紧挨着四川的很多地方也都说着同样的语言。在上小学时，国家就在推广普通话，学校当然是最主要的场所。依稀记得教学楼每个楼梯的拐角处都张贴有“请说普通话”的标语，但是年老的教师仍然会用四川话教学，好像不用四川话就没有了教学的灵魂。在方言覆盖的环境里，想不会说都难，而我就是在这样的环境中成长的。随着年龄增长，我踏上了漫漫求学路，从小镇考入城市，从四川读到湖北，从西南跨到中部，直到进入大学，我才真正意义上接触了普通话。

人年少时总想远离父母，逃离家乡，去更远更大的地方看看。我也是抱着如此想法在高考志愿书上画着地图，几乎把祖国的东南西北画了个遍，最后落脚在湖北武汉。我的父母都是农民，从来没有离开过农村，所以送我上大学的任务就落在了我的叔叔、婶婶身上。抬脚走进绿皮火车的车厢，我踏上去往远方的行程，憧憬着未来美好的大学生活。火车一路往东前行，两边是我从没见过的风景，穿过山桥连接的湖北和四川交界处，显现在眼前的是一马平川，我的心情也从刚开始的兴奋到隐隐不安。到了武汉，进入大学校园，来不及欣赏校园的美景，我知道了不安从哪儿来，几乎没说过普通话的我完全不知道如何开口，热情的学姐给我们介绍着校园，而我只能频频点头，一句话也说不出来，像是个书呆子。和我的尴尬形成强烈对比的是，我那与生俱来就有交际能力的叔叔，激情四溢地用蹩脚的普通话和学姐聊着大学生活，这让我更加害怕开口说话，只要一开口，我说出来的就是叔叔那样带着地方特色的普通话。虽然已经九月，武汉的天气还是很热，叔叔、婶婶有急事，把我安顿好后就回家了。回到寝室，一个人都没有，孤单和委屈都涌上心头，我躺在床上一个人哭，边哭边下定决心改变现状，总不能以后一句话都不说吧！当同寝的室友汗涔涔地从外面回来时，我站在衣柜前思考了很久，纠结是说“请你吃柑子”（“柑子”是四川方言）还是说“请你吃橘子”，说“柑子”怕别人听不懂，说“橘子”又太官方，最后只憋出来一句“请你们吃水果吧”。但不管怎么说，还是成功地迈出了第一步。

大学里的同学们来自五湖四海，我们同寝室的四个人也来自不同的地方。我的临床是来自西藏的藏族妹子，因为是少数民族，她说话带着很浓的藏语风味。虽然她说得不好，我们经常会笑她，但是她不仅大胆表达，而且遇到不清楚的就会问。我们每天吃住在一起，我从她身上看到了自信的魅力。我的普通话也不标准，我俩就相互鼓励，越说自信心就越强。寝室另外两个同学一个是山东的，还有一个是陕西的，普通话说得非常标准，这不是现成的老师吗？所以不管上课还是吃饭，我都愿意和她们凑在一起，不会就听，不会就问，不会就学，这一来二去，普通话突飞猛进。

我们是在师范院校，毕业后要进入学校当老师，除了专业素质要强，普通话也要过硬。学校每年举行两次普通话水平测试，要求语文教师普通话水平要达到“二甲”及以上，其他教师也要达到“二乙”及以上。“二乙”“二甲”到底是个什么水平，说实话，我心里也没有数。从四川老乡那里听到消息，以前的学长都考了两三次才勉强通过，这让本来信心大涨的我心里又打起了鼓，要知道普通话测试肯定和平时说话不一样，对字词的发音要求很严。让人比较为难的前鼻音和后鼻音、边音和鼻音的区别，还有平舌、翘舌、音调等，这些问题对于平时的交流影响不大，但是到了考场上就是一个接一个的“炸弹”。没有别的方法，只能让室友帮我不断纠正。总算功夫不负有心人，我一次通过普通话水平能力测试，并且拿到了“二甲”的好成绩。

毕业后，我到湖北襄阳当了一名人民教师，不管是工作还是生活中，普通话都将伴随我的一生。从穷乡僻壤的小村庄到高楼耸立的城市，从青涩的小姑娘到成熟的教师，普通话不仅让我更加自信地和人交流，也让我看到了更加广阔的世界，让我有能力去追寻自己的教师梦。

（作者单位：襄阳市樊城区诸葛亮中学）

特别的存在

汪紫薇

秋日的清晨，缕缕阳光透过教室的窗户，柔柔地映照在书本上，暖暖的阳光与孩子们琅琅的读书声交相辉映。听着那抑扬顿挫、富有韵律的诗句，我仿佛回到了童年那美好的时光。

我出生在部队大院，这里是多民族聚居、多文化交融的地区。在这里，大家都说着带有浓厚的乡音但又能让对方听懂的普通话。就是这蹩脚的普通话，搭建了我们沟通的桥梁，让五湖四海的人都可以无障碍交流。后来，因为父亲转业，我们回到了随州。那是我回到家乡的第一天，也是我上小学的第一天，妈妈帮我整理书包，并叮嘱我："宝贝，咱好好念书，长大了做一个对社会有用的人。"

踏入校门认识的第一个人，便是我的班主任邓老师。她最喜欢给我们讲故事、读课文，还陪我们一起做游戏。她就像一位神奇的魔术师，平凡的文字在她的口中绕一圈，仿佛就幻化成一串串美妙绝伦的音律，变得那么清脆悦耳、婉转自然，仿佛仅仅依靠简单的语言便能倾吐出山川秀美、河海波涛，描述出山花舒瓣、鸟雀欢鸣。原来，字正腔圆的普通话竟有如此大的魅力，能叩击人的心灵。于是，我在心里默默地许下小小的愿望：将来，我也要做一个能将这种美好的声音传递给他人，让人人都感受到这美好世界的人。

从那时起，我便开始在意自己的普通话是否标准。每天晚上，父亲看新闻时，我喜欢坐在旁边学着电视里新闻主播的样子，学习她的发音，模仿她的语调。走亲戚时，我总因普通话讲得标准而被夸奖。他们对我说："不要学方言，说方言容易影响普通话的发音，你这么说就挺好的。"因此，我从小就说普通话，这使我在亲友间成为特别的存在，也使我增添了许多自信，十分乐于与人交谈。

何曾想到，讲一口标准的普通话竟在我之后的成长路上变成一件令我很困扰的事情。

中学时，许多数、理、化的老师课上用的几乎都是随州方言。虽说家乡话，我并非完全听不懂，但当老师语速稍微快些，我的“脑内翻译器”转换起来就容易“死机”，要一边理解语意，一边理解课文知识，常常一节课听下来，云里雾里，不知所云。当然，令我最苦恼的还不仅仅是在学业上。那是我上高中时，一次在食堂里排队打饭，我的朋友被几个“校霸”插了队，当时我也不知是哪里来的勇气，竟对他们说：“后面的人都赶时间，为什么就你们不守规矩乱插队?”他们先是从头到脚把我打量了一番，随后其中的“小头目”一脸不屑地用方言嘲弄我：“哟，你几有嗖质（你多么有素质），还刷普通霍（还说普通话）。真装!”回到宿舍，脑海中回想在食堂的一幕幕场景，又想起同学间经常用方言调侃我“呔子”，便更加伤心。

即便如此，我也一直因说普通话感到自豪。说普通话就好像是我身上的一个标签，就算是不熟悉的人，也会用“那个说普通话的女孩儿”或是“那个说话很好听的女孩儿”来形容我。父亲曾告诉我，在他小时候，极少有人会讲普通话，就连河南那里的大城市，也到处都是讲方言，可现在，普通话的普及变得广泛了。大家以说普通话为荣，说普通话已经成了有文化的人的共识，农村小学都全面施行了普通话教学，就连农村出来的打工者，都没有不会普通话的。

现在的我，是一名人民教师。在教师的岗位上，我接触的是正在发展中的孩子，是祖国未来的建设者和接班人。我深知，说好普通话对于我的工作，对于我的学生有多么重要；也明白，推广普通话要从娃娃抓起。因此，我时刻严格要求自己。作为小学教师的我们更应以身作则，率先垂范，在各种场合自觉地使用普通话，充分发挥语言示范作用。教师的一举一动时刻影响着学生，教师是学生心目中的偶像，学生崇拜教师的同时又在不自觉地模仿教师的行为。小学生的模仿能力很强，可塑性强，教师应抓住这一教学良机，把言语教学变为行为教学，以自己的实际行动来影响学生、感化学生，为学生创造一个良好规范的语言环境，营造使用普通话的良好氛围。

我指导的小主播今年10岁了，她是我们学校里的小名人，因为普通话讲得好，声音清脆明亮，成为校园电视台的小主持人。她曾告诉我：“汪老师，我觉得讲好普通话是一件特别重要的事情。讲普通话使我在生活中更加自信了，我敢于在人群中大声朗诵，也敢于大声地表达自己的想法。大家看见我在校园电视台播新闻时都投来羡慕的眼光，我因此在生活中结交了许多朋友，因为普通话让我与他们的交流变得更加融洽。”是啊，让孩子讲一口标准流利的普通话，改变他们命运的时刻可能就在明天，这种说法或许有些夸张，但这种美好的语言却在他们的生活中潜移默化地影响着他们。一次美好的机遇，可能会为他们带来不一样的人生。

愿我们的身边都洋溢着文明悦耳的声音，愿我们所到之处都留下清新暖人的话语。未来，我将继续致力推广普通话的工作，尽我所能，让优美的普通话播撒在孩子们发的每一个元音字母中，在激情澎湃的诗词朗诵中，在校园电视台的新闻播报里，在与孩子们的每一声温馨的交谈与共读声中。

（作者单位：随州市曾都区东关学校）

普通话成就我的梦想

周 云

说起普通话，我对它有着无法割舍的感情，因为它给了我自信和乐观，成就了我小小的梦想。

小时候，我真不知道什么叫普通话，因为周围人使用的都是地地道道的方言。直到小学语文老师的一句：“电视里《新闻联播》中播音员说的话就叫普通话！”这才促使我决定一“听”究竟。当声音从电视机里飘出来时，我的心猛地颤动了一下，就在那一刻，我被它深深地吸引住了：那清脆悦耳的声音，那字正腔圆的吐字，那抑扬顿挫的语调……让我着迷！那一刻，一个小小的梦想在我心里悄悄种下——我要像播音员一样说话。

这个小小的梦想一直伴我迈进师范院校的大门。因为对普通话的痴迷，我主动做起了推普委员，每天晚上带领同龄人一起训练普通话。那时，我最难区分的就是平翘舌音。为了能够使自己的舌头灵活自如地转动，我自创了训练内容，把平翘舌音的字交叉放在一起练习，如“四十四首歌”“出租车司机”……那时的我经常沉浸在自己的世界里，一遍又一遍地练读，完全不顾周围人异样的眼光。

为了检验自己与播音员的水平还有多远，我经常干的一件事就是一边放着轻音乐，一边朗诵自己喜欢的优美文章，用录音机录下来后一遍遍地回放，听听哪些地方诵读的语调不合适，哪些地方感情处理得不好，如果不好，就把录的内容删掉重新再录。我经常一坐就是半天，反反复复地朗诵着同样的内容，重复着同样的按键动作，不厌其烦。当自我感觉良好时，我则闭目养神，侧耳倾听着自己的“杰作”，简直就是如醉如痴。

参加工作以后，我成了一名小学语文老师。我最喜欢的事就是在课堂上给学生们一遍又一遍地正音，听着他们由“襄普”逐渐变成“标普”。2016

年，我有幸取得了湖北省普通话测试员的资格，这离我的梦想又进了一步。几年前，学校因开展特色活动没有特色铃声，校长就想到了我这个省级普通话测试员，让我用普通话录制了一系列的活动铃声。当同事们知道这些铃声是我录的时，大家都投以赞许的目光；当学生们知道后，他们佩服得五体投地，个个发誓要练好普通话；当不认识的陌生人一提起我时，也总是说“你们学校那个普通话很好的老师”“你们学校那个普通话测试员”……每每听到被大家冠以这样的头衔，我乐在其中，很享受这样的称呼。

工作以来，我参加了很多次的演讲、朗诵、普通话大赛；我也带领学生参加了多次经典诵读活动。每每取得成绩时，我就想到了一直伴我成长的普通话，是它让我闪闪发光。

2020 年，因新区发展需要，东津新区成立了融媒体中心，他们急需一名配音员，最后他们想到了在一次演讲比赛中取得第一名的我。当接到这个任务后，我既忐忑不安又激动万分：忐忑的是我不是一名专业的播音员，怕配音不当影响整个新闻节目的效果；激动的是“我要像播音员一样说话”的小小梦想快要实现了。想到能用喜欢的普通话为新区的发展出一点力，感觉真好。

那段时间，只要是接到新区发来的新闻稿，我就把自己封闭在一个小小的房间里，就算夏季的温度再高，我也不开空调，怕有些许的杂音影响录音效果；有时候接到拗口的稿件，我就反复练读后再正式录制。说实话，当制作好的新闻在区管委会的大屏上播放时，我一次没能听到，但当听到别人口中的赞美时，我内心则乐开了花。

这样的配音持续了大半年，后来因市里统一管理，区融媒体中心暂停了一切活动，我的“播音员”生涯也就此结束。回想起那段经历，我很感谢我的普通话，是它让我拥有了自信，让我觉得说一口标准流利的普通话也能受到如此的欢迎；它更让我燃起了一种自豪感，因为说好普通话也能为新区的发展做贡献。

一路走来一路歌。我想说：这辈子能说好普通话，我很骄傲。

（作者单位：襄阳东津新区东津镇中心小学）

后　记

阳春三月，莺飞草长。在这鸟语花香的美好时节，我编完最后一篇稿件并给两本书同时定稿时，放眼窗外，校园郁郁葱葱，一派生机勃勃。

为了推动普通话事业的发展，2021 年 7 月，我们在全省开展了“我的普通话人生”的征文活动。征文启事发布后，广大普通话测试员、教师和语言文字工作者积极响应，踊跃投稿。到 10 月中旬，我们共收到数百篇稿件。原打算只出版一本文集的，为了不辜负大家的期许，只好又增加了一本。根据文章的内容，大致分为“追梦”和“追忆”，即《追梦：我的普通话人生》《追忆：我和普通话的那些事儿》。因为是一次征文的稿件，所以分类是相对的。

这次的两本书，和前几年出版的《普通话培训测试的故事》《普通话培训测试研究》《普通话培训测试手册》《普通话培训测试技法》《普通话培训测试案例》，共同组成了普通话系列丛书。这套丛书在一定程度上反映了当前普通话培训测试的一般状况，也反映了语言文字工作者特别是普通话水平测试员的精神面貌。这套丛书的出版，得到了华中师范大学出版社的领导及相关部门的大力支持，特别是基础教育分社的精心运作，在此一并表示感谢。

由于时间仓促，加之水平有限，书中定会有不少缺点和错误，敬请广大读者批评指正。

董中锋

2022 年 3 月 30 日